目次

序章　北関東相互《きたかんとうそうご》病院　5
第一章　初期研修医　11
第二章　初執刀　77
第三章　アメリカ　121
第四章　出産　192
第五章　三年目への決意　242
終章　キタソー　315
登場人物紹介　4

登場人物紹介

安月美南 Azuki Minami

……本作の主人公。逆境を乗り越え医師免許を取得し、北関東相互病院に赴任。

景見桂吾 Kagemi Keigo

……現役医師。専門は心臓血管外科でアメリカに留学中。美南の恋人。

朝比奈弘斗 Asahina Hiroto

……北関東相互病院のレジデント（後期臨床研修医）。景見に似た雰囲気をもつ。

エマ・ハート Emma Hart

……アメリカ・北ボルチモア総合病院の院長の娘。バツイチ独身。

絵面慎之介 Ezura Shinnosuke

……美南の同期。日光で父が開業医をしている。あだ名は「金太郎」。

五十嵐流生 Igarashi Ryu

……美南の後輩。ビジュアル系イケメンだが、天然。

戸脇雄三 Towaki Yuzo

……北関東相互病院院長。70を超えているが現役で、地元の人から慕われている。

序章　北関東相互病院《きたかんとうそうご》

オレンジ色の病院だ！

薄赤色の外壁をした北関東相互病院《きたかんとうそうご》を遠目に見て、安月美南《あづきみなみ》のテンションが一気に上がった。周辺の屋外灯はすべて色のついたナトリウム灯だから、この壁の色は夜になれば美南が大好きな色合いを醸《かも》し出すはずだ。

美南がまだ六歳だったある夜、祖母が突然倒れた。そのときは他に家族がおらず、必死で救急車を呼んだものの、一人で不安に押しつぶされそうになっていた。その美南を救ってくれた病院。あのとき闇を煌々《こうこう》と照らしていた病院と、ここは同じ色だ。面接のために来たことはあったが、そのときは精神的な余裕がなくて壁の色など気にしていなかった。

北関東相互病院は東京から車で三時間、関東北部の山間《やまあい》にある。周辺にはホテル、ゴルフ場、スキー場などのリゾート施設が多く、季節によってはなかなか活気が出るが、時期を外せば普通の田舎町《いなかまち》だ。

病院本館の建物はまだ建て替えて数年、どこもピカピカだ。美南が六年間通ったCD（聖コスマ＆ダミアノ医科大学）の軍艦島《ぐんかんじま》のような大学病院と比べると、胸躍る清潔さである。

救急受付の窓口に顔を出した警備員が、尻上がりのイントネーションで愛想よく話しかけてきた。

「新しい先生？」

「はい。車はどこに停めたらいいですか？」

「へー、女の人！　珍《めずら》しいな！　その辺、どこでも好きなところに停めていいですよ」

「好きなところ？」

「うん。そしたら二階の奥に医局があるから、そこに行ってください。入ってすぐの長いエスカレーター上ると早いよ」

警備員はそういうと窓口から顔を突きだして、正面入口の方を指した。

三階建ての本館は玄関を入ってすぐの中央待合室が吹き抜けになっていて、受付の脇にエスカレーターがある。慣れ親しんだCDで唯一新築だった教育棟もこんな感じの造りだったが、天井に圧迫感のないこういった建築が最近の流行なのだろうか。

朝の六時五〇分。中央玄関からまっすぐ伸びる、まだ動いていないエスカレーターを美南が歩いて上っていると、二階からスクラブ（丈が短いセパレート型診療衣《しんりょうい》で、Vネックのもの）姿のヒョロリとした中年男性が顔を覗《のぞ》かせ、眼鏡《めがね》を直しながらいった。

「新しい人？」

「え？」

「研修医でしょ？」

「はい」

「医局に鞄《かばん》置いて、すぐ助手入って」

「助手？」

スクラブがずり落ちそうなほど撫《な》で肩《がた》のこの医師は、それだけいうと背を向けて走りだした。

「あの、どの手術室に行けばいいんですか？」

「一個しかない！　上！」

美南は一瞬唖然《あぜん》としたが、すぐに我に返ると慌てて医局を探して廊下を走った。

――いきなり手術って！

医師国家試験の合格発表が三月、医師免許が交付されるのがその一か月後。それから晴れて、医師として勤務を開始する。つまり三月に卒業してからゴールデンウィーク前の今まで、美南は医療というものからは遠ざかって、アルバイトと自動車教習所通いしかしてこなかった。

その美南が研修先の北関東相互病院に到着して二〇分後、わけも分からないまま見慣れない手術室で、名前も知らない医師と向かい合って、誰とも知らない患者の腹部の鉤《こう》引《ひ》きをしている。鉤引きとは鉗子《かんし》などを使って術野を広げ、見やすくすることだ。要するにただ皮や肉を引っ張っているだけの役だから、研修医向きの仕事ではある。

「僕、外科部長の弓座修《ゆざおさむ》ね。弓矢の『弓』に、銀座《ぎんざ》の『座』。若い先生、朝比奈《あさひな》先生っていうんだけど、その先生が今救急行っちゃってて、助手が他にいなくてさ。ちょうどよかった。ほら、ここ見て。かなり癒着《ゆちゃく》してるの、分かる？」

弓座が手元を見ながら独り言《ひとりごと》のように自己紹介し、患者の体内から虫垂《ちゅうすい》を引っ張りだして美南に示した。

「はい。あ、ホントだ！」

「最近はだいたい散らして終わりなんだけどね。切除もラパロ（腹腔鏡手術《ふくくうきょう》）が増えてきてるし。でもここまで癒着しちゃってると、さすがになあ」

弓座は聞こえるか聞こえないかのような小声で独り言のようにぼそぼそ喋りながら、丁寧《ていねい》に患部を切り取っていく。

「あの、弓座先生。私、安月美南といいます」

「うん、知ってる」

「よろしくお願いします」

「うん」

弓座は興味なさそうに返事をした。

虫垂炎の手術である。美南は、今まで執刀医の向かい側になど立ったことがない。大学病院ではここは第一助手の位置で、執刀医の隣が第二助手、第一助手の隣に第三助手が入るのが普通だ。手術台を囲む三人か四人の外科医と麻酔科医の他、執刀医に器具を渡す「器械出し」と呼ばれる看護師、台車を移動させたりする「外回り」の看護師、他に臨床工学技士、看護助手、放射線技師、そしてそれぞれの研修生やときには学生なども入るので、手術室は大混雑だ。今まで学生だった美南は見学するときは当然後ろの後ろ、執刀医の手元などろくに見えたことがなかった。

ところがここでは最初から全部で五人。しかも二人いた看護師のひとりが途中退出したので、麻酔科医が外回りもやっている。当たり前だが、立っている場所によってはこんなによく術野が見えるのかと美南はワクワクした。

もちろん、大学病院は無駄に人が多いわけではない。手術によってはさまざまな専門医や技術者が必要だし、大学病院はそういった難しい症例の手術が多い。しかしこれからはこんなに人数が少ない手術に加わるのだから、やることも多く責任は重いのだろうな、と美南の胸は高鳴った。

「あとね、そこにいるのが麻酔科兼救急科の若桝《わかます》先生。一見ひ弱そうだけど、人間とは思えないくらいタフだから」

弓座が顎《あご》で指した方を見遣《みや》ると、モニターを見ていた男性医師が軽く手をあげた。猫背で血色が悪く、弓座と同じくらいの年齢で同じくらい細いが、背はずっと低い。眼鏡をかけていないせいで、目の下のクマがかえって目立つ。これは睡眠不足のせいだろうか、そんなに救急科は忙しいのだろうか、と美南は少し不安になった。

「よろしくお願いします」と若桝に向かって軽く頭を下げると、美南の手元が微かにブレて、弓座の声がいきなり険しくなった。

「おい、ちょっと、ちゃんと引いてろよ！」

「はい、すみません！」

美南はびっくりして、それから固まったように必死で動かないようにした。

——こわ！

「はい、終わり」

「お疲れさまでした」

手術室にいた全員が、大きく深呼吸をした。膿盆《のうぼん》に切除した虫垂が載っている。

「先生、それ記録とっといてね」

弓座は美南にこう言い残すと、さっさと手術室を出ていった。美南は茫然《ぼうぜん》と弓座の背中を見つめた。

「先生」。

美南のことだ。先生。美南は、今日からそう呼ばれるのである。

第一章　初期研修医

1

「もう来ないのかと思ってたよ」

高橋祐樹《たかはしゆうき》内科部長が、内科外来診察室の椅子《いす》に座ったまま口元を歪《ゆが》めた。がっしりとした大柄な男で、体格に不釣《ふつ》り合いなくらい大きな二重《ふたえ》の目が可愛《かわい》らしい。

「まあキタソーは人数ギリギリで回してるから、突然違う科の手伝いが入ることもあるけどさ。今回はしょうがないけど、次こういうことがあったら、必ずやる前にひとことといってってね」

高橋は七時半に医局に来るはずの美南《みなみ》が連絡もないまま現れなかったので、初日から無断欠勤かと今までかなり怒りに燃えていたらしい。

確かに無礼だった。突然手術室に呼ばれて頭が真っ白になってしまって、連絡するのをすっかり忘れていた。弓座《ゆざ》がいっておいてくれたらと少しは思ったが、やはり自分から伝えるのが道理だった。

美南は、深く頭を下げた。

「はい。申し訳ありませんでした」

「これ、研修プログラム。うちにはあんまり選択肢がないから、要望があったらいって」

高橋が渡したコピー用紙には、こう書いてあった。

一年目　内科　三・五か月
　外科　三か月
　整形外科　二か月
　救急科　二か月
　選択科　一・五か月
二年目　地域医療　四か月
　麻酔科　二か月
　選択科　五か月

初期臨床研修医は、このように二年間でさまざまな科を回って修業する。ここのようにほぼ決められている場合もあるが、大抵はいくつかパターンが提示されていてその中から好きなものを選ぶ。病院によっては希望をできるだけ聞き入れてくれるところもある。

美南はもっといろいろな科で研修したかったのだが、この病院はあまり細分化されていない。つまり循環器《じゅんかんき》内科も消化器内科も呼吸器内科も、全部「内科」として括《くく》られている。こういうところでは徹底した専門的な最新治療はできないが、「いいからまずは現場を広く学べ」と放りだされるには悪くない環境だ。一年目の研修医なぞ所詮《しょせん》お尻に殻《から》がついたままのヒヨコ、ほとんどまともなことは何もさせてもらえないものだ。

高橋にくっついて内科の外来診察室に行くと、大柄でぽっちゃりした、色白の可愛らしい青年が立っていた。

「あ！　もうひとりの研修医さんだね！」

太めの黒縁《くろぶち》眼鏡を直しながら明るく声をかけてきたその青年は、梅林《ばいりん》大学の医学部を出て今年からここで研修に入ったそうで、絵面慎之介《えづらしんのすけ》と名乗った。同期が現れ、しかも明るくて優しそうな青年で、美南は安堵《あんど》した。

「絵面って変わった苗字《みょうじ》ね」

「日光《にっこう》にいるんだよ。僕も日光出身だし」

「日光？　すごい、観光地！」

「地域医療枠なんだ」

近年医科大学や総合大学の医学部には、この地域医療枠があることが多い。これは例えば自分の出身地やその大学の所在地など、特定の場所で卒業後何年か勤務するという条件付きで入学する枠のことだ。条件の特殊性から学費が一般の医学生より安かったり、受験倍率が低いことが多く、卒業後の働く場所を選ばない学生には助かる受験方法である。
北関東相互病院は梅林大学出身の院長が妻の実家の土地に建てた眼科の個人病院が起源で、勤務する医師も梅林大出身者がほとんどだ。患者数が多い割に不便な田舎で、担当科の専門性も低く、忙しいだけで専門技術を学ぶことがあまりできない。そのため医師の定着率が悪く、みんな数年働いたら首都圏に戻っていってしまう。梅林大を出てここに勤め、CD大学病院に移った須《す》崎正孝《ざきまさたか》医師もその一例だ。結果、恒常的に医師の絶対数が足りないので梅林大から何人も派遣してもらっているが、その医師たちは期間限定という条件だからこそここにいるらしい。

そこでこの病院は一〇年前、「地域医療振興奨学金《しょうがくきん》」というものを始めた。これが美南に貸与《たいよ》された奨学金で、「学費を出してあげるからその分この病院で決まった期間働きなさい」というものである。美南は一年分の学費を出してもらって、拘束《こうそく》期間が三年。単純計算だと六年間まるまる貸与を受けたら一八年もここを動いてはいけないことになるが、実際はそこまで縛《しば》りは強くない。もっとも医師ひとり育てるのに一億円かかるといわれるこのご時世、学費という大きな経済的負担を一身に背負《せお》ってあげましょうというのだから、それ相応の時間的拘束は当然といえよう。

今までは梅林大学の学生だけがこの地域医療振興奨学金の対象だったが、この二年間は梅林大でそこまで経済的に苦しい学生がいなかった。そもそも学費が高い大学なので、そこに息女を通わせようという家庭は基本的にお金に困っていないのだ。

そうなると、困るのは研修医という歩兵が集まらない病院側である。そこで他大学出身者でもOKです、と条件を緩和《かんわ》したところ、父の突然のがんで学費に困っていた美南が引っかかったというわけだ。

「患者さん入っていただきますよー」

看護師が声をかけてきた。美南にとって、初めての外来診療だ。扉を開けて入ってきたのは、もう八〇を超えているだろうか、高齢の女性患者だった。背中を曲げてゆっくり、危なっかしそうに歩を進めている。

この記念すべき最初の患者は、高橋にこういった。

「どーも先生、また腰と脚が痛いんですわ。いつものやつが出たみたいで」

――腰？

眉《まゆ》をひそめた美南とは対照的に、高橋は平然と答えた。

「藤村《ふじむら》さん、坐骨《ざこつ》神経痛なら整形外科行った方がいいわ。ここは内科だ」

それを聞いて思わず美南は変顔になってしまったが、高橋は慣れた風だった。

「あら、見慣れない看護婦さんだ」

「あー、この人ね、看護婦さんじゃないの。お医者さん」

高橋が促《うなが》したので、「安月《あづき》といいます。よろしくお願いします」と頭を下げたが、この老いた女性患者は美南にほとんど興味がないようだった。

「ああ、あずき、小豆《あずき》ね。甘くておいしいね」

老女はそんなことをいいながら、看護師に支えられて整形外科に向かった。

「みんなまず総合受付で何科に行くべきか相談してくれりゃいいんだけどね。そんな患者さん、まずいないね。大抵は取り敢えず内科に来るよ。だから最初によーく問診して」

高橋は笑った。

「キタソーは町の援助で無料のシャトルバスが出てるから、みんな気軽に乗ってきちゃうんだよな。だから特に昼間の患者さんは、九割は軽症」

美南と絵面は苦笑して頷いた。するといきなり、高橋は真ん丸な目をギラッとさせた。

「怖いのは残りの一割。これを油断して見逃さないように」

二人の研修医の顔が、急に引きしまった。

「……はい！」

この病院の診療科には内科、外科、整形外科、救急科しかない。さきほどの若桝《わかます》のように、救急科の医師たちがしばしば手術中に麻酔科医になる。その他梅林大から、糖尿病科と皮膚《ひふ》科の専門医が週一、二日ほど外来を診《み》にきてくれる。

それでも二次救急指定病院なので、内部がかなりドタバタしていることは想像に難《かた》くない。しかも場所も国道に近く、高速道路が側を通っているので、交通の便がいい分交通事故で運ばれてくる傷病者も多めだ。

「いろんな先生がいろんな科の手伝いすることがあるから、とにかく早く先生方の名前と顔を覚えてね」

「はい」

二人は声を揃《そろ》えた。

救急指定病院には三種類ある。一次救急は初期救急ともいって、入院や手術を伴わない。夜間急病センターや在宅の当番医がこれに当たる。二次救急は入院や手術を要する症例のためのもので、北関東相互病院はこれだ。三次救急は二次救急で対応できない重篤《じゅうとく》な疾患《しっかん》相手で、高度救命救急センターや大学病院は三次救急である。ちなみにここから一番近い三次救急指定病院までは、車で三〇分以上かかる。

午後二時近くなって、やっと外来患者が途切れた。

「外来の患者さん終わりです」

看護師の声に、高橋が大きく背伸びをしながら美南たちの方を振り向いた。

「さーて、お昼だお昼だ！　お弁当はもってるの？」

「はい」

絵面はすぐにそう答えたが、美南は盲点《もうてん》を突かれて少し狼狽《うろた》えた。CDでは病院に職員用と患者用、教育棟に学生用の食堂があって、弁当は持参する必要がなかった。

「お弁当！　えーと……その辺に走って買ってきます」

「その辺？　どこ？」

「コンビニにでも」

「走って行けるコンビニ？　できたの？」

「ないんですか?」

高橋と美南は、会話の途中で黙って見つめ合ってしまった。

そう、北関東相互病院は山間にある。最寄りの鉄道駅まで車で一〇分とはいえ、そこには一時間に一本しか電車が来ない。市役所のある中心街までは、駅とは違う方向に一〇分かかる。そして病院内に食堂がないのに売店に弁当やパンはなく、一番近いコンビニまでも車で七分だ。全国的に見ればこれより過酷《かこく》な状況などいくらもあるが、美南は何しろ東京生まれの東京育ちである。不便さの程度というものをよく理解していなかった。

「あの、今日は別にお昼なくても大丈夫です」

美南が肩を竦《すく》めて遠慮《えんりょ》がちにいうと、高橋は困ったように今車を出して買ってこいといった。

「三〇分くらい時間あるから、里へ行って買って、キタソーに戻ってきて食べても間に合うでしょ。でも、家から来るときは自分で弁当くらい作りなさいよ。出先で呼び出しがあったら、すぐに対応できないでしょ」

「はい」

「里に行く」。町の店に行くことを、高橋はそう表現した。

――そうか、ここは里ではないのか。

外来診療の受付は一二時までだが、患者が多いので診療を終えるのはいつも二時近くになってしまう。それから急いで食事をして、午後は病棟を回ったり患者の検査をしたりするので、実質の食事時間は三〇分もない。初日のこの日はそんなわけで急いで「里」に行ってコンビニに飛び込み、ついでに夜の分のパンとコーヒーも買って戻った。休憩室《きゅうけい》で看護師たちと一緒にお昼を食べているとき、さきほど高橋に弁当を作れといわれた話をした。すると、まだ若い看護師が口を尖《とが》らせた。

「そういう先生、多い。『冷蔵庫にあるものでチャチャッと作って適当に詰めて』なんていうけど、それめちゃくちゃ高等技術だからな！」

この看護師は、鼻息を荒くしながらコンビニのおにぎりを食べていた。

「女はみんな料理ができると思うな！　特にここの先生はみんな東京から来てるからか、田舎の女は料理上手だって思いこんでるのが多くて。本当に迷惑だわ！」

すると、主任の相吉沢朋美《あいよしざわともみ》が答えた。

「お金がなきゃ料理ってうまくなるんだよ。いちいちお弁当やお惣菜《そうざい》買うお金がもったいないから」

看護師にもいろいろな役職があり、病院によって異なるが、ここでは一番上が看護部長、次に科ごとのまとめ役の看護師長、そして師長を補佐する主任、その他が一般の看護師になっている。部長や師長は普段患者相手の業務はあまりしないので、現場で一番頼りになるのは主任ということになる。朋美は肝っ玉母さんという雰囲気《ふんいき》の固太りした女性で、見た目からしても主任は適任だった。

「でもねえ。そもそもここにいる男の先生たちはみんな料理しないのに、女だからってだけで、何で安月先生は料理する前提なんだろうねえ」

「あー、それ！　言っていただいて救われます！」

美南が縋《すが》るような声を出すと、二人は爆笑した。

「そんなことばっかりいってると、カレシ見つからないよ」

朋美は、美南にカレシがいないのが当然だと思っていたようだ。美南はただ苦笑しておいた。

美南の恋人・景見《かげみ》桂吾《けいご》は、美南が入学したときにはＣＤの大学病院で将来を嘱望《しょくぼう》された医師だった。病院と教育棟は別だったし、最初はほとんど接点はなかったが、美南の父・知宏《ともひろ》の具合が悪くなったころから、たまたま助けてもらったり相談に乗ってもらうことが何回かあった。美南にとって景見の言葉は厳しくても真実で、心の指針となることが多く、いつしか景見自身が美南の中で最も大事な人になっていた。

その景見がＣＤ病院を去ったのは、美南に梅林大学系列の北関東相互病院の奨学金を取らせる代わりに、ここにいた須崎医師にＣＤでの自分のポストを譲《ゆず》るためだった。がんが悪化した知宏が会社を辞めて家計が苦しくなり、美南が休学して働こうとしていたときのことだ。幸いＣＤの理事長が景見の籍を残したままにしてくれたので、景見はＣＤに在籍してアメリカへ留学するという、医師ではもっとも一般的な形で渡米した。

理事長がそこまで景見によくしてくれたのは、ひとつはＣＤの教授である須崎の父親と景見の「取引」を知ったからである。須崎の父は、田舎暮らしに適応できず苦労していた息子を心配してCDに呼びたがっていた。それを知った景見は梅林大生ではない美南が北関東相互病院の奨学金を確実に取れるようにしてもらう代わりに、CDのポストを須崎の息子のために空《あ》けた。須崎の父は景見に対する感謝の念と罪悪感から、理事長に景見の学籍を残すことを提案したというわけだ。

要するに景見はCDの医局に所属したままではいられるが、帰国しても職場に空きはないのである。ただ医局に属していないと学会に参加しにくかったり、就職活動が困難だったりするので、これは景見にとってもありがたかった。

もっとも、これには大学側がハイスペックな医師である景見を手放すのに気がひけたという背景もあった。景見は有名国立大学を出てかなり早くに心臓血管外科で専門医の認定を受け、さらにUSMLE（United States Medical Licensing Examination、アメリカの医師国家試験）にも合格している。つまり、アメリカでも医療行為ができるのだ。そのため留学先はかなり簡単に決まったし、現地での臨床研究も遥かにハードルが低い。医師も、資格というセールスポイントが多い方が絶対的に有利なのである。

医師は多くの場合、留学先の大学でポスドク（ポストドクター、博士研究員）になるので、現場のような当直も呼び出しもない。日本の大学病院での壮絶な勤務体系から解放され、毎日人並みの時間に研究室へ行き、人並みの時間に帰宅できるというわけだ。だが暇《ひま》が嫌いな景見は現地の教授に相談して、研究の後毎日のように大学病院や地元の連携病院に臨床見学に出かけているらしい。

景見はつい一昨日、滞在先の大学病院前で撮った写真を送ってきた。赤い壁と緑のグラデーションの窓ガラスが近代的で芸術的な、病院とは思えないくらい洒落《しゃれ》た建築物である。その前で同じ研究室だというヒョロリとした赤毛の白人男性と、勉強好きそうな中国人男性と三人で立っていた。コミュニケーションが上手な景見のことだ、すぐに友人もできて、充実した毎日を過ごしているのだろう。

「よし!」

美南はその写真を見て、自分に気合を入れ直した。

2

赴任《ふにん》初日の午後、美南はオーベン(指導医)の高橋に連れられて、自分が初めて担当することになった七人の入院患者ひとりひとりに挨拶《あいさつ》に行った。

北関東相互病院には、新しい三階建ての本館の両翼《りょうよく》に、建て替え前の白い箱のような病棟がくっついている。東病棟には病気になり始めた時期の治療を必要とするいわゆる急性期患者と、在宅復帰のためリハビリなどを行う地域包括《ほうかつ》ケア患者がいる。ここの多くは高齢者だ。

いっぽう西病棟は、通常の療養管理が必要な患者のための場所である。美南が担当する内科の患者は、おもにこの西病棟にいる。

最初の患者に向かって、美南はまず丁寧に頭を下げた。

「研修医の安月です。よろしくお願いします」

「何だ、お医者さんみたいな服だな。紛《まぎ》らわしいな、他の看護婦さんと同じの着てくれねえかな」

「看護婦でなく医師です」

「あんた女だべ？」

「女です」

「じゃ、他の看護婦さんと同じ格好してくれねえかな」

「でも、医師ですので」

「だって、女だべ？」

「女です」

「だったら看護婦さんの格好してくれねえかな」

「でも医師なので」

するると、後ろで高橋が「こらこら」と苦笑しながら口を挟んだ。

「この人、女だけど医者なんですよ。だからわれわれと同じ、こういう白衣着てるんです」

「あー、そう、そういうことか。お医者さん、へー……」

その患者はどこか納得がいかないような顔をした。

廊下に出ると、高橋が噴きだした。

「どうしようかと思ったよ。同じ会話のループに入っちゃってさ」

「そうでしたね。すみません」

「同じ質問を二度されたら、次は違う言葉でいい直しなさいね」

「はい」

頭を下げながら、美南は反省した。

――そうか、これからは女性の医師に慣れていない人たちの中に、自分から「医師です」といって切り込んでいかなければいけないのか。

それから高橋はふと立ち止まり、前を見て小声で呟《つぶや》いた。

「毎日必ず、この中の誰かに何かがあるからね」

その言葉に、いきなり緊張した。美南は黙って高橋の視線の先を見た。長い廊下の両側に、整然と病室が並んでいる。考えてみれば、何かが起きるのが当たり前なのだ。病状が思わしくないからこそ、みんなこうやって入院しているのだ。

挨拶と午後回診が終わり、検査も終えた夕方、美南と絵面は医局に戻って担当患者のファイルと薬剤の事典、医学の教科書などを並べて勉強していた。

「病状と検査がかみ合わない。僕、何で採尿の指示したんだろう?」

絵面は、ペンで頭を掻《か》きながら呟き続ける。

「自分が書いたカルテが読めない。字にすら見えない。ダメだ」

そして髪の毛を掻きあげ、大きく背伸びするとペンを机の上に叩きつける。

「あー、昨日のうちにあの患者さんの様子もう一度見にいくはずだったのに、忘れちゃった！　バッカだなーもう！」

美南はそんな絵面のことを、賑《にぎ》やかに自分を責める人だなあと笑いを堪《こら》えながら見ていたが、キリがよさそうなところで声をかけた。

「絵面先生はもう宿直やったんでしょ？　どうだった？」

宿直とは、病院に泊まる勤務のことである。日直は土日祝日勤務、宿直と日直を含めた通常の勤務時間以外に働くことをまとめて当直と呼ぶ。北関東相互病院は通常の勤務時間が九時から一七時なので、この時間以降に帰宅する医師は毎日当直をしていることになる。

「ああ。昨日、院長先生と宿直した」

「はっ？」

「せっかく暇だったのに、緊張して全然寝られなかった」

この病院の院長、戸脇雄三《とわきゆうぞう》はもう七〇歳を超えているがまだまだ元気で、人手が足《た》りないときは平気で宿直要員になる。専門は眼科だが、院長になった現在は眼科の外来を閉めている。しかし地元の高齢者たちは戸脇が元々ここで眼科医院を開いていたのを知っているので、戸脇を狙って時間外で来院する眼科の患者もいる。それほど慕《した》われている医師だということだ。もちろんそういう患者はいうなれば長年のお得意さんなので、戸脇も断ることはできない。

「院長先生、朝の六時くらいに眼科の救急外来でお年寄り診てた」

「あのお歳で、その体力だけでもすごいね」

美南は、ふとCDの同級生だった帯刀俊《たてわきしゅん》を思いだした。群を抜いて秀才で、いつもマイペースで変わり者だった帯刀は、眼科医になりたいといっていた。今は都内の有名私立大学病院で研修しているはずだ。クラスメートたちもみんな、美南のように新しい環境で右往左往しているのだろうか。

大きな大学病院には、科ごとに当直室や仮眠室がある。だがここには、それぞれひとつずつしかない。もっとも全部の科を通して大体当直医数名、あとは患者の容態次第《ようだいしだい》で泊まる医師と、要領が悪くて仕事が終わらない研修医がいるだけなので、これで取り敢えず事は足りている。

「当直室は結構居心地いいよ」

絵面が満足そうに頷いた。当直室には勉強もできる机、ソファとテーブル、テレビなどが揃っている。そして仮眠室には、二段ベッドがひとつと古いソファベッドがひとつある。

「でも僕たちが使えるのは、二段ベッドの下だけだからね」

「下だけ？　何で？」

「ソファベッドは他の先生方が使うし、二段ベッドの上には朝比奈《あさひな》先生が住んでるから」

「住んでる？」

絵面によると、二段ベッドの上の段は朝比奈というレジデントの独占的空間と化し、漫画やゲーム機、iPad、論文や雑誌、菓子袋やダンベルから汚れた服まで乱雑に積んであるらしい。

レジデントは後期臨床研修医、または専修医などとも呼ばれ、美南や絵面のような初期研修医期間の二年の後、さらに希望する科で専門領域の研修を続けている医師のことだ。つまり、美南の二年先輩になる。レジデントになると初期研修医と違ってひとつの科にずっと居続けるのが普通で、朝比奈は外科に所属しているそうだ。

仮眠室に住む研修医は大学病院ではよくいるが、ここにもいたか。だが、美南はそれも当然だと思った。美南だって帰宅してすぐ呼び出されるなら、その行き帰りの時間分ここで寝る方がいい。

この日は、美南にとって初めての宿直日だった。夜になってオーベンの高橋が帰宅し、絵面も今日は実家に行くため早く帰ったので、美南はひとり医局でプレゼン（プレゼンテーション）の準備をしていた。

研修医はほとんど毎日どこかでプレゼンをしなければならない。オーベンや病棟スタッフへ患者の病状、治療計画などをプレゼンしたり、担当患者へ病状、検査や治療の予定をプレゼンしたりするのだ。だからいかに分かりやすく、簡潔《かんけつ》に話ができるようになるかが研修医時代の大きなポイントのひとつとなる。ちなみに対患者の病状説明は、特にムンテラということも多い。

「入院後、酸素投与と抗生剤、点滴治療を開始。あ、薬剤名も入れるのか……」

美南は絵面が朝比奈のプレゼンを聞いて作ったというあんちょこを見ながら、文章をほとんど丸ごと作りあげていた。普通プレゼンは前もって要点だけ準備しておいて、それをもとに説明する。だがまだ要領がよくないので、緊張のあまり日本語がおかしくなってしまうことがよくある。そのため、原稿をそのまま読めばいいようにしておくのだ。

すると、初めてピッチ（院内ＰＨＳ）が鳴った。呼び出しである。入院患者に何かあると、まずナースコールといってベッド脇のボタンでナースステーションにいる看護師が呼ばれる。そして対応した看護師が担当医師を必要と判断すると、医師のピッチに連絡が来る。これが呼び出し、またはオンコールといわれるものだ。

初めての呼び出し。緊張が奔《はし》った。自分が呼ばれているのだ。別に美南だから呼ばれているわけではないが、とにかく誰かがどこかで医師の自分を呼んでいるのだ。まるで正義の味方になった気分だ。

美南は張り切って電話に出たが、すぐに肩透《かたす》かしを食らった。電話に出た途端《とたん》、相手の看護師がこういったのである。

「外科です……あ、朝比奈先生がいらっしゃったからいいです」

――あ、ひどい。いかにも「お前要《い》らない」的ないいかた。

それでも、美南は取り敢えず外科の病棟に行った。美南は今は内科だが、外科だろうが整形外科だろうが、この病院では宿直が救急の呼び出しで行かなければならない。

ナースコールをしたのは美南が朝鉤引きをした虫垂炎の患者で、術後の傷口が痛いということだった。健康的で爽《さわ》やかな短髪スポーツ青年風の医師が、その患者の腹部を診ている。

「研修医の安月です。今日初めての宿直です。よろしくお願いします」

医師はふと顔をあげて美南を見ると、「お、どうも。レジデントの朝比奈弘斗《ひろと》です」と簡単に挨拶をした。童顔で、少し鼻にかかった声だ。

――レジデント。では、この人がベッド上段の居住者だな。

「傷は大丈夫ですよ」

「本当？　痛くてしょうがないんだけど、開いちゃってない？」

泣きそうな顔で患者が尋《たず》ねる。

「開いてない、開いてない。出血もないし。今日切ったばっかりだから、どうしても痛いんだよね。ここにタオル当ててみる？　少しは楽？」

美南は朝比奈の手当てをじっと見ていた。見るだけだった。

手当てが終わって当直室に戻る途中、朝比奈がいった。

「キタソーには救急で来る患者さんも常連が多いからさ。特にお年寄りは、名前だけでも覚えておくと便利だよ」

「常連って、そんなにしょっちゅう夜に具合が悪くなるんですか？」

「いや、朝や夜を狙ってくる。昼間は混んでるとか、仕事で来られないとか。じゃ、俺寝るから」

朝比奈はそういって、手前の仮眠室に入っていった。

――なるほど。そういうイレギュラーな患者さんもいるから、救急科がいつも忙しいのか。

朝比奈の言葉からして夜は相当忙しいのかと美南は覚悟していたが、そうでもなかった。ただポツポツと急患や急変があるため、長くて一時間の睡眠をちょこちょこと何回か取ることができただけだった。それでも合計すると三時間は寝たことになる。翌朝美南がそういうと、絵面に「へー、そんなに寝られた？　ラッキーだったね」と返された。

3

一か月もすると、美南はこのとんでもないサイクルにずっぽり埋もれていた。替えの下着がなくなって「そういえばアパートに帰っていないな」と思うと、四〇時間以上の連続勤務をしていたことに気がついたりする。

「梅雨《つゆ》が終わったら観光客が増えるから、救急外来も増えるぞ。金太郎《きんたろう》、お前んちの方すっげえ混むだろ？」

朝比奈がｉＰａｄを見ながらいった。

「もう車が動かなくなりますから、地元民は車で移動しないです」

「だろうな」

「金太郎って？」

美南が尋ねると、輝くような綺麗な色白の肌にほんのり赤い頬《ほお》をした絵面が答えた。

「朝比奈先生が僕につけてくれたあだ名」

「なるほど」

見事だ。そういわれると、絵面は金太郎にしか見えない。

「な？　こいつ、何か金太郎っぽくない？　赤い腹巻とか、おかっぱ頭とか似合いそうじゃね？　肌なんかムチムチだし」

こういうとき、朝比奈は小学生のようにはしゃぐ。ちょっと変なテンションの人だ。美南は絵面をまじまじと見た。にこにこしている。このあだ名が嬉しいらしい。

「ここの人、病院のことも〝キタソー〟って愛称で呼びますよね。そういうの好きなんですか？」

「どうだろ。でも、好きなものを気に入った名前で呼ぶのは普通じゃね？　そのうちお前にもあだ名つけてやるわ」

「いいです、いいです！　やめてください」

美南が慌てて拒否すると、朝比奈は楽しそうに声をあげ、綺麗に並んだ白い歯を見せて満面で笑った。

五月の勤務初日から六月中旬のこの日まで、美南はほとんどの時間を病院で過ごした。宿直は週三回だったが、その他の日でも担当の患者の経過を見なければならなかったり、プレゼンの準備をしていて夜中になってしまったりして、結局洗濯《せんたく》のために週二回アパートへ戻れればいい方だった。

要領が悪いのが研修医の特徴《とくちょう》である。薬剤ひとつ調べるにも違う事典を開いているし、病室に行っても患者のデータを一度で全部チェックしてくることができない。何かしら忘れている。だから、美南と絵面はいつでも院内を走り回っている。

時が経《た》つにつれ美南はだんだん仮眠室での緊張感がなくなってきて、二段ベッドの下の段で頭だけ毛布をかぶって寝るという変な癖《くせ》がついた。顔を隠すのは一応恥じらいの表れなのだが、シャツが捲《めく》れて腹丸出しで寝ていたり、口が開いたままの着替えの鞄を放置して通りすがりの人にも中の下着が見えたりと、周りの人が困るようなだらしなさを露呈《ろてい》していた。だが幸いにして仮眠室に入り浸《びた》っているのは朝比奈と絵面だけで、どちらも姉がいるので女性のこういうだらしなさには慣れているようだ。

「斎藤《さいとう》くんって誰？」

朝の回診のとき、朝比奈が聞いてきた。朝比奈は外科のレジデントだが、術後内科に移った患者の様子を診にきたのである。

「斎藤くん？　誰ですかそれ？」

「知らねーよ。お前が昨日『斎藤くんは？』っていきなりでっかい声でいったんだよ」

「えー？」

美南は首を傾げたが、それからすぐに思い当たった。妹の孝美《たかみ》が高校のとき付き合っていたクラスメートだ。その日美南は孝美が知らない男の子と歩いている夢を見たので、声を出してしまったのかもしれない。この前日、美南は母の美穂《みほ》から「孝美にカレシができたらしい」というメッセージをもらっていた。一体どんな子だろうと思っていたから、それが夢になってしまったのだ。

「あー、妹の元カレですね、きっと」

「ふーん」

朝比奈とはそれで会話が終わったのだが、この会話を聞いていた病棟の看護師に不思議がられた。

「先生、寝ぼけて男の子の名前呼ぶほど朝比奈先生の前で熟睡してるの？」

「え？　そりゃ寝ますよ。夜ですもん」

「危なーい！」

すると朝比奈が笑いながら口を挟んだ。

「いや、もう慣れてるから。こいつ、腹とかパンツとか出して平気で寝てるから」

看護師たちが呆《あき》れ声をあげ、美南は慌てて否定した。

「ウソ！　そこまで恥じらいなくないです！」

「よくいうよ。じゃ、お前が今穿《は》いてるパンツの色いってやろうか」

すると看護師たちが「いやー！」「朝比奈先生、ヘンタイ！」と騒いだので、朝比奈が慌てた。

「え？　いやいや、俺じゃないでしょ！　頼んでもないのに見せてるの、こいつよ？」

そのとき看護主任の朋美が廊下の向こうから速足でやってきた。

「ちょっと、うるさい！　先生たち、朝回診終わったらとっとと外来行って！」

若い看護師たちは慌てて口を押さえ、美南と朝比奈は本館に逃げた。


午前中の外来では、美南と絵面は高橋の後ろで診察を凝視《ぎょうし》している。内科外来の問診では、医師は自分の診断から患者に質問をする。これは普通の人が「カゼかも」といわれたら「咳《せき》は出る？」などと聞くのと同じで、慣れれば難しくはないのだが、何しろ最初の段階の診断というものがまだできない美南は、何を聞いていいのか皆目《かいもく》見当がつかない。

「何か胸が苦しくてね。息するのも大変でさ」

高齢の女性患者が胸を押さえながらこういうと、高橋は軽く頷いてからいきなり美南に振り返った。

「安月先生、診察してみて」

美南は仰天《ぎょうてん》した。聴診器を準備しながら、頭の中で胸が苦しくなる高齢者にありがちな疾患《しっかん》を並べる。狭心症、心筋梗塞《こうそく》、閉塞性肺疾患、喘息《ぜんそく》、肺炎……。背中の音を聴いてみると、右の下側で水泡音のような雑音が聴こえるのが気になった。

「何か食べたか飲んだかしたとき、喉に詰まって咽《むせ》ましたか？」

「そんなことしょっちゅうだ」

「ずっと息がゼーゼーしていますか？」

「この歳になるとなあ、息はいつでも苦しい」

「いつからですか？」

「もうずーっと、ずーっと」

美南が絶望的な顔をすると、高橋は呆れてため息をついた。

「おーい、何も聞きだせてないじゃないか」

まことにごもっともである。美南は肩を竦めた。

「退《ど》きなさい。松岡《まつおか》さん、ご飯は食べてる？」

「それがなあ、最近、苦しくて食べられねえの」

「それは辛いねえ。固いのがダメ？　食べると咳き込んじゃう？　ちょっと音聴かせてね。どれ」

そういって高橋は松岡というその女性の背中に聴診器を当てると、また美南を振り返った。

「肩甲線上の第八肋間《ろっかん》のあたり。ほら、聴診して」

やはり、さっきの雑音が聴こえたところだ。美南が再び聴診器を松岡の背中に当てようとすると、松岡がいった。

「看護婦さんに診てもらうの、初めて」

「この子、看護婦さんじゃないんですよ。お医者さんなの」

高橋が苦笑する。

「お医者さん？　女の？　へーえ、最近は女の人もお医者さんになるんだねえ。キタソーでは初めてかねえ?」

美南は困ってしまった。患者が話をしていると、聴診器で体内の音が全然まともに聴こえないのだ。

「すみません、ちょっと静かにお願いします」

「あー、あやまっから。な、女のお医者さんって、男のお医者さんと同じことするんかい?」

松岡は、一向に黙らなかった。

こんなわけで、患者ひとりでもまだまだ一苦労である。結局松岡は誤嚥《ごえん》性肺炎が疑われるので、検査を受けることになった。

次の患者が来るまでのあいだ、疲《つか》れ果《は》てた顔の美南に高橋がいった。

「習った通り質問に答えてくれる患者さんなんか、この世にいないからね」

「はい」

難しいものだ。美南は人と会話するのは好きだし、祖母と一緒にいた時間が長いので、高齢者にもそれほど抵抗がないつもりだ。だが核家族で育った若い人には、年齢差のある患者との会話というのが意外に難しい。

また、ただ年齢が上なだけでなく、患者の多くは若い医師を舐《な》めてかかっているところもある。絵面は緊張しまくって散々噛《か》んだ挙句《あげく》、ある高齢患者に「ゴニョゴニョいわずにちゃんと話さんか！」と怒鳴《どな》られた。

問診はうまくなりたい。「オレンジ色の病院」を目指しているのだから、ちゃんと患者に寄り添《そ》うことができるように、コミュニケーションがうまくとれる医師になりたい。

美南にとって「オレンジ色の病院」は真っ暗な闇、不安と不便の中で彷徨《さまよ》っている人たちに、ここに来てくださいここにいますよといっていつでもドアを開けて温かく迎え入れる、そこに行くと頼りになる医師や看護師がいて、患者の不安に寄り添ってくれる病院だ。このイメージは、幼稚園《ようちえん》のとき「おれんじいろのびょういんになりたい」と短冊に書いたまま変わらない。

その夜、美南は当直室に戻ってきて景見にメッセージを打った。景見は、患者に限らず人とのコミュニケーションが抜きん出てうまい。昔はあまり患者に親しくするタイプではなかったが、そのせいで患者の精神状態を十分把握《はあく》していなかった。あるとき景見が手術を担当した患者が他科に移ってから術後鬱《うつ》になっていたのに、会っても通り一遍の会話しかしなかったので、それを見抜けなかったのだ。その後、それを教訓にしてコミュニケーション能力を高めるためかなり努力をしたらしい。

「問診が全然上達しない」

すると、すぐに既読がついた。アメリカに行ってからの景見は何だかんだいって時間があるらしく、メッセージにもよく返事をくれる。

「そんなに急にうまくなるかいｗ」

「どうしたらいいですか？」

「俺は仲のいい近所の人のつもりで話す」

それだけの短い文章が腑《ふ》に落ちて、美南は深く頷きながら感心した。景見は人との距離を縮めるのがとてもうまいから、アドバイスにも説得力がある。

たったこれだけの文章のやりとりで、美南は景見に会いたくてしょうがなくなった。あの楽しそうな大きな笑い声が聞きたい。太い腕で優しく抱きしめて欲しい。そう思う自分は、少し精神的に心細くなっているのかもしれない。

翌日、景見に教わったように患者に接してみたら、会話がスムースに進んで、気分も随《ずい》分《ぶん》楽だった。そこで美南はまた、景見のありがたみを実感した。

4

ここに来て二か月が経ち、美南も少しは医師や看護師たちの性格や人間関係を把握し始めた。美南は活発に動くし元気もいいが、おっちょこちょいなところがあって危なっかしいので、中高年の患者や職員たちがよく世話を焼いてくれるようになった。

例えば、何てことのない袋をハサミで開けようとして指先を切り、絆創膏で押さえて外来診療をしたときのことだ。美南が笑顔で「今日はどうですか？」と聞くと、老年男性の患者の方が仰天した。

「先生こそ、どうしたんですか！」

見ると、美南の指から血が滴《したた》っていた。絆創膏が小さすぎて、何の役にも立っていなかったのだ。その患者は次の診療の時、美南に大きめの絆創膏を箱ごともってきてくれた。もちろん丁寧に断ったが、優しい人もいるものだと感動した。

また、美南は書類仕事が苦手で、書き損じが多い。自分ではまったく気がつかないまま、「あづきみなみ」とふりがなを書かなければいけないところを「あづみなみ」や「あづみみなみ」としたり、電話番号を間違えて書いたりする。そこで医事課の女性職員が、ものによっては自筆署名が必要なところ以外は書いておいてくれることもある。

「先生、結婚して子どもでもできたら、子どものこういうの書くの全部先生がやるんだよ。学校の書類は多いからね、大変だよ！」

その女性職員は、しょっちゅうそういって美南を諫《いさ》めてくれた。

誰かが手を差し伸べてくれる度《たび》に美南は恐縮し、次は気をつけようと思うのだが、みんなが「それが先生のいいところでもあるんだし」と甘やかすので、その言葉に甘えてなかなか直らないのは困ったものだった。だが周りの人たちはかえってそのお陰で美南に親近感をもったようで、いろんなところで世話好きが声をかけてくれるようになった。

高橋は、少し愛想は足りないが実はかなり親切なオーベンだ。時間があれば美南と絵面を並べて患者の症例をもとに講義をしてくれるし、積極的にいろいろやらせてくれる。この病院は人手が足りないのでできるだけ早く即戦力を育てたいというのもあるが、短期的なお助け係として人手不足の科に梅林大から派遣されている医師たちに比べると、遥かに研修医の方を構ってくれていた。

もっともお助け派遣医師たちは、基本的に外来の診療時間にしかいない。それに学会や梅林大の行事があると、自分の専門の学会ではなくても、病院を休んでそちらを優先する。そして病院のことを、ここの医師が好んでよく使う「キタソー」という愛称ではなく、「北関東」と呼んでいる。腰かけ感満載なのだ。だから、派遣医師とこの病院の常勤医師とのあいだに壁があってもしょうがない。

しかし高橋によると、派遣医師は中枢《ちゅうすう》である大学病院にいないというハンデを抱えつつ、大学病院内の派閥《はばつ》や論文など気にすべきことがたくさんあるので、常勤医師とは違う大変さがあるそうだ。それにどこまで派遣先の内部に食い込んでいいものか、その距離感を摑《つか》むのも難しいのだろう。だが美南には、梅林大学病院での派閥や論文が大変だからといって、この病院の仕事をおざなりにすることが正当化される理屈が分からなかった。

病院では、ほぼ毎日会議室でカンファ（カンファレンス）というミーティングのようなものがある。ナースステーションで毎朝行う申し送りやプレゼンだけではなく、データや画像をつき合わせて、みんなでじっくり症例を見るのだ。

「治療による合併症や副作用は？」

「あー、ええと、こちらに一覧が……」

資料を大量に集め、コピーをするのが好きな絵面はカンファの度にしっちゃかめっちゃかになる。高橋に「整理しときなさいよ」と呆れられているが、絵面はカンファの前にはちゃんと綺麗に整理されたファイルを並べているので、単にテーブルについた途端に焦《あせ》ってぐちゃぐちゃにしてしまうのだろう。

「数値は？」

「はい、ええと」

「胃カメラの検査は終わった？」

「ああ、明日です」

「逆じゃない？　胃カメラ先にやらないと」

絵面が汗だくになって、今にも倒れそうなくらい真っ赤になる。美南はそれを見て次は自分だと恐怖に打ち震える。だが、これに慣れるのも研修医に必要なことなのだ。

高橋はきちんと教えてくれるだけでなく、人のつながりに気を配ることもできる医師だった。

「指示の出しかたは病院とか病棟によって違うから、場所ごとに看護師さんに聞いちゃうのが一番だな。指示受ける側が分かった方がいいから」

「この書類書いといて。書きかたは病棟の事務さんに聞いた方が早い。勝手に変なことやって、事務さんが分からなかったら仕事が滞《とどこお》る」

「薬剤部はわざと確認しに電話してくれるんだから、うるさいじゃなくてありがたいと思いなさい。これチェックしてくれないで間違った量投与したら、患者さんの命にかかわることもあるからね」

これは、人間関係だけのためではない。看護師への指示にしても書類にしても、ひとりで迷って悩むより、その筋のプロに聞いた方が絶対スムースで間違いがない。何しろ病院の仕事は常にパンパンの状態で進めているのだから、できるだけ早く、しかも確実でなければならないのだ。

だが、そんなに人間的にデキた医師ばかりではない。派遣医師たちの中に、内科の富平《とみひら》孝之《たかゆき》という男がいた。富平は看護師たちのあいだでもとりわけ評判が悪く、とにかく口も意地も悪い医師だった。

六月のある日、富平がナースステーションでカルテを見ているところに美南が入っていくと、いきなりこういわれた。

「ちょっとおたく、佐伯《さえき》さんの検査室！」

「は？」

「『は？』じゃないよ、使えないなあ。予約、今すぐ！」

佐伯という患者は美南の担当ではなく、病状どころか正直名前すらまともに聞いた記憶がなかった。

「佐伯さんの検査予約ですか？　はい、何の検査ですか？」

すると、富平はわざと病棟の廊下で大きな声を出す。

「カルテ見てないの？　自分の担当じゃなきゃもう何もしないの？　おたく、医師としての自覚あるの？　それとも何？　結婚するまでの腰掛け仕事なわけ？　患者さんに迷惑だよ、それ！」

ナースステーションにいた看護師たちが、びっくりしてこちらを見た。美南もわけが分からなくて、鳩《はと》が豆鉄砲を食ったような顔をした。

「えーと、佐伯さんは担当じゃないので、詳しく知らないのですが……何の検査ですか？」

「そのくらい自分で調べて！　まったく、これだから北関東は……。さっさと動きなさいよ！」

富平はそういうと、ナースステーションを出ていってしまった。残されたのは看護師ばかりだ。

「えー……」

静まり返った部屋で、美南は困り果てた顔をして首を傾げながら、カルテの棚を開けた。傍《そば》にいた看護師が、佐伯のカルテを出しながら教えてくれた。

「ＣＴ（コンピューター断層撮影）ですよ。佐伯さんにそういってありますし、朝食も抜かれてますから」

「ＣＴ。そうですか、ありがとうございます！」

美南はホッとして、看護師に深々と頭を下げた。すると、看護師が苦笑した。

「あの先生、自分で検査予約入れるの忘れちゃってたんでしょ。だから安月先生に責任転《てん》嫁《か》したんですよ」

「あの、佐伯さんの担当の研修医って誰ですか？」

「いないと思いますよ。富平先生は下をもたないから」

美南は眉をひそめた。世話をしたくないから研修医をもたないくせに、検査予約を忘れたら、勢いで目に入った美南に仕事も責任も押しつけたのだ。それなら普通に頼めばいいのに、何で結婚するまでの腰掛けなどと余計な罵《ば》倒《とう》までするのだろうか。

「来年早々院長選があるから、どんなに小さくても自分の失敗が反対陣営にバレたら困るのよ。だから研修医とか、面倒な患者は取らないしね。富平先生だけじゃなくて、梅林大の先生たちはみんな今年はカリカリすると思うよ」

朋美が教えてくれた。

——そういうこともあるのか。大学病院は大変だなあ。それにしても、めんどくさそうな先生だ。

美南は、富平にはできるだけ関わらないようにしようと決めた。

しかし何が気に入らないのか、それからというもの富平は美南を目の敵《かたき》にして、事あるごとに絡《から》んできた。しかもセクハラといわれないよう、意識的に「女」という言葉を使わないようにしている。確信犯である。

先日のナースステーションでの出来事については、こういわれた。

「研修医のくせに、『知らない』って素直にいえないで、まず『担当じゃない』って防御するんだよ。あの人たちってプライドが高くて、間違いを指摘されるとそうやってすぐキーキーいい訳するんだよな」

またプレゼンでの間違いを高橋に指摘され、それについていくつか質問をし返したことについては、こういって広められた。

「自分の論理が普遍的に通用するとでも思ってるのかね。あの人たちはホント、感情的で思い込みが激しいねえ」

「知ったかぶって、北関東の上級医や先輩の話すら聞かない。あの人たちの悪い癖だ」

こうなってみると何で親の敵みたいに恨まれるのか、美南が嫌なのか女が嫌なのか、それともその両方なのかすら分からない。そのうちに美南は富平の顔を見るだけでも嫌気が差して、気が重くなるようになった。

「いつ私がいい訳しました？　何であんな恨《うら》み言《ごと》聞いてやんなきゃいけないんです？」

美南が昼食を食べながら烈火のごとく怒っていると、朋美が慰《なぐさ》めてくれた。

「あの先生、病院内の権力闘争に負けてこんな田舎に追いやられたんだよ。欲求不満が溜《た》まってんだから、気にすんな」

「そうなんですか？」

「知らないけどさ、キタソーに来るんだから、そうに決まってるよ。院長選のあとは派遣先替わるから、来年にはいなくなる。あと少しだから頑張れ」

「そうですよねー……ありがとうございます」

朋美の優しさに美南は少し落ち着いて、おにぎりをガブッとくわえた。

元気のない夜は、大概景見にテレビ電話をする。景見は美南の愚痴《ぐち》を親身になって聞いてくれるし、こちらが尋ねるまで余計なアドバイスはしてこないので、とても居心地がよくてホッとするのだ。それで話しているうちに美南は落ち込みから浮上して、最後には元気になって満面の笑みになる。景見もそれを見て、嬉しそうに電話を切る。しばらくのあいだは、そういった日々が繰り返された。

そんな六月のある日、美南は本館の廊下で老人に話しかけられた。その老人は、大きな紙袋をもっていた。

「すみません、看護婦さん」

美南はこの間違いにかなり慣れてきていたので、「はい」と普通に返事をした。

「院長先生はお会いできますかね？　お礼に来たんですが」

「お礼ですか？」

「ええ。この間、目がどうにも痛くなってね。開けることもできなくなっちまったもんだから、朝早くだったんだけどここの救急に来て、院長先生に診てもらったんですよ。わざわざ起きてきてくれてねえ」

「あら、大変でしたね」

「うん、緑内障でね。でもおかげさまで目薬と飲み薬もらって、すごくよくなったんですよ。それでも私一人暮らしなもんですからね、いろいろ難儀だろうって、何度もうちに様子見に来てくださってさ」

「そうでしたか。ええと、ちょっと見てきます。お待ちください」

美南はにっこりと笑って、小走りで院長室に向かった。

そういえば以前絵面が、戸脇のところに朝早く急患が来ていたといっていた。だがここで、美南はふと不思議に感じた。「何度もうちに様子見に来る」とは？　戸脇は訪問診療はしていないはずだが。

医局の奥にある院長室を覗くと、戸脇はいなかった。それで仕方なく老人のところに戻ると、何と戸脇が老人と立ち話をしている。戸脇は背格好は小さめで細め、頭は白髪《しらが》混じりの毬栗《いがぐり》。トレードマークは、まず目が行くほど太い眉だ。

「あ、看護婦さん、ごめんごめん。今、先生がそっちからいらしたもんだから」

老人は、医局と反対側を指した。

「渡辺《わたなべ》さん、この人看護婦さんじゃないの。お医者さん、女医さん」

「あ、へえ、そうなんですか」

「よく頑張ってくれてるんだよ。そのうち頼りになるキタソーの先生になるから」

美南は褒《ほ》められたくすぐったさと同時に、ひっかかりを感じて苦笑した。

――「そのうち」。今は頼りにはならないのか。まあそうだろうな。

「ほら安月先生、見て。今頂いたの、トマトとほうれん草。うまそうだろー」

戸脇はこの渡辺という老人がもっていた紙袋から、二つの大きなビニール袋を取りだして見せた。

「うちの奥さんにお浸《ひた》しとサラダでも作ってもらって、明日のお昼に差し入れるからね」

「本当ですか！　うわ、嬉しい！」

久しぶりの誰かの手料理！　コンビニの惣菜と決まりきった菓子パンやカップ麺《めん》にウンザリしていた美南は、カパッと満面の笑みを浮かべた。戸脇と渡辺はこの顔を見て大笑いした。

「いいねえ、先生。若いんだ、どんどん食べろ！」

渡辺はそういって美南を煽《あお》った。

渡辺が去ってから、美南は戸脇に聞いてみた。

「先生、あのかた先生が何回もお宅に来てくれるっておっしゃってましたが、訪問診療をなさってるんですか？」

「いやいや、渡辺さんの家、ちょうどイヌの散歩コースにあるからさ。それでちょっと寄るの」

戸脇はそういうと、猫背をくるりと向けて去った。

――マメな先生なんだな。そうか、ケアが丁寧だから、ああやって患者さんがお礼をいに来てくれたりするんだ。

美南は、戸脇にオレンジ色を感じた。

小さな病院でも、いろいろな医師がいる。医師だけではない、看護師も技師も薬剤師も、事務員も警備員もだ。大学生だったころには気にすることもなかった「病院のスタッフ」という集団だが、勤務医になってみて一人一人が個性的な役割と性格をもっているのだと初めて実感した。

5

以前高橋が呟いた通り、病棟では毎日必ず入院患者の誰かに何かが起きる。

ある夜中、富平とのあいだで検査室を予約したかしないかで問題となった患者、佐伯が吐血した。ちょうどそのとき朝比奈は救急外来に行っており、美南が看護師に呼ばれて佐伯の病室に駆け込むと、ベッドは血だらけで佐伯の顔は蒼白《そうはく》、呼吸は既に止まっていた。血が喉に詰まったらしいが、呼吸が停止してからもう何分か経っている風だった。

「挿管の準備お願いします！　あと朝比奈先生呼んで！」

挿管とは、心肺蘇生《そせい》をするときに気道を確保するため、気管チューブを気管内に挿入することだ。もちろん美南は何回も他の医師が挿管しているのを見たことがあるが、自分が挿管したことはない。

だが、そんなこともいっていられない。喉頭鏡をもった自分の手が、微かに震えているのが分かった。

――とにかく、どうにかしなきゃ！

ところが、気管チューブがなかなか入っていかない。喉を傷《いた》めるのであまりガツガツ突っ込んではいけないが、早く入れないと間に合わない。

チューブを入れたり心臓マッサージをしたりしながら焦る美南は、看護師にこういうのが精いっぱいだった。

「朝比奈先生、まだですか！」

美南はひどく情けなかった。こんなときに口から出る一言が、看護師への指示ではなく、先輩の助けを乞《こ》う言葉なのだ。

そのとき、絵面がドスドスと音を立ててやってきた。美南の顔が曇《くも》った。

「安月先生、どう？」

「チューブがうまく入らない」

絵面は、美南より遥かに不器用だ。だから美南は、絵面は当然美南より挿管が下手《へた》だと思っていた。絵面が来ても役に立たないと思っていた。

ところが絵面は気管チューブを受け取ると、スルスルと喉に入れたのである。

「入れたよ、バッグ取って！」

美南は仰天して絵面を見た。

――ウソ、入った？　こんなにすぐ？

バッグとは、アンビューバッグのことだ。人工蘇生器ともいい、風船を膨《ふく》らませるのと同じようにして空気を肺に送り込む手動の空気入れである。挿管できたのが当然であるかのようにバッグをペコペコと押し続ける絵面を見て、美南は自分がこの病院で一番何もできない医師なのだと心から思った。

それからすぐに朝比奈が来たが、心肺停止した佐伯はそのまま蘇生しなかった。末期の肝がんで間もなく集中治療室に入る予定だったため、今日の昼過ぎに遠方に住む家族が到着する予定だった。だから仕方ないといえば、仕方なかったのかもしれない。美南は運がなかったといえば、なかったのかもしれない。

だが、美南はそれに納得できなかった。看護師が佐伯の身体《からだ》を綺麗にしているあいだ、棒立ちになって次第に冷たくなっていく佐伯を見ていた。佐伯の身体はまだじゅうぶん温かいのに、何もできずにただ冷たくなるのを見ているしかない。それが、とてももどかしかった。

こんなに血だらけで亡くならなくてもよかったんじゃないだろうか。美南がもう少し早く病室に到着して、即座に挿管できていたら、佐伯は家族が来るまで生き延びたのだろうか。これが美南ではなく朝比奈だったら、いや、絵面であっても佐伯は助かったかもしれない。

翌朝、呼び出しにも応じなかった担当医の富平が平然と定時に出勤して、落ち込む美南に追い打ちをかけた。

「えー？　おたくだったの？　だから佐伯さん亡くなっちゃったんじゃないの？　困るなあ。挿管なんかできやしないくせに、何でひとりでやろうとするわけ？　人に頼るのが嫌だったんでしょ」

この一言は特にこたえた。「挿管なんかできやしないくせに」のところだ。確かに美南は手際《てぎわ》よく挿管できなかったのだ。

ナースステーションにいた派遣医師たちは、富平の嫌味に対抗しない。同じ大学の医局に所属しているから、今後どこでどういう関係になるか分からないため余計なことはいわないのである。また看護師たちも疎《うと》んじられて立場を悪くしたくはないので、呆れ顔や非難めいた視線を富平に向けてはいても、口に出しては何もいわなかった。

美南は仮眠室に駆け込んだ。ひとりで仮眠室に立ち尽《つ》くして、喉を震わせて深呼吸をした。あんないわれかたをしても何もいい返せないその立場よりも、富平のいうことが事実だというのが悔しかった。

惨《みじ》めだ。同じ新参研修医の絵面がサラッとできることが、美南にはできなかった。そしてそれを、これ以上ないくらい無遠慮な言葉で富平に侮辱《ぶじょく》された。

挿管がうまくなりたい。いや、それだけじゃなくて、何でも、富平のような輩《やから》がぐうの音《ね》も出せないようになりたい。

佐伯の死に顔が浮かんできた。苦しそうに口を少し歪めていた。

鼻息を荒くして唇を強く嚙み、泣くのを堪えた。少し落ち着くと何となく心細くなったので、スマホを取り出して景見にテレビ電話をかけた。朝の七時過ぎ、アメリカ東海岸では夜の六時くらいのはずだ。そろそろ研究室を出る時間だろう。

ところがかなり長いあいだの呼び出しの後、テレビ電話に出た景見はスクラブ姿で首に聴診器を引っかけていた。しかも後ろで看護師らしい大柄な男性や白衣の男性が、忙しそうに右に左に横切っていく。明らかに大学ではない。病院だ。まるでアメリカの病院に普通に勤めている医師に見えるほど、風景に馴染《なじ》んでいる。

「よ！　久しぶり、どうした？」

「何でスクラブ着てるの？　そこ、病院？」

「ああ、教授に紹介してもらってさ、ここで宿直してんだ」

景見は聴診器を掲げて見せた。

「バイトしてるの？」

「いやいや、バイトじゃない、いうなれば臨床実習！　この病院から直接お金はもらってない」

査証の関係でそういっているだけかもしれない。本当のところはどうか分からない。だが明るくいたずらっ子っぽく笑う景見は、生き生きしていた。いつもの景見だ。あまりにも昔の景見と同じ過ぎて、不思議なことに美南はかえって景見との距離を感じてしまった。

するると、景見が首を傾げて聞いてきた。

「どした？　何があった？」

「え？」

「目が赤い」

美南は動揺したが、それからあっという間に眉を八の字に、口をへの字にした。このいつもより少し低めの優しい声、この穏《おだ》やかな聞きかた。張りつめていた糸が緩んだ気がして、泣いて縋りそうになった。そもそも甘えたくて、この言葉が聞きたくて、慰めてもらいたくて電話しているのだ。

何年か前、景見に会いたくて景見の車のボンネットに座り込み、ずっと待っていた。あのとき、景見はこんな風に少し首を傾げて美南の顔を覗き込みながら、「何があった？」と聞いてくれた。美南は急に、あの学生時代に戻った気がした。

「あ……」

そのとき、画面の後ろから景見をチラチラ見ていた医師らしき白衣姿の女性が、何か早口の英語で景見に声をかけた。それに景見は振り返って何か答えると、申し訳なさそうに「ごめん、ちょっと行かなきゃ」と美南にいった。美南はふわふわとしたパステル色の夢の中から、急に現実に戻された。

「あ、ああ、そうだよね。ごめん、忙しいのに」

景見は少し美南の顔を凝視すると、申し訳なさそうに「ごめんな、一緒にいてやれなくて」といった。

「いや、大丈夫！　私は大丈夫だよ！」

急にかけられた温かい言葉への照れもあって、美南は慌ててそういうと、「身体に気をつけてね。また連絡するね」と自分から電話を切った。

――「ごめんな、一緒にいてやれなくて」。

景見は、何で美南が電話をかけたか分かっているのだ。だからそれでいい、こればかりは本当にしょうがない。分かってくれているだけで、じゅうぶんだ。美南は自分にそういい聞かせた。

それから、小さく震えるため息をついた。自分はここでまだ居場所を見つけてはいないのに、景見はすっかりあっちに馴染んでいる。それも当然だ、景見にはどこに行っても信頼するに足る技術と経験があって、美南にはそのどちらもないのだ。

鼻がツーンとして目に涙が溜まった。取り残されている気がした。美南はまた唇を嚙んだ。

――いつまで景見先生に頼っているんだ。自分の面倒くらい、いい加減見られるようになれ！

このとき、口を強く結んで部屋から出ていく美南を、静かに見ている者があった。二段ベッドの上段にいた朝比奈である。美南より少し前にあがって夜まで寝ようとしていたところに美南が泣きながら部屋に飛び込んできたので、どうしていいか分からずそーっとしていたらしい。朝比奈は美南の背中をジッと見送ると、やがてまたベッドに横たわった。

6

久しぶりに帰宅した。初めての休みだというのに、気分が晴れない。しとしとと降る梅雨の雨のせいもあるし、棚とテーブルとベッドしかない、閑散《かんさん》とした生活感のないこのアパートの空間のせいもある。一人暮らしが初めてなので、静けさに慣れていないということもある。だが結局、一番尾を引いているのは佐伯の件だ。

景気づけに外出しようと思ったが、行くあてもない。そこで思い立って、CDの大学病院に行くことにした。今からなら、高速道路が混んでいなければ昼過ぎのいい時間に着く。妹の孝美にも会えるかもしれないと思って連絡すると、すぐにOKが来た。孝美は最近カレシができたらしいので、その辺の話も聞きたい。

運転しながら美南は佐伯のことを考えていた。高橋がいう通り、毎日入院患者の誰かに必ず何かが起きる。自分の担当患者が亡くなることももちろんあるだろう。その度にこんな風に落ち込んで、引きずっていたらこちらの気がもたない。

しかし、どうやって折り合いをつければいいのだろう。人の死に深く関わってしまったこの記憶を、どこにどのようにしまえばいいのだろう。

美南は確かに客観的に見れば佐伯の死と直接の因果関係はないかもしれない。だが、もしもう少し早く病室に行っていたら。挿管が一発でできていたら。もし呼び出されて行ったのが美南でなく、朝比奈や高橋だったら……あの富平でも、絵面ですらよかったのだ。美南だけがダメだったのだ。

「おたくだったの？　だから佐伯さん亡くなっちゃったんじゃないの？」

富平の嫌味に満ちたネチッとした大声が、頭の中にこだました。

雨に湿ったCD大学病院は相変わらず古くて、軍艦島のようだった。車で坂を上り病院全体が見渡せた瞬間、美南の鼻がツーンと来て喉が痛くなった。別に特別愛校心が強いわけではない。だが、懐かしい。ただ、すべての思い出が温かくて恋しい。

美南は元クラスメートの秋元愛美《あきもとまなみ》に、サービスエリアからメッセージを打っておいた。CDでは愛美の他、元カレの日向魁人《ひゅうがかいと》やラグビー部だった田中《たなか》が研修をしている。初期臨床研修のプログラムは四種類か五種類あるが、みな最初の半年は必修で内科を受けているはずだ。

おそるおそる内科の医局のドアを開けると、最初に見えた知った顔が日向だった。

「え？　あれ？　みな……安月さん？」

少しふっくらとした日向が、目を丸くして美南を見た。かつては名前で呼びあった仲、癖で呼び捨てそうになったらしい。

「日向くん！　元気？」

美南が懐かしさで満面の笑みを浮かべると、日向も嬉しそうに笑って近づいてきた。

「何だー、今日来るなら前もっていってくれればみんな集めたのに！」

「愛美には連絡したんだよ。でも少ししかいられないから」

「そうか、そうだよな。逆によく休み取れたね」

日向は美南を確認するかのように、じっくりと見ながらそういった。

「日向くん、少し太ったね」

「少しじゃない。七キロ！　マジやばい。飲みすぎとストレスかな。安月さんは痩《や》せたね」

「ろくなもん食べてないから」

「そうなの？　病院、どこだっけ？」

「北関東」

「そうか、CD系列じゃないんだ。大変？」

「えー、うん……」

いいかけて、美南は日向の顔を見て気づいた。

――いやいや、私は自分の研修がうまくいっていないっていいふらしたいのか？

「まだ一人暮らしに慣れてないからだよ」

そういい換えて、慌てて笑顔を作った。

「景見先生は、その……元気？」

少し探るように日向が聞いてきた。

「うん。あっちの病院で『臨床実習』始めたって。楽しそうよ」

「そっか。うまくいってるんだ」

美南がニッコリ笑うと、日向もニッコリした。

「きゃー、美南！」

愛美がドアを開けるなり、大きな声を出して美南に飛びついてきた。美南が大学二年生のときからの、一番仲の良い友人だ。愛美はもともと美南の一学年上にいたが、二年次の解剖《かいぼう》の授業から逃げ続け、留年して同級になったという過去をもつ。

「愛美ー！　元気ー？」

二人が抱き合って喜ぶと、先輩研修医が「こらこら、うるさいうるさい」と窘《たしな》めた。

「じゃ、俺、病棟回ってくる。安月さん、またね」

日向はそういうと、手を挙げて去った。美南は愛美と日向を見比べて、何となく察した。

「まだ付き合ってる？」

「ううん、卒業してすぐ別れた」

――だよね。今、そういう雰囲気だった。

「ちゃんと付き合ってるって感じでもなかったからね。それより、田中くんにも声かけたんだけど、今ちょっと講義中みたい」

「やっぱり毎日大変？」

「まあねー。百人単位で救急が来るし、聞いたことのない症例とか結構あるし」

大学病院は三次救急指定なので、重篤で緊急性の高い患者が搬送されてくる。また、科が細かく分かれていること、専門医や研究者がいること、設備が調っていることなどから、難病や一般の病院で治療が困難な患者が転院してくることも多い。

「そういうの、どうしてる？　分かる？」

「うーん。まあ毎朝カンファあるし、夕方勉強会や講義があるから、教えてもらえる。でもそれに向けての準備とか、復習とかが大変だけどね」

これを聞いた美南は茫然とした。大学病院では、医療とともに医学も学び続けることができるのだ。ここでの日々の積み重ねは、すぐに膨大《ぼうだい》な知識になるだろう。

ただ逆に、大学病院は手が足りているのでなかなか手術の執刀などはさせてもらえない。そのため、実務経験を積むなら一般の病院の方がよいといわれる。だが、美南のような駆け出しは北関東相互病院でも手術などさせてもらっていない。日々勉強を積み重ねている愛美たちとの差を考えると、正直焦った。

するとと、愛美に呼び出しがあった。

「あー、ごめん美南」

「早く行きなよ！　私はまた会えるし。連絡するから」

「うん、落ち着いたら連絡するね」

愛美はそういって、慌てて医局を出ていった。

部屋が急に静かになった。残るは知らない先輩だけになったので、居心地が悪くなった美南は挨拶をしてCDを出た。少し早いが、夕方から孝美に会う予定の待ち合わせ場所まで行き、近くのショッピングセンターの駐車場に車を停め、少し歩き回って暇を潰した。

金曜日の午後だからか、溢《あふ》れんばかりの人ごみだった。洋服屋や雑貨屋の洒落たディスプレイが、もう夏物になっている。派手《はで》なスイーツや化粧品のポスター、電光や液晶の掲示板が、賑やかに街を彩《いろど》る。人々の雑踏《ざっとう》や歩行者信号のメロディー、店から漏《も》れる音楽、車のエンジン音。美南のいるところとは明らかに別世界だ。

微々《びび》たる額とはいえ美南はもう給料をもらっているのだから、気に入った服のひとつやふたつ買ってもよい。だが、どこに着ていく？　年がら年中病院の中にいて、たまにコンビニに行って初めて外の天気が分かったりする。こんな華《はな》やかなワンピを買ったところで、袋からも出さないかもしれない。そう思うと、ウィンドウショッピングすら無意味な気がしてくる。

やがてひとり歩きも飽《あ》きたので、待ち合わせのカフェに少し早めに行ってスマホをいじり、時間を潰した。

孝美は待ち合わせ時間の五分前、硬《かた》そうなスーツ姿で現れた。髪の毛は肩につかない長さにバッサリと切っていて、いかにもキャリア・ウーマンという雰囲気を漂わせている。

「孝美、カッコよくなっちゃって！　司法試験お疲れさま」

「お姉ちゃん、痩せたね！　顔色が悪い。ちゃんと食べてる？」

姉妹は、嬉しそうに顔を見合った。

「これでもう発表待つだけなんでしょ？　受かったら、その後はどうなるの？」

「一一月から司法修習生っていうのになって、また一年後に考試」

「まだ試験があるんだ？」

「それで終わりだよ」

「すごいなー……本当に弁護士の先生になるんだね」

美南が口を開けて感心すると、孝美は照れ笑いをした。

「まだ受かるかどうか分からないんだよ。で、お姉ちゃんはどうよ？」

「どうって……病院の外に出ないから何もない」

「働きづめ？」

美南はアイス・カフェラテをストローで啜《すす》りながら頷き、「フツーに四〇時間連勤とか」と答えた。

「四〇！　それ、ブラックもいいとこじゃん！」

「でも、病院に強制されてるわけじゃないから。とにかく仕事が終わらないってだけで」

「四〇時間も連勤しなきゃいけない職場なんて、そもそも構造的に問題あるよ」

「そんなことはみんな分かってるの。でも命を預かってんだから、『時間なので帰ります』ってわけにいかないんだよ」

「自分の命は？　絶対身体壊すよ？」

「いや、一生これやるわけじゃないし、慣れればもっとうまくできるはずなのよ」

すると、孝美は呆れ顔をしてため息をついた。

「組織の問題を、個人の資質のせいにするような環境なんじゃないだろうね？」

美南はこれに眉をひそめ、空を向いた。

「やっぱりそうなの？」

「いやいや、それはない！　そういう職場ではないよ」

「お姉ちゃん、しっかりしなよ！　パワハラを受けてる認識なく身体や心を壊す人って、たくさんいるんだからね！」

「それよりさ」

興奮し始めた孝美を遮《さえぎ》って、美南は身体を乗りだした。

「カレシの写真見せて！」

すると孝美は急に女の顔になって、「何で知ってんの？」と頬を赤らめた。

「お母さんからチラッと」

孝美はスマホをスワイプさせながら頷いた。

「お母さんは気に入らないんだよね」

「そうなの？」

「ほら」

孝美が見せてくれた写真の青年は、派手なプラチナ金髪に青いメッシュ、耳に三つのピアスと軟骨《なんこつ》ピアスをして、股を開いて座りながら、鋭い目つきで下から覗くようにカッコをつけてＶサインをしている。美南は絶句してしまった。

「……これは……」

「まんまヤンキーでしょ」

「あー、うん、いや、うん」

美南がしどろもどろになると、孝美は苦笑した。

「親が心配してたから念のためにいっとくけど、耳以外のピアスはないし、タトゥーも入れてないよ。親方がそういうのうるさいんだって」

「親方？」

「鳶《とび》だから。聞いてない？」

「何も聞いてないよ。名前は？」

「瀧田亮《たきたりよう》」

「亮くん……若そうだけど、何歳？」

「二一」

「ってーと、孝美より二つ下か。どこで知り合ったの？」

するると、孝美は細かい出来事を楽しそうに思いだしているのか、ニヤニヤしながらゆっくり説明してくれた。

瀧田は、孝美が働く法律事務所の建物の改修工事に来ていたそうだ。事務所に出入りするとき何回か目が合ったが、少し怖そうだったし、孝美は軽く会釈《えしやく》して済ませていた。

あるとき孝美が階段で派手に転んだところを、窓越しに外の足場にいた瀧田が見ていた。すぐに助けに来てくれて、手際よく散らばった書類をかき集めてくれた。ぶっきらぼうだが、優しい人だなと感じた。瀧田は翌日も無愛想に足首の心配をしてくれた。その辺りで、孝美は初めて瀧田を意識したらしい。そして工事最後の日、瀧田が「メシでも行かねえか」と誘ってきたので、孝美は受けた。それが始まりだそうだ。

美南はこれを聞いて色めきたった。何とも洒落た出会いではないか。

「いいね！　ドラマみたい！　亮くんが誘ってきたの？」

「そうだよ。私、自分からは行かないタイプだもん」

孝美が恥ずかしそうに答えた。そういえば孝美は昔からそうだった。自分が好きになるよりもっと、相手に好きになってもらいたい人だった。そうでないと自分が振り回されて、いつも心配したり嫉妬《しっと》したりして、疲れ果ててしまうからだそうだ。

姉妹でも、美南は真逆だ。どんなに相手が好いてくれても、尽くしてくれても、それが自分が好きな人でなければありがたみを感じない。ＣＤの研修医をしている日向がそうだった。

「どんな人？」

「そうだなあ。不器用で、正直だね」

「へえ！　性格は朴訥《ぼくとつ》な感じなんだ！」

美南は目を丸くして孝美を見た。さすが孝美だ、よく見ているではないか。美南はこんなに瞬間的に、景見の長所を一言で表現できないかもしれない。

「親は気に入らないみたいだけどね」

「まあこの見た目じゃ、大抵の親は最初は引くよね」

二人は噴きだした。孝美も、親の不満は理解しているのだ。

「お母さんたち、景見さんには会ったんだって？」

「うん、アメリカに行く前ね」

景見はアメリカに行く直前、一度だけ美南の両親に会っている。別に特別な意味はなく、ただこういう人と交際していると示すために夕食を一緒に食べたのだが、景見はその日はいい店を予約して、ちゃんとしたスーツで格好をつけていた。それを美南が笑うと、景見は照れくさそうにいった。

「当然だろ、お父さんとお母さん安心させるために会うんだから」

こういう場面ではそういうハッタリも必要なのだと、美南は思う。親もその辺は見抜くだろうが、頑張ってよく見せようとする努力そのものを受け入れてくれるのだ。

だが孝美はそういう考え方をあまり好まない。自分のありのままを見せるべきだと思う方だ。それで合わないならしょうがない、価値観が違うのだと割り切る強さをもっている。だから、親や周囲と揉《も》めやすい。

「そのうち亮と一緒に住むかもしれないから、そうなったらそのとき親に会わせるよ」

孝美がそういうので、美南は頷いた。

そうか、孝美も家を出るのか。美南はまた寂《さび》しくなった。どんどん周りが、自分を含まない集合体を形成していっている。

7

一日だけの短い休みの後、美南は北関東相互病院に戻った。

「元気になったのか？」

開口一番、朝比奈が尋ねてきた。美南は自分が落ち込んでいたことをなぜ朝比奈が知っているのだろうと驚いて、返答がしどろもどろになってしまった。

「え、あの、ま、えー？　何で知ってるんですか？」

　すると、朝比奈は綺麗に並んだ歯を見せて、「さて、どうしてでしょう？」といたずらっ子っぽく笑った。美南が軽く首を傾げてから、「ちょっと落ち込んではいましたけど、大丈夫です。頑張ります」といって笑顔を作ると、朝比奈はニッコリと頷いて美南の背中をバン、と強めに叩いた。

「イヤなことがあったら、話聞くぞ。一人で泣くな」

「え？」

　このとき初めて美南は、もしかしたら仮眠室でべそをかいていたのを見られたのだろうか、と思い当たったが、それを聞く前に朝比奈は去ってしまった。

　病棟では、困ったことが起きていた。美南が病院を休んだ一日のあいだに、富平が内科の患者相手に美南の悪口を広めていたのだ。

「勝手者で困りますよ。自分の担当じゃないからって、カルテも見ないの。医師っていう自覚がなくて、仕事は花嫁修業ていどに思ってるんでしょうなあ」

「僕の患者さんが急変したときもね、僕がいないのに勝手に処置しようとして……不幸な結果になっちゃったんですよ」

　美南はこれを知って茫然となった。火のないところにも、こうやって煙《けむり》は立つことがあるのだ。しかも、まるで美南が医療事故を起こしたかのようなことになっている。これはとんでもない！

ところが、新米女医よりも中年医師がいうことの方が、何につけても患者たちには信憑性があるようだ。

「あんたじゃなくて、他に先生いるだろ？」

「ちゃんとした人に診て欲しいんだけど」

美南が「どういうことですか？」と患者たちに尋ねると、みんながこう答えた。

「偉い先生から、あんたはダメだって聞いたんだよ」

こういう場合、患者が男だろうと女だろうと、関係ない。とにかくもともと若い女医というものに対する猜疑心《さいぎしん》が強いのに、そういう人たちを喜ばせる噂《うわさ》を富平が流すのだから、広まるのも速い。

だが、美南は患者にはいい返せない。上司の悪口を患者にいっては、連携が取れていない、医療スタッフどうしの仲が悪いと見なされ、病院全体の評価が下がってしまう。富平は自分は腰かけだから病院の評価なぞ気にしていないようだが、美南はそれでここの評判を落とすのが嫌だったし、富平と同じレベルのことをしたくなかった。

「最後の大事なところは高橋が診ます。具合は昨日と比べてどうですか」

美南は、グッと堪えて問診をする。すると、患者は大抵プイッと横を向いてこう答える。

「あんたにいっても分かんねえ」

「……分かりました。そう書いておきます」

美南がわざとらしくため息をついてそういうと、大抵の患者は少し慌てる。ちょっとした悪態を、文字記録に残されるのは嫌なものだ。美南はこのていどしか抵抗できなかった。

だが本来、研修医はこのていどの抵抗すらしないのが普通である。

「お前、大丈夫か？」

ある日の夕方、医局で朝比奈が聞いた。

「何がですか？」

「また暗いぞ」

美南は黙った。実際、美南は暗い。富平のせいで変な噂が広まり、回診ひとつうまく進まない。自分の中でも、佐伯の件以来どうもいまひとつ元気がない。あれから景見ともろくに話していないし、せっかくの休みにＣＤに出かけても、孝美と会っても気が晴れなかった。むしろ、孤独感が増した。つまるところ、全然いいことがないのだ。

「七月になって五月病かー？」

朝比奈は冷やかすように笑ったが、美南は仏頂面《ぶっちょうづら》のままだった。

そこに富平が入ってきた。帰宅時間なので、鞄を取りに来たのだろう。この医師は、自分は派遣だからといって一切の責任ある仕事や当直をしない。

「何だ、今度は若いレジデントを相手に婚活ですか。いいねえ気楽で」

美南は露骨《ろこつ》に嫌そうな表情をし、それを見た朝比奈が眉をひそめた。富平はヘラヘラと笑いながら医局を出ていった。

背中を丸めている美南を朝比奈はしばらく気まずそうに眺めていたが、それから口を尖らせて話しかけてきた。

「あんなの気にしてたら、これから先やってらんねえぞ」

美南は朝比奈を見ると、力なく首を振った。

「そうじゃないんです。富平先生がおっしゃった一言が、ずっと引っかかってるんです」

すると、朝比奈は顔をしかめた。

「何をいわれた？」

「宿直が私だったから、佐伯さんが亡くなったって……」

「どういうこと？」

首を傾げながら真剣な表情で自分を覗きこむ朝比奈を見て、美南はちゃんと説明しようと思い、洟《はな》をすすって深呼吸をした。

「私が病室に行ったとき佐伯さんはもう呼吸が停止していて、でも私は挿管がうまくできなくて、絵面先生にやってもらったんです。だから、どうしても考えちゃうんです。もっと早く病室に行ってたら？　うまく挿管できていたら？　あれが私でなく朝比奈先生だったら？」

美南は拳《こぶし》を握りしめた。最初のころショックとして受け止めていたこの事実が、このころは恐怖に変わってきていた。また挿管できなかったらどうしよう、私がやって失敗したらどうしよう、という恐怖だ。

朝比奈はしばらくのあいだ黙って美南を見ていたが、それからふと目を逸《そ》らして吐き捨てるようにいった。

「バカらし」

「え？」

朝比奈はチラリと美南を見遣り、急に真正面に向きを変えて怒ったような口調で続けた。

「モニターも何もつけてない佐伯さんの呼吸が止まったのを、看護師さんがすぐに発見できると思うか？　お前が呼ばれて挿管準備して、蘇生を試《こころ》みたのはずいぶん後だろ？　呼吸停止後五分を過ぎたら、蘇生率は限りなくゼロに近くなる。もともと助けることは非常に難しかった、違うか？」

美南は素《す》っ頓狂《とんきょう》な顔をした。朝比奈の口から、こんなにちゃんとした説明が淀《よど》みなく出てくるとは夢にも思わなかった。

「お前は何も間違ってなかった、富平先生は性格が悪い！」

朝比奈は人差し指を立てて力強くそういうと、くるっと背を向けて医局を出ていこうとしたが、ふと足をとめた。

「今日はアメリカのカレシにでも慰めてもらえ」

「はっ？」

端的で完璧な朝比奈の慰めに感動していた美南は、これに仰天した声を出した。朝比奈は部屋から出ていってしまった。

――やっぱり、仮眠室で話聞かれてた？　まさかあのとき、朝比奈先生あの部屋にいた？　あ！　上のベッド？

それにしても、久しぶりに胸のつかえがスーッと取れた。朝比奈の明快な理論が、美南の中のドロドロしたものを一気に洗い流してくれた。それに何よりも、美南は間違っていないといってくれたのが嬉しかった。佐伯の死が自分のせいではないと、誰かにはっきりいってもらえたのが救われた。

自分は新しい環境の中で雑多なことに振り回されて、「客観性」という医療のシンプルで大切な根本を見失っていなかったか？

美南は、両手で顔を擦《こす》った。

——しっかりしろ。私は富平先生に気に入られるために研修しているんじゃない。富平先生につられるな。本来の目的を見失うな。

要は、挿管がうまくなればいいのだ。技術に長《た》ければいいのだ。そうすれば、あの患者は私のせいで亡くなってしまったなどと落ち込むことは二度となくなる。腕が確かなら、患者が自分の腕を必要としているなら、富平が言いふらす悪口に振り回されることもないのだ。

間もなく看護師に呼ばれて内科病棟に行くと、それは以前「あんたじゃなくて、他に先生いるだろ？」といった初老の患者だった。気管支炎をこじらせて入院中で、近く退院の予定だが、点滴の針を刺しているところが腫《は》れて痛いので医師を呼んだらしい。

「えー？　何でいつもあんたが来るの？」

そこでだいぶ浮上していた美南は、笑顔を作って鼻息荒くいってやった。

「とっとと退院できるといいですね。そうしたら、私に会わなくて済みますよ」

すると患者はその反論を面白がって、「へー」といいながらしみじみと美南の顔を眺めた。憎まれ口には一言も返せないでしぼんでしまう、弱い女の子だと思っていたらしい。

それからは素直に治療に協力してくれたので、美南は少し意外だった。

わざと嫌なことをいわれたら、はっきりと嫌がってちょっといい返した。そんな些細《ささい》な意思表示が、患者に親近感を湧《わ》かせたのだ。「仲のいい近所の人」。前に景見が教えてくれた患者との距離は、確かに物事を円滑《えんかつ》に進めるいいスタンスになっている。


その日の夜中の一時ごろ、ひとり医局に座って勉強していると、珍しいことに景見がテレビ電話をかけてきた。アメリカ東海岸はちょうどお昼時である。

「この前中途半端《はんぱ》に電話切っちゃったから、あれから大丈夫かなと思って」

「心配してくれてたの？」

「そりゃーしますよ」

少しおどけてそういう景見を見て、美南ははしゃぎたい気持ちになった。ちょうど朝比奈が「アメリカのカレシにでも慰めてもらえ」といった後だったので、まるでそれを知っていたかのように電話がかかってきたのがとにかく嬉しかった。

美南は富平にされたこと、いわれたことを思いつくまま並べた後で、朝比奈の言葉に救われた話をした。

「へえ、優しい先輩だね」

「うん、何だかホッとした」

「よかった。少しは元気になった顔だ」

優しい声で景見がいう。美南はその愛情で身体中が満たされて、嫌なことなど遥か彼方《かなた》へ消え去った気がした。

大学の卒業式の日、景見は美南の本当の顔が見たかったといった。喜怒哀楽が真っすぐに出ている顔。今でも美南が素直に感情を顔に出すと、それが怒りであろうと悲しみであろうと、景見はそれを受け止めて、寄り添ってくれて、時には厳しい意見をくれる。すると感情が処理できた美南の心は落ち着き、強さを取り戻すことができるのだ。

「うん、大丈夫。立ち直りは早いの」

景見は微笑するとその言葉を確認するかのように再度美南の顔をジッと見て、それから軽く頷いた。

「ん、それが美南のいいとこだ」

美南は照れ笑いをした。景見はそれから話題を変えて、少し声のトーンを上げた。

「いいなー、そんないい先輩がいて」

このとき美南は、「あれ?」と思った。他人の状況を羨《うらや》むなんて、景見にしては珍しい台詞《せりふ》だ。

「研究大変なんだ？　友達は？」

「んー、人間関係が厳しいね。留学生は特にみんな必死で、友達を作るとか、周りとうまくやるとかいうことに労力を注ぎたくないみたいな感じかな」

「そうか、それはつまらないね。じゃ、大学以外のところで友達作ったら？　飲み友達とか、同じアパートに住んでる医学生じゃない人とか」

「今住んでるところが寮《りょう》みたいなもんだし、キャンパス内でほとんど用事済ましちゃうから、なかなか外に出る機会がないんだよなー」

「先生も忙しいもんね」

　美南は頷いたあと、言葉に詰まった。慰めの台詞が思い当たらない。景見のように人と話すのがうまい人間が苦労するのだから、みんなかなり当たりが強いのだろう。美南には日本を出て外国語でいろいろな国からの留学生と鎬《しのぎ》を削《けず》るなんて、想像がつかない。

「もう最近病院に宿直行くのが楽しみで」

　景見が少しふざけていったのにもかかわらず美南が顔をしかめていたせいか、景見は「そんなに深刻じゃないって」と笑った。そのとき、美南のピッチが鳴った。自動車事故による救急搬送が来るそうだ。

「ほら、お呼びだ。行ってこい。あ、美南」

「何？」

「ホントに辛いときは医師会の支援センターとか、相談できるところは探せば絶対あるからな」

景見が心配そうにいった。美南はそれを聞いて「そうか、第三者に相談する手もあるか」と気がついた。

「うん。でも、今のところ大丈夫」

美南が笑って電話を切ろうとしたとき、いま一度景見が美南を呼び止めて、説得するように、確認するように一言ずつ丁寧にいった。

「いいか、堂々としてろよ。いいたいことはちゃんといえよ。籠《こも》るなよ」

――「籠るなよ」。

美南は、この言葉の重みを感じた。ついさっき朝比奈に目を覚《さ》ましてもらうまで、自分は萎縮《いしゅく》して、富平に怯《おび》えて、一人で内に籠っていた。亀が甲羅《こうら》の中に閉じ籠るように、それがまるで自分の身を守る唯一の方法のように思い込んでいた。

だが、それは逆効果なのだ。亀は甲羅から首や手足を出して、動かなければ何も変えることができないのだ。

「うん、籠らない。ありがとう」

美南はしっかりと頷いて返事をした。

第二章　初執刀

1

　お盆のころになって、美南《みなみ》と絵面《えづら》は外科に移った。楽しみにしていた科というだけでなく、内科を出てそれほど富平《とみひら》の嫌味の相手をしなくてもよくなったのが何より嬉しかった。外科の指導担当医は、ここに着いたばかりの美南を手術助手として使ったあの弓座《ゆざ》である。弓座は実力第一主義で、早く慣れた方がいいからと美南にも今月中には執刀させてくれるという。

「執刀ですか？　本当に？」

「うん、とっととできるようになってくれるとこっちもありがたいから、最初の方だけね。ヘルニア」

　弓座はそういって、患者のカルテをポンと渡してきた。

「ヘルニア？　切開するんですか？」

「ラパロ、嫌なんだって。たまにいるんだよ、こういう人」

近年は腹腔鏡手術がどんどん一般化されてきて、ヘルニア、虫垂炎、胆石《たんせき》などの良性疾患に多用されている。実際手術時間が短く、傷も小さいので、執刀する医師にも患者にも負担がかからない。

ただし、腹腔鏡手術には高度な技術が要求される。隣県の大学病院でこの手術を受けた患者が八人も亡くなっていた事件があってから、北関東相互病院に来る患者でも体力的な負担を覚悟で、昔ながらの外科手術にしてくれと要求するケースがときどきあるそうだ。

手術。あの「メス」と差しだした手に、看護師が載せてくれるヤツだ。ヘルニアの手術で最初の方となると多分患者の背中を切るところだけだが、それでも美南は嬉しくて、その日は全然眠くならなかったほどだった。

眠気がなかったのは幸いだった。その日の夜、ちょっとした事件があった。真夜中の二時過ぎに呼ばれて救急処置室に行くと、貸別荘で泥酔昏倒《でいすいこんとう》した患者が今から運ばれてくるとのことだった。この時期の夜中は、観光客の救急搬送が一気に増える。

救急車が到着し、患者をストレッチャーに乗せて運んでいると、もうひとり酔っぱらってフラフラの若者が救急車から降りてきた。

「あやー、おんらの先生ら。ね、おえも診て、おえも」

美南が何かいう前に、救急科の看護師の山種《やまぐさ》が「はい、付き添いの方はここに座って待っててくださいねー」といってその若者を廊下の椅子に座らせた。

山種は何回か朝比奈《あさひな》に電話しているが、出ないらしい。先ほど美南は仮眠室から飛び出すとき、上の段で寝ている朝比奈に軽く声をかけてきた。返事はしなかったが、すぐ来るものだと思っていた。だが、一向に来る気配がない。

もちろん美南も医師免許はもっているのだから、いざとなったら上の先生がいなくてもひとりで治療をしなければならない。しかしそもそも研修医がやってもいいことというのは驚くほど少なく、上級医がいない処置室で何をしていいかなど、現場に出て三か月の初期研修医には分からないのである。

「もう一度朝比奈先生呼んでください。ダメなら……戸脇《とわき》先生？」

美南は山種と無言で見つめ合った。院長の戸脇は自宅が病院のすぐ隣にあるので、呼べばすぐに駆けつけてくれるだろう。しかしいかんせん相手は七〇歳を過ぎているし、何といっても一番偉い院長だ。救急の手が足りないなどといって、気軽に呼んでいいものではない。美南は山種に背を向けた。

「冗談《じょうだん》です」

しょうがないので、取り敢えず美南ひとりで患者を診た。外傷はなかった。顔や全身の紅潮《こうちょう》、発汗《はっかん》、意識の混濁《こんだく》、血圧の低下……どう診ても急性アルコール中毒にしか思えない。だが美南には自信をもって診断を下すほど十分な知識がないので、当然迷いが生じる。この診断は正しいのか？

「急性アルコール中毒ですね」

美南の肩越しに、山種が何気なくいった。美南はホッとして、「やっぱり？」と聞き返した。

「どう見てもそうでしょう」

「ですよね。ラクテック……B1混注でお願いします」

「はい」

ラクテックは水分補給のための薬剤で、これにビタミンB1を混ぜて点滴をしておいてくれという意味である。山種が準備しているあいだ、美南は背中を向けて急いで朝比奈に電話した。だが、やはり出なかった。

「ちょっと朝比奈先生探してきます。あの、酸素、マスクで……二リットルしといてください。念のために」

美南が自信なげに山種に慣れない指示をだして廊下に出ると、さきほど患者と一緒に来た友人らしき若者が、廊下のど真ん中で大の字になって寝ていた。

「あのー、こんなところで……」

側に寄って若者に声をかけようとした美南は、一瞬息を飲んだ。若者の顔色が蠟《ろう》人形のように青白い。口元からは、わずかに吐瀉物《としゃぶつ》が溢れている。

「山種さん、山種さん！　挿管の準備してください！」

美南は思わず大声を上げた。それから若者を横に向かせ、ポケットからゴム手袋を取りだしてはめ、迷わず口の奥まで手を突っ込んで吐瀉物を除去した。微かに空気が漏れるような呼吸音がした。

この瞬間、美南は佐伯《さえき》を思いだした。

——また挿管？

命がかかっているのだから、朝比奈を呼んできた方が確実だ。だが朝比奈を呼びに行っているあいだに、この患者に何かあったらどうする？　それに逃げてばっかりいたら、いつまで経っても挿管ができない。どうしよう？

山種が挿管の準備を整えて廊下に走ってきたのを見て美南は腹を決め、深呼吸をして、喉頭鏡を手に取った。

しかし、カッコつけたところで腕が上がるわけではない。美南は喉頭鏡をガチャガチャと動かしながら、次第に焦り始めた。舌は左に退かした、口もじゅうぶん開いている。何で気管チューブがうまく入らないのだろう？　もしかして、これは食道？　そういえばこのあいだ医師が気管と食道を間違え、小児患者が重症化したという事件をネットニュースで読んだ。

——いや、余計なことを考えるな。さっき微かに呼吸してはいたが、すでに三分くらいは経っている。急がないと。

もう一度深呼吸して背骨を伸ばし、集中力をリセットして試した。隣で美南並みに緊張している山種も、一緒に深呼吸した。

今度は喉に突っ込んだチューブが、ほとんどどこにもぶつからずにスルスルと奥まで入っていった。

「入ったー！」

美南はつい大声を出してしまった。隣にいた山種も、美南と一緒にかなりの声で叫んだ。

「先生、やったね！　がんばった！」

「やった、入った！　山種さん、入ったー！」

二人は大はしゃぎだった。アンビューバッグを装着してしばらく押すと、若者の呼吸が無事に戻った。

「よかったー」

汗だくの美南は半泣きになる。本当によかった。助けることができた。

もちろん、本来は技術にむらがあってはいけない。ましてや挿管なんて、下手すれば学生でもうまくできる。それでも、最初の分厚い壁を取り敢えずぶち壊せた気がした。自分でも、やればできるということが分かった。

それからすぐに、朝比奈が血相を変えて走り込んできた。

「ごめん！」

「一通り落ち着きましたから、大丈夫です。それより朝比奈先生、どうしたんですか？」

「起きられなかった！」

「は？」

「目が覚めなかった、ごめん！」

——ウソ。そんなことある？

美南は呆れて一瞬言葉を失ったが、目の前で深々と頭を下げて謝りながら顔を歪めている朝比奈に、それ以上何もいえなかった。

朝比奈が遅れてきたからこそ、美南は自分で挿管しなければならなくなって、結果少しは苦手を克服《こくふく》できたのだ。これは不幸中の幸いだった。

ただ、次からはもっと荒っぽく朝比奈を起こさなければならないようだ。

2

いよいよ美南の初執刀日がやってきた。患者は、既往症のない腰椎椎間板《ようついついかんばん》ヘルニアの二〇代男性。ここ数日、美南は飽きるほどシミュレーションをやってきた。

この二日ほど前、絵面が先に執刀デビューしている。虫垂炎の手術だったそうだが、腹部の数か所に数センチメスを入れるだけなのに手がブルブル震えてびっくりしたそうだ。

「どのくらいの勢いで、どのくらい深く切ったらいいのか分からなくてさ。信じられないくらい汗が出た。出血に気づくのも遅くて、弓座先生結構イライラしてた」

最初の執刀など、そんなものかもしれない。何せ大学を出て、まだ五か月である。患者側からすれば、何で自分が実験台にならなければならないのかと、たまったものではない。でもいつかは自分からどんどん手術しなければならないのだから、一刻も早く慣れたいとは思う。

「僕は内科志望だから、そういう欲はあまりないんだよね」

日光《にっこう》で曾祖父《そうそふ》の代から個人医院を営《いとな》む絵面は、そういってヘラッと笑った。

さて八月二六日、本番である。

「緊張しないでいいからね」

第一助手とは名ばかりで、一番偉い、外科部長の弓座が前にいる。隣にはオペナースといわれる手術室専属の看護師が立ち、モニター前には麻酔科兼救急科部長の若桝《わかます》が座っている。

麻酔が済み、看護師がメスを掌《てのひら》に載せてくれたとき、美南のアドレナリンが一気に分泌《ぶんぴつ》された。手術開始。美南はメスを患者の肌にあて、弓座を見た。

「この辺で?」

「うん、いいよ。お、思い切りいいね。もう少し広げて」

「はい。あ、止血お願いします」

「はい。目もいいね。もう少し開創しようか」

弓座は淡々と指導しながら、うまく褒めてくれた。美南はだんだん調子に乗ってきた。

「椎弓《ついきゆう》確認できた? 速い速い。そうそう、じゃ切除してみようか」

「え? 椎弓切除ですか?」

「そのくらいやりなさいよ」

この辺りで、美南は焦り始めた。自分が今日やるのは最初の切込みを入れるところだけだと信じて疑わなかったのだが、こんなに進んでいっていいものだろうか。オーベンの弓座のいう通りにしているのだから、このまま続けても大丈夫なのだろうとは思うが。

腰椎椎間板ヘルニアの手術は、簡単にいうと背中を開けて腰椎の一部を削り、椎弓を切除してヘルニア、すなわち腫瘤《しゅりゅう》を摘出《てきしゅつ》する。今は内視鏡手術やレーザー治療、保存療法などいろいろな選択肢があるが、条件によっては背中を開く手術にもなる。

「腫瘤確認して。そうそう、それ引っ張って。おー、できたね。そのままあげて、あげて……君、かなり器用だね」

最後の方になって、やっと美南は自分が全部やらせてもらえるのだと認識した。腫瘤を摘出し、問題がないか確認してから縫合《ほうごう》する。

「もう少しきつく」

「はい」

縫合終わり！　結局、最後まで全部美南がひとりでやった。終わったとき美南と看護師は大きな深呼吸をしたが、弓座はケロッとしていた。

「うん、思い切りもよくてうまかった。お疲れさま」

美南の表情が、ぱああっと明るくなった。

——私、ひとりで手術した！　すごくない？

「お疲れ！　うまかった、うまかった」

麻酔科医の若桝も褒めてくれた……というよりは、ボールを取ってきた子犬のような美南の表情を見たら、もう褒めるしかなかったのかもしれない。

その日はずっと興奮気味のままで、夜中になっても気になって何度か術後患者の様子を見に行った。何しろ、自分が執刀した患者である。普段よりもいっそう強い責任感も親近感も湧いていたし、回復期の症状も遥かに理解しやすかった。

「へーえ。大したもんだなあ。俺なんか最初ビビって、すっげえ肩凝《こ》ったの覚えてるわ」

当直室で、朝比奈がテレビを観ながらいった。

「朝比奈先生がビビってたんですか？」

「俺だってビビりますよ、そりゃ。もし間違ったとこ切っちゃったらどうしようとかさ」

「でも、そこは弓座先生が見てくれてましたから」

「そこで弓座先生が突然『あー！』とかいったらどうすんの？　俺想像力豊かだから、最初はマジダメだったわー」

美南は手術の記録と復習をしながら笑った。朝比奈はいつも高めのテンションで、明るく、ともすればうるさく、少年のような人だ。

「朝比奈先生って、最初からここで研修してたんですか？」

「いーや、最初は梅林《ばいりん》大よ。二年目からキタソー」

「どうして今年も北関東に残ったんですか？　地元ですか？」

「いーや、俺ハマッ子、横浜《よこはま》。でもここ居心地いいし、いろんなことやらせてもらえるじゃん？　先生方は大らかだし、冬は気軽にスノボに行けるし」

美南は黙って頷いた。確かにそうだ。院長の戸脇からしてちょっと変わり者でおもしろそうな人だが、弓座も高橋《たかはし》も、外の大学から来た女の美南を差別したり貶《けな》したりするようなことは一度もなかった。地元出身の看護師たちもドーンと落ち着いた頼りがいのある人たちが多く、富平をはじめとする梅林大派遣の医師たちがいない限りは非常に居心地がいい。

「でも、どうして派遣の先生方はここに居着かないんでしょうね？」

「だってもともと短期の契約で来てるんだから、よほどのことがない限り契約を撤回《てつかい》してここに残りますとはならないよ。そもそもみんな、大学病院で上がっていくためのステップとしてここに来るわけだし」

「そうか、なるほど。分かるけど、何か残念ですね」

ほとんどの初期研修医が大学病院で研修する中、ひとり美南はこの田舎の病院に来た。だが、美南は運がいいのだろうと思う。先日久しぶりに連絡をとった大学時代のクラスメートの古坂翔子《こさかしょうこ》は、女性としての色気に溢れ、成績もよく、リーダーシップもあって、大学当時は怖いものナシだった。ところがかなり自由な校風のＣＤから古風な大学病院に移ったせいか、今は上下関係に苦労しているようだ。

「もうね、教授は神様！　人事権を一手に掌握《しょうあく》してるから、ありえないような無茶苦茶いったって誰も歯向かわない。例えばパワハラとかセクハラがあったって、声をあげられるような雰囲気じゃないのよ。そりゃ私だって景見《かげみ》先生に口きいてもらって入ったから、面《メン》子《ツ》潰さないようういい研修医してますけど」

翔子がいる大学病院は景見の出身大学なので、景見が教授に翔子を紹介してくれたそうだ。翔子は親がかなり大きな病院をもっていて、最初からそこを継《つ》ぐといっていたので、この分だと二年の初期研修を終えたらすぐに辞めてしまうだろう。

都内の有名私立大学病院に入った超秀才の帯刀《たてわき》も、似たような感じだった。本人が希望している眼科は医学界では決してステータスの高い科ではなく、帯刀の能力に目をつけた上級医が、何とかメジャーな科で大学院に行かせようとしているらしい。だが、帯刀にとって知識はあくまでも自分の興味のために仕入れたものであって、目標は臨床で目の悪い人をどんどん治していくことだ。その考え方が「オレンジ色の病院になりたい」といっている美南のそれとよく似ているだけに、帯刀の能力と意志は尊敬に値するものだったし、また帯刀の苦悩も理解できた。

「論文書かされると研修が二の次になってし」

中途半端な文章でメッセージを送ってくるのが、帯刀の特徴だ。呼び出されたら、取り敢えず書いたところまでを送信してしまうらしい。「研修が二の次になってしまう」と書きたかったのだろう。美南はその文面を読んでコーヒーを噴いた。

再受験だった小倉兼高《おぐらかねたか》は三八歳になった現在、美南のように郊外の総合病院にいる。郊外といっても東京でもかなり山梨に近い山の方で、意外と暇だといっていた。やはり大学病院は医学と医療双方の最前線。その分どうしてもさまざまな利害や人間関係が複雑になってしまうので、小倉のようにマイペースで開業を目指している人には、一般の総合病院がちょうどいい。

このごろは、景見も楽しいとはいわなくなった。留学経験のある翔子の父親によると、アメリカの医学大学院にいる日本人留学生は数年したら帰国して大学病院に戻るが、他国からの留学生の多くはできればそのままＵＳＭＬＥと労働許可をとってアメリカで医師として働きたいと考えている。それだけに、自分の評価を高めるためにびっくりするくらいセコいことをしたりもするらしい。

「原稿が盗まれて、その原稿を留学生が平然と自分の名前で自分の国の医学雑誌に発表したことがあったんだって」

「え？　そんな露骨な盗作、すぐにバレるでしょ？」

「そんなの先に発表した者勝ちだし、国が違うと追いかけられないことも多いでしょ。言葉も違うから、ネット検索でも引っかからないし」

「うわー……何かもう、人間性の問題だね」

「研究室でも、自分より先に論文に名前が載りそうな人には嫌がらせしたりするらしいよ」

「嫌がらせって？」

「資料隠すとか、実験の邪魔するとか」

「えー、マジ？　それだって、バレたら面倒なことにならないの？」

「そういう人は、バレてもシラを切り通すって。もうね、常識とか全然通じないってさ。

考え方や文化が違うって割り切っていかないと、頭おかしくなるっていってたよ。それで自分の一生が左右されるわけだから、あっちも必死なのよ」

電話で翔子の話を聞いているうちに、美南はゾッとしてきた。景見は、そんな思いをしていないだろうか。

テレビドラマで観るアメリカの大学生は大抵ものすごくチャラチャラしたパリピで、裏表もなく明るいキャラが多いのだが、あれはやはりテレビドラマだからか、それとも医学生ではないからか。考えてみるとああいうドラマには留学生も大学院生も出てはこないし、舞台は医科大学院ではない。

かといってアメリカの医療ドラマになると、どこの病院も殺人的に忙《ぼう》しい。それでも忙中閑《ちゅうかん》ありで、大抵倉庫辺りで恋愛模様が繰り広げられている。美南にとっては、そちらも心配だ。

「そりゃ、宿直は忙しいよ。でもこっちの方が気が楽だな」

病院で勤務中の景見が、テレビ電話の先で笑った。北ボルチモア総合病院というところで、最近は頻繁《ひんぱん》に当直をしているそうだ。

「教授の同期がここの院長だから、話つけてくれたんだ。すごいよ、射創なんて日本じゃまず見ないだろ？」

射創とはすなわち銃創、つまり銃弾によるケガのことである。

「そんなに危ないところにいるの？」

「病院の中は安全だよ」

「でも、病院に行くまでのあいだに何かあったらどうするの？」

「ないない」

美南が不安を露骨に顔に出した。

「そんな顔するなよ」

「何で大学で普通に研究するだけじゃダメなの？」

美南が口を尖らせると、景見は困った顔をして苦笑した。

「大学にも、毎日ちゃんと行ってるよ」

「そりゃそうでしょ、研究がメインなんでしょ？」

すると景見は無言で、珍しく薄《うっす》らとした微笑を浮かべた。研究室に行くのが辛いのだろうか。美南の脳裏《のうり》に、研究室内部の葛藤《かっとう》についての翔子の情報があれこれと思い浮かんだ。

人と話をするのが好きで、現場が好きな景見には確かに研究室は合わないだろう。それでも自分の研究のために我慢《がまん》しているのだ。だが、これが景見がしたかったことなのだろうか？　美南のためにCDを去るとき理事長に留学を勧《すす》められ、その通りにした。だが本当は、USMLEを使ってアメリカの現場で仕事をした方がよかったのではないか？

「現場の方が楽しいんだ？」

美南が確認するように尋ねると、景見は無言のまま、だがさっきより柔らかく笑った。美南はそれを見て、小さくため息をついた。

「先生ならそうだろうね」

そのとき、景見の後ろから緑色のスクラブを着た女医らしき女性が声をかけてきた。景見は何かその人と少し話してから頷くと、美南に向きなおって「急変だから、切るよ」といって電話を切った。

美南はコンビニ袋を片手に、つまらなそうに当直室を出てきた。お昼の時間なので、久しぶりに休憩室に行って顔見知りの看護師たちとご飯を食べようと思ったのだ。

廊下を歩きながら、ふと思い当たった。今景見に声をかけてきた緑スクラブの女性は、この前も声をかけてきて電話を中断しなかったか？　あのときは白衣だったが、同じ人ではないか？

北ボルチモア総合病院では宿直を二人組でするシステムで、あの女性がバディなのだろうか。それともたまたま同じ人が声をかけてきただけか？

美南は暫《しば》し廊下で立ち止まって考えたが、それから大きく首を左右に振った。

——あー、やだやだ！　こういう無駄に暗い思考、本当に嫌だ！　いつになったら、私はこういうつまらない不安から解放されるんだろう？　こういうことを考えなくて済むようないい手が、何かないだろうか？

ある日美南が当直室を出ると、隣の医局前の廊下にいた若い男性が声をかけてきた。

「安月《あづき》先生！」

見ると、先日急性アルコール中毒の手当てをした人だった。廊下でひっくり返って、美南が挿管した方だ。あれから経過を見るために少し入院したが、もう退院したはずだ。

「あ、こんばんは。えーと」

「河野《こうの》です。覚えてます、俺のこと？」

「もちろん。お酒飲み過ぎて救急に来た人ですよね？」

「その友達です……もともとは」

河野は笑った。

「実は俺、あのまま検査入院してたんですよ。胃の調子が悪くて」

「そうでしたね」

「先生に診てもらえるのかと思ったら、外科なんですって？」

河野がグイッと近づいてきた。美南は少し警戒《けいかい》した。

「ね、お茶でもしません？　終わるの待ってますから」

「そんな暇ありませんよ」

「そんなこといわないで、わざわざ東京から来たんだから。何なら東京で遊びません？　俺、吉祥寺《きちじょうじ》に住んでるんで、いろいろ連れてってあげますよ」

「結構です。私も東京出身ですから」

すると河野は大きなはしゃぎ声をあげた。

「あー、そうなんだ！　やっぱ、あか抜けてると思ったんだ！　じゃ、東京で待ち合わせて遊びに行きましょうよ」

「だから、暇なんかないんです。まともに休んだことありませんから」

「本当？　俺の会社も相当ブラックだけど、それ以上だな！　労働基準法違反ですよ、それ！　そういって休み取ればいいじゃないですか」

美南は河野の顔をしみじみと見た。医療現場が労働基準法違反だのブラックだの、もう聞き飽きた。みんないうだけで何かしてくれるわけでもない、ただのうるさい冷やかし外野だ。美南を休ませるには患者の数を減らすか、医師の数を増やすかしなければならないのだ。

そこへ、朝比奈と絵面がやってきた。この絶妙なタイミングに美南はホッとした。

朝比奈は美南の表情からしてこれが迷惑な訪問者なのだと察したらしく、顔をしかめて河野を睨《にら》むと、無愛想に尋ねた。

「患者さんの面会？　どうかしましたか？」

「あ、いいえ。ちょっと立ち話してただけです。ね、先生？」

何が「ね、先生」だ。ここで一蓮托生《いちれんたくしょう》みたいに振る舞って欲しくない。美南は河野を睨んだ。

「安月先生、カンファするから医局入って」

「はい！」

朝比奈のありがたい一言に、美南は飛びつくように返事をした。

「え？　ちょっと、まだ話し中でしょ、先生。それより今の話、ねえ、今度東京で遊ぼうよ」

河野のしつこさに美南が苛立《いらだ》ち、大声で断ってやろうと口を開いたそのとき、いきなり朝比奈が美南の肩を抱いて自分の方に引き寄せた。

「あなたと遊びになんか行かないですよ。ほら、中に入っとけ」

——え？

美南は仰天して、思わず肩を竦めながら真っ赤になった。一足先に医局に入ろうとした絵面も、目を丸くして二人を二度見した。

「え？　何だ、そういうこと？　オラオラなカレシじゃーん。なーんだ、わざわざ東京から来てやったのによー」

河野は苦笑しつつ、そう悪態をついて去った。

河野の姿が見えなくなったのを確認してから、朝比奈が美南の肩から手を離した。肩を緊張させて竦んでいた美南は、そこでやっと大きなため息をついて肩を降ろした。

「もしかして安月先生、ナンパされてたんだ？」

絵面が目を丸くして、感心した風にいった。

「何でそんなに珍しそうな顔するの」

「いや、本当にそういうことあるんだなって思って」

「何それ」

「ほら、たまに医師じゃない人と結婚する女医さんいるじゃない？　どうやって知り合うのかと思ってたんだ」

美南は呆れ顔をして絵面を見遣ったが、絵面には何の悪気もなさそうだった。

確かにこういう生活をしている女医がどうやって病院関係者以外と知り合うのかという問題は、しばしば女性の友人とのあいだでも話題になる。マスメディアに颯爽《さっそう》と現れるような女医は大抵時間に融通《ゆうずう》がきく開業医だし、美南自身は医師ではない人と結婚した女医の先輩を誰ひとりとして知らない。だから男性に限らず、外の世界の人と知り合うのはどういう場なのか、美南も知りたい。

「それより僕、二人が付き合ってたの全然知らなかったよ」

「は？」

どうやら絵面は、今の朝比奈と河野のやりとりを真に受けたらしい。

「何いってんの？　朝比奈先生が気をきかせて、カレシのフリをしてくれただけだよ？」

目を剝《む》いて否定する美南とそれを聞いて狼狽《ろうばい》する絵面を見比べて、朝比奈は呆れ顔をした。

「金太郎《きんたろう》、こいつ医師のカレシがいるんだぜ」

「え！　そうなの？」

「ちょっと朝比奈先生！　お気楽にそういうこといわないでくださいよ！」

美南が赤くなって慌てると、朝比奈は口をへの字にして背を向けてしまった。絵面は

「へー、そうなんだー。いろいろあるんだなー」と感心していた。

3

せっかく初めての手術が大成功に終わったのに、それから執刀する機会は全然やってこなかった。もっとも最初の一年なんてそんなもので、大学病院などではまだ執刀できないことも少なくない。

弓座は怒鳴ることはなかったが、よく手術用ベッドの下で美南の向こう脛《ずね》を蹴った。特に腹腔鏡手術のとき美南の手元が動いてカメラの画面が揺れると、ベッドの下など見えていないはずなのにどうしてそこに美南の脚があると分かるのか、見事に美南の向こう脛に蹴りをクリーンヒットさせてくるのである。向こう脛のことを弁慶《べんけい》の泣きどころとはよくいったもので、相当長いあいだジンジンとかなりの痛みが響く。

手術中は手が使えないので、弓座もあれこれしてくる。美南は蹴りだが、絵面はよく頭突きを食らうそうだ。

「初めてのときは目がチカチカした。親にも叩かれたことないのに」

絵面は少し不満げに口を尖らせた。

夏も終わるころ、その絵面が二回目の執刀を行うことになった。今度は美南と同じヘルニアの手術だが、やはり前のようにただ切込みを入れるだけらしい。それでも絵面は不安丸出しの顔をして、必死で手順を覚えていた。

外科病棟は、内科と比べて患者の入退院のペースが速い。最近は腹腔鏡による手術が増えて、それこそ三日ていどで退院してしまう患者も少なくない。だから名前を覚えるのも一苦労だ。

外科病棟の入院患者はほとんどが手術前か手術後なわけだが、術後はモニターを装着しているせいで、ナースステーションではアラーム音がいつも鳴っている。バイタル（体温、呼吸、脈拍、血圧などの生命兆候）の測定も一時間おきにするから、真夜中でも常に看護師がパタパタと速歩きで廊下を通っている。さらに術後は急変も少なくないため、医師もよく走っている。だから外科の病棟は、常に忙しなくてうるさい。

いっぽう昼間の外科外来は、基本的に手術目的の問診か術後の処置ばかりだ。ほとんど回復している患者は美南が診ることも増えたが、問診ではまだなかなかうまく話せない。

患者の中には、時々びっくりするような人がいる。外科外来に来た高梨《たかなし》という老人は、もともと糖尿病で内科の訪問診療を受けているのだが、先日胆石で手術をした。そしてこの日は、その術後経過を見せに外科の外来にやってきていた。

「高梨さん、糖尿の薬はちゃんと飲んでる？」

弓座がいうと、高梨は素っ頓狂な顔をした。

「糖尿？　俺がやったのは胆石だよ」

「いや、だからもともと糖尿病もってるじゃない？　そっちの方の薬」

「いーや、そんなの飲んだことないよ」

弓座が仰天した。

「飲んでないの？　いつから！」

「糖尿の薬なんて飲んでないよ」

「だって高梨さん、それじゃ治らないよ」

「え？　先生、俺ぁ糖尿なのか？」

「え？　それで内科の先生が診に行ってるんだよね？」

弓座と高梨は目を丸くしてしばらく見合っていた。

弓座が後で高橋にこの件を確認すると、高橋は「分かってなかったかー！」といってガックリと肩を落とした。

「説明だけでも、もう五、六回してるんだけどなあ。薬だって、高梨さんは結構ちゃんと飲んでくれてるんだよ」

「何の薬だと思って飲んでんですかね？」

高橋と弓座は、苦笑すらできずに困惑していた。

九月のある日、外来が終わって美南が医局に戻ると、絵面が術式のシミュレーションをエアで一生懸命やっていた。

「あれ？　ヘルニアのオペ終わったんでしょ？」

「うん。今度はまたアッペ（虫垂炎）だって」

「え？　またオペやるの？」

さすがにこれはショックだった。何で絵面ばかり立て続けに執刀させてもらっているのだろう？　美南だって、決して下手ではなかったはずだ。

その夜、美南は仮眠室で絵面が行うのと同じ手術の動画を観ていた。

「何お前、アッペやんの？」

二段ベッドの上段から、朝比奈が顔を出した。

「いいえ。絵面先生がやるんで、私も勉強しておこうと思って」

「おー、勉強熱心！」

「私は執刀させてもらえないんで」

最後の一言を呟いてから、美南はいわなければよかったと思った。朝比奈はその後しばらく美南を黙って見ていたが、それから何もいわないでベッドに引っ込んでしまった。

──手術前には完璧に準備して、いつ弓座先生が執刀を申し付けてきても即座にできるようにしておこう。そして先生を感心させれば、そのうちに執刀させてくれるかもしれない。

美南はそれから寝る間も惜しんで患者の病状を勉強し、術式を練習した。自分が万全であれば、それでも執刀させてもらえないときにはこちらから文句のひとつもいえるだろうと思ったのだ。

「安月先生、大丈夫？」

内科看護主任の朋美《ともみ》が、心配そうに美南を覗き込んだ。

「顔色がものすごく悪いよ。肌も荒れてるし、目も腫れてるよ」

久しぶりに検査室の前で会ったら、美南の形相《ぎょうそう》が一変していて驚いたらしい。

「外科、そんなに大変なの？」

「いえ、勉強しなきゃいけないことが多いんで」

美南はむくれ顔のままだった。すると、朋美は鼻で小さくため息をついた。

「先生、勉強は今だけじゃないんだからさ。今身体壊しちゃったら続かないよ。また休憩室にご飯食べにおいで。待ってるよ」

朋美はそういって、患者の方に走っていった。

勉強は今だけではない。それは分かっている。身体を壊したら続かない。それも、よく知っている。だがそうはいっても、やらなければならないことが多いのだ。絵面と同じことをしていては、美南には同じ評価は与えられないのだ。梅林大の医局員ではないし、女だから。美南は、そう思い込んでいた。

夜中にひとり当直室で薬剤について勉強していると、スマホが鳴った。画面に「景見先生」とある。美南はそれをしばらく見つめていたが、結局電話には出なかった。

張りつめている今、景見に心配や同情をしてもらいたくなかった。自分が頑張っているのに、甘やかされたくなかった。甘やかされれば、すぐに糸が切れて泣きだしてしまうからだ。それではいつものパターンで、何も進歩がない。自分ひとりでどうにかしたかった。

――ひとりでできるから。

次の日、和食店を営む浜中《はまなか》という中年男性患者の造影CTがあった。

「アレルギーなし、造影CTは初めて。よし！」

浜中の問診は美南が行ったから、話した内容もきちんと覚えている。チェック項目は全部クリアしているし、問題はないはずだ。

美南はカルテを確認してから浜中の病室に行って点滴をし、それから浜中を検査室に移動させた。あとは造影剤を注入しながら撮影するだけだ。念のために弓座もいたが、これ以降は検査技師と美南だけでも十分な作業に思われた。

ところが美南がイオパミドール（血管造影剤）を注射して間もなく、浜中が真っ青な顔をして、苦しそうな呼吸を始めたのである。このとき美南はギクッとした。

「浜中さん、息苦しいですか？」

「う……うん、喉が、閉まる感じ」

浜中が嘔吐《えず》きはじめた。

――これって、もしかしてアナフィラキシー？

すると弓座が美南を押しのけて浜中を覗き込み、それから美南の方をキッと睨んで、怒鳴るようにいった。

「安月先生、ボスミンもってきて！」

ボスミンとはアドレナリンのことで、アナフィラキシー・ショック時に用いる薬剤である。やはり、浜中は強いアレルギー反応を示していたのだ。イオパミドールにはヨードが入っていて、浜中には重度のヨードアレルギーがあったのだ。だから、今までも造影CTを受けてこなかったのである。

幸い大事には至らなかったが、浜中の症状が落ち着いて美南が弓座と謝罪しに行くと、浜中の機嫌《きげん》はかなり悪かった。

「俺、死ぬとこだったべ！　検査も延びたし、店だってまた休まなきゃなんねえ！」

美南は深く頭を下げ続けるしかなかった。美南の失敗で浜中の体調も悪くなるし、仕事にも支障をきたしてしまうのだ。それより、今回がラッキーだっただけで、この不注意で患者を殺してしまうことだってあり得る。

医局に戻ってきて、弓座は厳しい表情のまま美南を問い詰めた。

「アレルギーはないっていわれたの？」

「はい」

「細かく聞いた？　食べ物や薬や検査で具合が悪くなることがなかったかって」

「いえ、『アレルギーはありますか』と」

「アレルギーっていうとさ、食べ物とか花粉とか、ハウスダストしか考えない人も多いんだよ。漠然と聞いても、医療関係者でもなけりゃ適当に返事しちゃうこともある。CTを受けなかった理由は聞いたの？」

「……いえ」

美南は深く俯《うつむ》いた。ずっと健康だったといっていたし、元気だったから、単に検査というものを受けたことがないだけなのだと信じてしまった。

「ヨードアレルギーがあったから造影剤の投与を受けてこなかったってことを、ご本人がよく分かってない場合もあるんだからね」

「はい」

「もっと細かく問診しなさい。特に会話が速い人だと、流れに任せてポンポン終えちゃいそうだけど、そこは先生のペースで、先生の質問をしないと。何のために患者さんと話するんだと思ってるの？」

本当に、何のために患者に問診をしたのだろう。返す言葉もなかった。

その夜、美南はインシデント・アクシデント・レポートを書きながらすっかり意気消沈していた。インシデント・アクシデント・レポートというのは、医療過失があったときに当事者が提出する報告書である。

——何をやってるんだ、私は？　丁寧に聞いて確認しなければいけないような重要事項を適当に流して、カルテに書いてしまった。当然、弓座先生も看護師さんも薬剤師さんも検査技師さんも、私が書いたことを鵜呑《うの》みにする。そうして私が……私が、浜中さんを殺してしまったかもしれないんだ。こんな単純なうっかりミスで。

美南は手を止めた。いや、うっかりではないのだ。例えば自分がいつも何の気なしに打っている注射液は、自分が思っているほど人体にとって無意味なものではないのだ。人の身体を診ているときは、一瞬でも気を抜いてはいけない。自分は、それを忘れてしまっていたのだ。

背筋がゾッとした。こうやって医療ミスというのは起きるのだ。調子に乗っていたから。もっとできると思って、慣れてきてもう大丈夫だと思って油断したから。

自分はもう学生ではない。人の命を、リアルに扱っている立場にあるのだ。

4

これ以後、美南は学生のお客さま気分を取り払って気合を入れ直した。そのおかげもあってか、次第に治療時の流れや、何が重要で何が不要なのかもだんだん分かるようになってきた。病棟回診では包交（包帯の交換）を進んで行い、弓座に「ガーゼ」といわれればすかさずガーゼを渡す準備ができるようになった。また手術前はできるだけ予習をして、弓座が何をしているのか理解できるようにした。執刀は一度きりでそれ以後まだなかったが、ちょっとした手術のときに第二助手で立たせてもらうことが増えた。第一助手は、大抵梅林大から派遣された医師が務めている。

ある日、弓座が手術中にいった。

「もう少ししたら、安月先生にももっと執刀させてあげるからね」

美南が驚いて顔をあげると、弓座は手元から目を離さずに続けた。

「絵面先生はほら、研修が終わったら親御さんの病院に戻るから、早く簡単な手術や処置ができるようにしとかなきゃと思って、今多めに執刀させてるんだけどさ」

この言葉に、美南は心から安堵した。

――そうだったのか。だから、絵面先生の執刀が多かったのか。

不器用ながら執刀経験を積んでいる絵面は、そういう背景を考慮してもらっていたのだ。実は弓座は、美南が考えていたよりもっと深いところでちゃんと研修医の将来性を考えていてくれていたのかもしれない。そんなことも知らずに、やみくもに浮き沈んでいた自分が随分幼稚に思えた。あるいはもしかしたら、美南のそういった感情を察した弓座が気を遣って、わざわざこういってくれたのだろうか。

「安月先生は器用だし、外科の勤務医向きかもね」

弓座にそういわれて、美南は少し嬉しかった。大学病院に限らないにしても、勤務医になりたいと思っていた。むしろ、自分が開業するイメージをまるでもっていなかった。

美南にとって働くところは、いつでも大きいオレンジ色の病院だ。だから実は夜にコンビニに行く度に、ほぼ必ず少し離れたところに車を一旦停止させてこの病院の全景を眺めている。そうしてオレンジ色に浮き上がる病院を見て、自分の初志を再確認するのである。

――人に安心を与える場所になりたい。そのためには、まず技術を上げたい。

ある夜医局でお弁当を食べていると、電話が鳴った。孝美《たかみ》からである。珍しいこともあるものだ。

「週末亮《りょう》とそっちに旅行するから泊めて」

「週末？　いいけど、私いないよ。病院まで鍵取りに来る？」

「そうする。金曜日の夜近くまで行ったら連絡する」

週末、ついに孝美のカレシに会えるのか！　美南はワクワクした。

すると、孝美は付け足すようにこういった。

「あ、私、亮と住み始めたから」

「え？　家を出たの？」

「今度お姉ちゃんには住所教えるわ」

――「お姉ちゃんには」。

これにはピンと来た。孝美と親とのあいだで、何かがあったのだ。

「何？　お母さんとケンカしたの？」

「んー、てか、うるさいから」

「何に」

孝美はほんの数分の一秒言葉に詰まった。そこに孝美の自尊心が詰まっていた。それからこういった。

「司法試験落ちたからさ」

「え……！」

美南は目を丸くした。これは驚きだ。あの完璧主義の孝美が、合格率三％とまでいわれた司法試験予備試験に一発で受かった孝美が、司法試験に落ちるとは思わなかった。だが、本試験も決して簡単なものではない。合格率は二割五分から出身大学によっては五割まで上がるが、それでも落ちても何ら不思議ではない確率だ。

「そうか……それは残念だったね。それで、仕事は続けてる？」

「うん、今まで通り先輩の弁護士事務所に行ってる」

「来年も受けるんでしょ？」

「そのつもりだけどね」

美南は、それ以上のことは聞かなかった。想像ができたからだ。多分、親は孝美が試験に落ちたこととカレシの存在を絡めて説教でもしたのだろう。何しろ瀧田《たきた》はあの外見、悪者になりやすい。

孝美は昔からきちんと計画を立てて目標に向かうタイプだから、外には出さずとも今回受からなかったのはショックだったに違いない。そこに輪をかけてそんな話でもされれば、頭に来て出ていくということになっても不思議ではない。さっきの声からすれば、孝美は来年また司法試験に挑戦するつもりのようだ。もう傷口に塩を塗《ぬ》るようなことはすまい。

美南は木曜日に何とかして数時間アパートに帰り、急いで部屋を掃除した。

孝美からの連絡を待っていた金曜日の夜中、絵面が論文抄読《しょうどく》会の話を教えてくれた。

「抄読会？　そんなの、この病院ではないと思ってた」

「僕も！　どうやったらいいか全然分からない」

美南と絵面が困惑していると、朝比奈は平然と「院長の気が向いたらやるんだよ」という。

「院長？　戸脇先生が出席するんですか？」

「するよ。いい出しっぺだもん」

美南と絵面は顔を見合って、抄読会での二人の惨状《さんじょう》を正確に想像した。

論文抄読会は、いうなれば「論文紹介会」である。つまりこんなおもしろい論文がありますよ、と他の先生方に紹介するもので、大学病院ではもっと頻繁に行われるが、おもに海外の医学雑誌に英語で掲載された論文を、簡単に要約して発表するのである。もっとも研修医は自分が何を発表しているのかいまひとつ把握しておらず、先生方がそれを温かい目で苦笑するという姿が普通だ。

抄読会をうまくやるポイントはいかにおもしろい素材、すなわち論文を見つけるかである。せいぜい五年以内に、あるていど認められている雑誌に発表されていて、適切な分量で、いい図表がある。これが素材を選ぶポイントだ。内容がしっかりしているのがもちろん一番大事ではあるが、その判断は研修医には難しい。

これは、まさに景見に聞けばいい問題だ。久しぶりでちょうどいいし、景見に電話しようと思っていたら、孝美からメッセージが入った。

「救急外来の側で待ってるから、鍵もってきて」

幸い当直室には朝比奈も絵面もいたので、少しゆっくり席を外せる。美南は事情を話して朝比奈の許可を取り、救急外来の入口に走った。途中簡単に髪の毛を整え、身なりを直した。何といっても、噂のカレシに初対面なのである。

救急外来の入口から出てみると、前の駐車場にエンジンをかけたまま停まっている白い軽自動車があり、そこの窓から孝美が手を振った。

「お姉ちゃん！」

「孝美！　ごめん待たせて！」

「大丈夫、待ってないよ」

美南が鍵をポケットから出しながら車に近づくと、孝美の隣にプラチナブロンドの髪をした青年が座っていた。髪の毛の色とは対照的に肌は真っ黒に焼け、顔が小さくて眼光が鋭く、まさしくヤンキーという風体だ。耳には、三つのピアスと軟骨ピアスが入っている。

――なるほど、これはすごい。でも、思ったより可愛い感じの子だ。第一、若い。二一歳のはずだが、見た目はまだまだ高校生みたいだ。

「あ、こっちが亮。瀧田亮。亮、これお姉ちゃん」

「うす」

孝美が簡単に紹介すると、瀧田は無表情のまま微かにペコっと頭を下げただけだった。

一瞬不審に思いながらも、美南は努《つと》めて明るく振る舞う。

「こんばんはー。いつも孝美がお世話になってます」

だが瀧田の返答がなく、気まずい空気になったので、美南は慌てて孝美に話題を振った。

「今日はどっか行ったの？」

勘のいい孝美は美南の狼狽の原因を分かっているようで、チラリと瀧田を見て微かに口元を緩めた。

「うん、江戸村《えどむら》行った」

「へー。明日は？」

「明日はねえ、福島の方行くの。会津若松《あいづわかまつ》とか」

「どこ泊まるの？」

「知り合いいないから、泊まらないよ。ホテルとか高いからね。そのまま東京帰る」

この年齢でこの収入の若者であれば、至極《しごく》当然で身の丈《たけ》にあった旅行だ。だが美南の周りにはいつも海外旅行に行って豪華ホテルに泊まる友人たちがいたので、それが質素《しっそ》すぎるように聞こえた。

「何なら、もう一泊うち泊まってもいいよ」

「仕事あるもん」

「あー、そうか」

美南はにっこりして頷いた。いっぱしの大人ではないか。司法試験に落ちたから暗くなっているかとか、受かるまで学生に毛が生《は》えたような生活をしているのかなどと思ったが、ちゃんと社会人になっている感じだ。それに前に会ったときより、孝美が可愛らしくなっている気がする。美南はホッとすると同時に、また何ともいえない寂しさも感じた。

「これ、鍵ね。場所は分かる？」

「大丈夫だと思う……」

孝美が自信なげに瀧田を見ると、瀧田が前を向いたまま「大丈夫だ」という代わりに軽く頷いた。意思の疎通《そつう》はちゃんとできているようだった。

――何だか羨ましいな。心が通い合っている人と、こうやっていつも一緒にいることができるなんて。

そのとき、ピッチが鳴った。

「あ、ごめん忙しいのに邪魔して！　じゃ、明日の朝郵便ポストに鍵入れておくよ」

「うん、よろしく！　ごめんね、ご飯とか付き合えなくて。じゃ、瀧田さん気をつけて」

わざわざそう声をかけたのに、瀧田は軽く会釈しただけで車を走らせた。美南とは一度も目を合わせなかった。

――まあ、あの歳の子だとあんなもんかな。人見知りもあるだろうし。

美南は後ろを振り返りながら、小走りに病院へ戻った。

呼ばれた病室に行くと、すでに朝比奈がいて挿管をしていた。このころの美南はだいぶ心肺蘇生に慣れ、脈を取ったりモニターや周りの状況を確認するような補助的な動きが機《き》敏《びん》に取れるようになっていた。

それでも弓座が到着して患者を救急処置室のベッドからストレッチャーに移動するとき、美南がいまだによくやってしまう失敗があった。室内には点滴やチューブ、コードなどたくさんの紐《ひも》状のものがあるが、そのどれかをきちんと退かさないで引っかけてしまうのだ。

そこで、朝比奈に思い切り怒鳴られた。

「何回やんだこのアホ！」

「すみません！」

美南は肩を竦めた。だが、朝比奈の不器用な優しさは知っている。いつもこんな風に怒鳴った後、目を合わさないまま、慌てて自分の乱暴な言葉を優しくフォローするのだ。

「いや、俺がここにコード伸ばしといたのがいけなかったのか？　そうか、俺か」

「すみませんでした」

美南がもう一度頭を下げると、朝比奈は照れ笑いをしながら美南の頭をクシャッと撫でた。美南は自分の頭に手を当てながら、そこに朝比奈の手の感触が長く残っていることに戸惑《とまど》った。

5

その夜美南が仮眠室に入ってきたとき、朝比奈がベッドの上段で横になっていた。美南はそれに気づかず、スマホを取りだして電話をかけた。ベッドから下を覗いてそれを見た朝比奈はなぜか、慌てて身を隠した。

美南の電話の相手は、もちろん景見だった。瀧田と孝美を見たり、朝比奈にときめいたりして、自分の精神状態が不安定なのが分かっていたから、景見と話をして落ち着きたたかったのだ。

だが景見はしばらく応答しなかったと思うと、いきなり画面に高級レストランのテーブルのような風景が映った。そしてその次の瞬間、凍《こお》るような燃えるような、妙な温度の体液が美南の全身を駆け巡った。

金髪の女性が、景見のスマホを手にとってテレビ電話に出ているのだ！

女性は、周りを見渡しながら何か英語でいった。美南はほんの一瞬間違い電話をしたのかと思ったが、悲しいことにこの女性の顔を認識できた。いつもテレビ電話しているとき、景見の後ろでチラチラ映っていた女医だ。

ふとその女性は「ケイ！」と声をあげ、スマホをテーブルの上に置いたようだった。それから景見の声がして、慌ててスマホを見てきた。

「え？　美南？」

珍しくスーツなんか着ている。美南は混乱して、思わず電話を切ってしまった。

──何、今の？　レストランであの人とデートしてたの？

心臓がバクバクする。自分が悪いことをしたわけではないのに、見てはいけないところを見てしまった気がした。

すぐに景見から電話がかかってきた。テレビ電話ではなかった。

「ごめん、トイレ行ってて」

美南は何もいわなかった。

「あー、電話に出た人、バイト先の病院の同僚《どうりょう》で」

「……」

「ちょっと飯一緒に食ってた」

「……」

「美南、聞いてる？」

「何を？　先生のいい訳を？」

美南が挑戦的な口調で聞き返した。すると、今度は景見が黙った。

「別にいちいち私に報告しなくたっていいんだよ？　女の人と二人でお洒落して高級レストランで食事してたって、いわなきゃ私は分からないんだから」

美南の嫌味に、景見は何もいわなかった。美南は電話をぶつ切りすると、待合室の自動販売機に飲み物を買いにでた。

美南は自動販売機のボタンを不必要なほど強く押し、出てきたペットボトルの蓋《ふた》を捻《ひね》り上げた。あの女性は、おそらくわざと景見の電話に出た。多分、今までも意図的に、会話を止めさせるためにいちいち割り込んできていたのだ。知的で大人っぽい、綺麗な人だった。景見と同い年か、それより上かもしれない。同じ医師で、今現在同じ職場にいるといっていた。美南はペットボトルの茶を呷った。

美南が子どもすぎるから、年上の女性がよくなったのだろうか。年上の女性に甘えたりしたくなったのだろうか。本当に食事しただけか、それともそれ以上なのか。とにかく、女の勘で自信をもっていえることがひとつある。

少なくともあの女性は、景見に好意をもっている。

その後何回か景見から電話があったが、美南は一度も出なかった。「ちゃんと話したい」というメッセージが来たが、それも既読スルーした。怒っているというよりは、怖いというのが正直なところだった。

この意味ありげな文章――「ちゃんと話したい」。何を？　聞きたくもないことだったら？　そのときの美南には、想像できる最悪の事態を受け止める自信がなかった。


それから数日後、弓座がいった。

「なんか最近トーンダウンしたね。ちょっと疲れた？」

これを聞いた美南は驚き、慌てて苦笑した。仕事は普通にしているつもりだったが、それほど敏感でもなさそうな弓座にすら分かるほど、落ち込みが表に表れていたとは。

「あー、あの、そうですね、ちょっと」

「何なら外科の研修終わって整形外科に入る前、三、四日続けて休み取る？　山田《やまだ》先生に話つけてやろうか？」

――休み。考えたこともなかった。そうだ、休日というものがあるんだ。

「無理しないで休みたいなら休んだ方がいいよ」

弓座はそういって去った。

研修医の仕事は激務すぎて、医師の三割が研修医時代に体調を崩すといわれている。肉体面だけでなく仕事のストレスで精神のバランスを崩し、医師でいることを諦めたり、鬱のような症状が出たり、トラウマを抱えてしまうこともある。弓座は、それを知っているのだろう。

夜、美南が仮眠室でソファにぼーっと座っていたら、二段ベッドの上から声がした。

「お前が凹《へこ》んでんのは、仕事のせいじゃないだろ？」

美南が顔をあげてキョロキョロすると、朝比奈がヒョイッと顔を出した。

「朝比奈先生！　いたんですか」

いつも通り、朝比奈の気配をまったく感じていなかった美南は仰天した。

「カレシが浮気してんじゃないかって心配してんだろ？」

今度はこの言葉にびっくりして、言葉を詰まらせた。朝比奈は身体を起こしながら、不思議そうに聞いてきた。

「俺にはよく分からないけどさ、恋愛って、そんなに生活のすべてになるもの？」

「えー？　いや、違います。そんなんじゃないです」

美南は作り笑いをした。

「そうか？　だってお前、いつもなら仕事の失敗でそこまで落ち込まなくない？　カレシのことが尾を引いてるんじゃないの？」

朝比奈は不満そうにいいながら、ベッドから降りてきた。この人は口こそぶっきらぼうだが、人と寄り添う雰囲気が景見ととても似ている。そのせいか、美南は素直になった。

「そうなのかな……このあいだちょっとしたことがあったんですが、確かに自分でもびっくりするくらい、そのことが気になって」

美南はそういいながらあのときの女性の顔、そして景見の焦った顔を思い浮かべた。

「大したことじゃないんですけど、ただ女の人と食事してたってだけなんですけど。でも、自分にも負い目があるのかな。あっちはひとりで海外暮らしで、研究室も大変みたいで、なのに私は自分のことばっかりで、話を聞いてあげるどころか心配すらろくにしてあげてなかったから……」

いいながら感情が溢れてきて、我慢すると喉が痛くなってきて、言葉が続かなくなった。

――私は先生に何もしてあげていない。でも、だから先生があの女性とデートしているのがしょうがないってわけじゃない。先生があの女性のところに行ってしまったら？　私が凹んだとき、もうあの包むような微笑で慰めてくれなくなったら？　その微笑が、代わりにあの女の人に向けられるようになったら？

そう考えただけで、美南は居ても立っても居られないくらいイヤだった。美南の目に涙が溢れんばかりに溜まった。

するとそのとき、朝比奈が美南の頭を少し自分の胸に寄せて、頭を撫でた。美南はびっくりした。この感覚は……そうだ、初めて景見に抱きしめてもらったときと同じだ。CDの駐車場で自分の不甲斐《ふがい》なさに美南が泣いたとき、景見が優しく抱いてくれた。あれとよく似ている。

美南は錯覚《さっかく》した。錯覚してそのまま朝比奈に寄りかかっていると、目頭が熱くなって、涙が頬を伝った。

ところがそのとき、朝比奈はいきなり美南を自分から引きはがしていった。

「お前、休みもらってアメリカ行ってこい」

「え？」

美南は泣き顔のまま、素っ頓狂な表情で朝比奈を見た。

「アメリカ行って、カレシが一緒にいた人とどういう関係なのか、ちゃんと確かめてこい」

朝比奈は美南の両肩をしっかりと握り、真正面に対座していった。

「いいか。お前は今、そのカレシのことを思って泣いてんだ。カレシとうまくいってないから、変な発想ばっかしてんだ。だからお前はカレシが本当はどうなってるのか、確かめるべきだ。でなきゃ、ずーっとひとりで内に籠ったままだ」

それを聞いて、美南の頭にふと景見が前にいった一言が浮かんできた。

――「籠るなよ」。

そうだ。事態は自分が動かなければ動かない。善かれ悪しかれ、動いて結果を出さなければ次に進めない。自分は、ここで立ち止まってウジウジしていたいのではない。

「そうですね」

美南には、前から景見に聞きたいことがあった。だがあの女性の件があって、聞くのはもう止めようと思った。そして今朝比奈に背中を押されて、改めてはっきりと聞こう、そうすればそこから動けるだろうと考えた。

「そうだろ？」

「そうですね。アメリカ、行きます」

美南は顔を上げた。朝比奈は美南があまりにも簡単に即決したのでかえって拍子抜けして目を丸くしたが、それから笑顔を作って「うん」と頷いた。

美南は鼻息荒く立ちあがった。

「よし。弓座先生に許可とって、航空券買わなきゃ。もし振られたら、朝比奈さん慰めてくださいね」

「おう。そしたら俺が嫁にもらってやる」

「え？」

そう聞き返す美南の背中を押して朝比奈はドアを開けた。

「いいからほら、病棟見てこい！　あ、それから抄読会は帰ってくるまで待ってやる！」

朝比奈が美南を押し出すと、美南は振り向いて朝比奈のおふざけに反応した。

「えー！　抄読会、結局やるんですか？」

「やるよ、もちろん！」

朝比奈は笑いながらそういってドアを閉め、しばらくその笑顔を崩さないままドアを凝視していた。その笑顔はどこか、寂しそうだった。

第三章　アメリカ

1

外科の研修が終わる一一月中旬、四日の休暇をもらった美南《みなみ》は、速攻で航空券を取ってボルチモアに向かった。所要時間は乗り継ぎが入って一八時間、あちらに滞在できるのは実質二日というところだ。

それでいい。聞きたいこともいいたいことも、五分もあれば済む。

この時期のボルチモアは気候は東京とそれほど変わらず、成田《なりた》からも直行便があるので行きにくい場所ではない。美南はひとりで海外旅行をしたことはなかったが、フットワークは軽い方だし、この手の度胸は昔からかなりあるクチだ。唯一の問題といえば、英語があまり分からないことくらいである。

飛行機の中で、美南はずっとシミュレーションをしていた。振られたときのシミュレーションだ。

——会った瞬間、迷惑そうな顔をされたら？　無理に作り笑いをされたら？　先生が、あの金髪の女医のことを好きだったら？　しかもお互いがすでに本気で、美南につけいる隙《すき》などなかったら？

……ショックはショックだけど、驚きはしないかもしれない。

美南は長いため息をつくと、背もたれに寄りかかった。自分が景見《かげみ》と付き合っているという証拠は、どこにもない。電話で連絡を取りあうだけなら友人とでもするし、昔少しばかり興味があっただけだといわれても、返す言葉もない。

綺麗な女性だった。大人っぽくて、理知的に見えた。やはりああいう女性の方が、人生のパートナーとしていいのだろうか。

機内食が来て、ふと我に返った。着陸前の軽食で、パンケーキにウィンナーや卵が添えられた皿、フルーツの皿、そしてヨーグルトという簡単なものだった。隣の席の大柄な白人男性は、どれもまるで飲み物のようにあっという間に食べていた。美南はまたため息をついた。

――仕事だけじゃなくて、恋愛もひとりでシャカリキになっていたのかな。何だか私って、滑稽《こっけい》だな。

考えれば考えるほど自信がなくなってきた美南は、パンケーキをくわえながら、泣きたい気分になった。

ふと、前からCAたちが何かをいいながら一列ずつ丁寧に乗客を確認して歩いてきた。その声を聞いた美南の胸が、ドキンと大きく高鳴った。

「ドクター？　ドクター？」

これは、ドラマや漫画でよくある「お医者さんいらっしゃいませんか？」というヤツでは？　美南はドキドキして、瞬間的に逃げるように俯いた。研修医などが行ったところで何の役にも立たないだろうし、他に誰かちゃんとした医師がいるだろうと思ったからだ。

飛行機内で急病が発生しても、簡単な病気の場合は乗務員が地上の医師に連絡して指示を仰《あお》ぐので、実際こんな風に機内で医師が必要なケースはあまりない。通信環境が悪いとか、医師が席を外しているとか、何らかの理由で連絡が取れないときだけだ。絵面《えづら》は一度新幹線でこういった事態に遭遇したことがあったそうだが、知らんふりをしていたらひとりの医師が乗務員とともに走っていったといっていた。

「もうね、その後ろ姿に後光が差してた！　中年で、じゅうぶん経験ありそうな感じの人でさ、何ていうの？　英雄！　ヒーローだった！」

そして、小声でこう付け加えた。

「僕にはできないねえ」

そういえば、学生時代にクラスメートの田中《たなか》もそういう場面に出くわしたといっていた。考えてみると、割とあるではないか。

ＣＡが脇を通っていったとき、美南は絵面の「僕にはできないねえ」という言葉を思いだしながら、キウイを翳《かじ》っていた。

ところが前の方で女性が大声で叫ぶのが聞こえ、数人が立ちあがって覗き込んでいる。

かなりの緊急事態らしい。美南はムズムズし始めた。

――もしかしたら、何かできるかもしれない。いや、こんなところでしゃしゃり出ても、どうせ何もできない。それに、他に誰かいるはずだ。でも誰もいなかったら？　処置が遅れて、症状が重篤になったら？

CAが再び「ドクター？　お医者さまはいらっしゃいませんか？」と英語と日本語でいいながら後ろから戻ってきたとき、美南は思い切って小さい声をかけた。

「あの、あまり経験はありませんが医師です」

するとCAは目を丸くして、食いつくようにいった。

「お医者さまですか？」

「はあ、まあ」

「急いでこちらに来ていただけますか！」

CAに連れられるようにして美南が前の席に行くのを、乗客のほとんどが注視していたような気がした。隣の席の白人は、「オー」という感嘆のようなため息のような声を漏らした。美南は、これで何もできなくて患者が悪化したらどうしようかと不安でならなかった。

前の方の座席に行ってみると、まだ二歳になるかならないかくらいのアジア系の小さい男の子が、椅子に座ってぐったりしていた。顔は蒼白で、脈が弱い。両親らしき二人が覗き込んでいて、母親は泣いている。日本語ではない。

「持病はありますか？　クロニック？」

医師は、英語が話せなくても専門用語には意外と強い。何しろ、学生のころから教科書で叩き込まれているのだ。特にCDは新カリキュラムで英語の医学用語教育に熱心だったので、成績が悪かった美南ですら医学用語は結構知っている。

父親が「ノー」と答えた。そこでCAに血圧計があるか聞くと、救急バッグをもってくるといって乗務員室に走った。

「アレルギーは？　アラジーズ？」

「ノー」

しかし服をめくってお腹を診ると、紅斑《こうはん》が至るところに浮いていた。これは、アナフィラキシー・ショックではないか。二か月ほど前自分のせいで浜中《はまなか》がなったばっかりだったので、美南はすぐに思いつくことができた。

だが、この診断が合っているのかが分からない。

CAが救急バッグをもってきたのでなか中を開けると、簡易血圧計があった。血圧を測ると、収縮期の血圧が五〇台前半とかなり低い。

――やはりアナフィラキシーでは……。

「今、何か食べましたか？」

今度はCAが英語に訳してくれた。すると泣いている母親が「フルーツ」と答えた。さっき軽食で出たフルーツのお皿だろう。何が載っていただろうか。

──キウイか！

美南はそう思い立つと同時に救急バッグを漁《あさ》った。すると幸いなことに、エピペンがあった。これは有名なアナフィラキシー緊急補助治療薬の注射キットである。美南は子どもを見た。まだ小さくてムチムチした腿《もも》は柔らかい。大丈夫だ、子どもにも何回か注射したことはある。

美南はエピペンを取りだし、使用法と量を確認すると唾《つば》を飲み込んで子どもの腿に刺した。子どもは微かに顔を歪めたが、ほとんど反応しない。

だが、注射が終わって少しのあいだ患部を揉んでいると、次第に子どもの意識が戻ってきて、弱々しく泣き始めた。しばらく様子を見てから血圧を測ると、だいぶ上がっている。脈もほとんど正常だ。回復が早い。

「大丈夫そうですね」

美南はそういいながら、心底安堵した。よかった、どうにかなった。

母親が泣きながら大声で何かを叫び、子どもを抱きしめ、それから父親が母親と子どもをまとめて抱えた。

「多分食物アレルギーのアナフィラキシー・ショックです。フルーツを食べたということですから、その中のどれかかも。とにかく到着したら、すぐに病院に行ってちゃんとした検査と治療を受けてください」

美南がそういって席に戻ろうとすると、突然父親が美南の手を引っ張った。びっくりして振り向くと、父親は太い黒縁眼鏡の奥の目を真っ赤にしながら美南の右手を両手で握って、「サンキュー、サンキュー」と何回も繰り返した。

「あ、いいえ」

美南はちょっとカッコつけて冷静さを装《よそお》い、一礼してその場を離れた。しかし心臓は実のところバクバクで、ものすごく興奮していた。

自分は人命救助をしたのだ！　それに、こんなに人に真っすぐ感謝されるなんて！

このエピペンは、本来は医師免許がなくても使用できる薬品だ。そのため処置自体は簡単なのだが、診断ができて、取り敢えず患者を助けることができた運の強さに、美南は感謝するしかなかった。

こういった緊急事態を医師が嫌がる最大の理由は、検査ができないからだ。美南に限らず、重篤な症状の患者の検査をしないで治療を行うということは、今の時代まずない。何の情報もツールもなく、暗闇の中を突っ走る人がいないのと同じである。

席に戻る途中、何人かの乗客がキラキラした目で美南を見ているのが分かった。自分が偉業を達成したような誇らしい気分になるのは確かだ。だが自分が大したことをしていないのを分かっているから、みんなの視線がかえって恥ずかしい。

あの子がアナフィラキシー・ショックかもしれないと思って、エピペンを打つ。そんなこと、ちょっと気が利《き》いた人なら医師でなくともできそうではないか。要は医師という肩書があったから自分がやり、医師だったからみんなから「さすが」と思われただけだ。

肩書ではなく、本当に医師しかもたない技術が欲しい。「さすが」といわれて心の中で「そりゃそうだ、私は医師なんだから」と思うような、しっかりした能力と自信が欲しい。美南は乗客のキラキラした視線を浴びて、逆に切実にそう感じた。

席に戻ると、隣の席の大柄な男性がニコニコしながら拍手してきた。美南は恥ずかしかったので慌てて両手を差しだしてその人を止めたが、そのときは自分の安堵感とマッチして、ものすごく嬉しかった。席に着いてもまだ興奮冷めやらずニヤニヤしていると、さきほどのCAがコーヒーをもってきてくれた。

「本当にありがとうございました。お若いのに、さすがですね」

「いいえ、もうドキドキでした」

美南が素直に答えるとCAは上品に笑い、深く丁寧に頭を下げて去った。おいしいコーヒーだった。

それからすぐに、飛行機が着陸態勢に入った。

2

飛行機がボルチモア・ワシントン国際空港に着いたのは、夜の九時過ぎだった。ボルチモアは治安がよくないと聞いているし、この時間だからかなり怖い。空港からタクシーに乗って、行先を書いたメモを運転手に見せた。北ボルチモア総合病院。すると、ガタイの大きな黒人運転手は、親指を立てて頷いた。この曜日のこの時間なら、景見は間違いなく病院にいる。

　高速道路からはあまり外の景色が見えず、一般道路に降りてから見てもそれほど危ない雰囲気の街ではなかった。この辺の景色を、景見はよく見ているのだろうか。

　アメリカの街灯は多くがナトリウム灯なので、普通の夜の景色がオレンジだ。つまりどこも美南の好きな色になるわけだが、道路を離れると家々は密集していないし、町中でなければネオンも多くないので真っ暗になる。そのため、余計に暗闇の中のオレンジが浮きたって目立つようだ。

　景見はどんな顔をするだろうか。夜勤が忙しい病院なんだろうか。迷惑すぎて、叱《しか》られるだろうか。それ以前に、警備が厳しくて入れてもらえないかもしれない。

　四〇分ほどすると、閑静《かんせい》な住宅街に突如《とつじょ》として大きな建物が見えた。新しくはないが白く小綺麗な低層建築物で、窓が多い。羅列《られつ》された街灯に埋もれて、病院のオレンジ色は目立たなかった。

　タクシーの運転手が車を止めた。

「ヒア？」

「イエス、ノース・ボルチモア・ジェネラル・ホスピタル」

　美南は意外に思った。もっとボロボロで汚らしい、アメリカの医療ドラマに出てくるような小さな病院を想像していたからだ。

　運転手は夜間出入口と思われる場所の前に車を停めて、ドアを指してくれた。いわれた料金に二〇%を足した額を支払うと、運転手はにっこり笑ってお礼をいった。チップなど払ったことはないが、ガイドブックには支払額の一五から二〇%と書いてあって、今は夜だから二〇%払っておこうと思ったのだが、当たりだったらしい。

「降りたら真っすぐに病院の中に入りなさい」

運転手が夜間入口を指していった通り、美南は小さなキャリーケースを引っ張って足早に入口に向かった。幸い入口には警備員がひとり立っていたし、タクシーの運転手は美南が入口に辿《たど》りつくまで車の中で見ていてくれたので、不安はなかった。入口に着いてから振り向いて手を振ると、タクシーは去っていった。チップが効いたのか、夜に若いアジア人の女が間抜《まぬ》け面《づら》でいるのが心配になったのか、とにかく親切な運転手だった。

夜間入口でも、人が平気で出入りしている。何か聞かれるかと思ったが、警備員にはニコリとされただけだった。多分不審者だけを拾って身元確認しているのだろう。

中に入ると、美南は嬉しくなって顔が紅潮した。そこは、親しみのある病院の風景だった。その静けさとは打《う》って変わって、閉ざされた空間に詰まったざわめきや物音が美南を包む。さまざまな色や柄《がら》の白衣を着た医師や看護師が忙しなく行きかい、患者が点滴スタンドを押しながら気ままに歩き、付添人らしき人たちが心配そうに廊下の窓越しに救急処置室を覗いている。美南が入ってきたところはストレッチャーが通るには狭すぎるので、救急搬入口は他にあるのだろうか。少し先を横切る広めの廊下を、数人の看護師と医師らしき人たちがストレッチャーを押して走り抜けた。あまりに誰も美南に気を留めないので、少し奥まで入っていった。

混雑した廊下の片隅《かたすみ》に、丸テーブルと椅子の置いてあるちょっとしたスペースがある。そこで大股《おおまた》を開いて横向きに座り、真剣な表情でカルテらしき資料を読んでいる、聴診器を首からぶら下げたスクラブ姿のアジア人が見えた。前を通る医師や看護師たちが必ずその男に声をかけ、男が一言、二言それに応じている。美南はその男を見て、一瞬まるでテレビの中のワンシーンを見ているような不思議な感覚に襲われた。

——先生だ！

間違いなく景見だ。髪形はテレビ電話で見るままだが、髭《ひげ》が少し生えている。でも顔は、美南が知っているままの景見だ。それだけで急に息苦しくなり、美南の目に涙が一気に溜まった。頭が真っ白になり、ただ走っていって飛びつきたくなった。

そのとき、ボブカットの金髪をした白衣の白人女性が景見に近づいて何か話しかけ、景見がそれに微笑して答えた。美南の足が急に止まった。

——あの人？

直感的にそう思った。歳のころは景見と同じか、少し上だろうか。落ち着いた大人の雰囲気を醸し出すその女性は景見の前に立って、座る景見の頬を手の甲でスルッと撫でた。景見は何もされていないかのように無反応のまま、下を向いて何かしゃべっていた。

——何、あれ？

美南の脚が震えた。このままこの光景を見ていていいのだろうか？　それは、本当の終わりではないだろうか。

――いや、私はこの恐怖と苛立ちに終止符を打つためにここにやってきたのだ。事はどうあれ、はっきりと知るためにここに来た。

美南は自分を奮《ふる》い立たせ、全身に力を込めた。白衣の女性が少しかがんで景見の顔に自分の顔を寄せたとき、顔をあげた景見がふとこちらを見た。そして、景見はそこに美南が立っているのに気づいた。というよりは、自分の見ているものを疑っていたのだろう。少し目を細め、「え？」という風にこちらを凝視していたので、美南は遠慮がちに会釈をした。景見と女性が向かい合っていたその瞬間を見ていてよかったのかどうか、自分でも分からなかった。

すると景見は突然目の前の女性を押し退け、美南のもとに走ってきた。

「美南！」

結構な大声だったので、美南は驚いて周囲の目を気にした。その女性も廊下にいた数人も、驚いてこちらを見た。だが、景見がいきなり飛びつくように抱きしめてきたのでもっと驚いた。一瞬息ができなくて慌てたが、大きく息を吸ってみるとあの懐かしい、焦がれて焦がれて死にそうだった景見の匂いが身体中を包んだ。

――この匂い、厚い胸、そして太い腕。先生だ！

景見はたいそう強い力で美南を抱きしめたが、美南も景見を抱きしめた。誰からともなく冷やかしの声と口笛が聞こえた。髭が触って少し痛い。美南がずっと機内で悶々《もんもん》と悩んでシミュレーションしていたさまざまな想像が、一気にどこかへ飛んでいってしまった。

「美南！」

「はい……！」

美南は、満面で笑って見せた。景見がまた強く美南を抱きしめた。美南は景見と抱き合いながら、後ろで目を逸らすように去っていった白衣の女性を見た。

「空港まで迎えに行ったのに」

「休みが取れたのが急だったから」

そう答えると、景見は美南の手をつないでさきほどの丸テーブルまで引っ張っていった。

「多分もう帰れるから、ここで待ってて」

「今日は宿直じゃないの？」

「いや、二二時まで。明日、朝から研究室行かなきゃいけないから。だから美南、もう少し遅かったら会えなかったんだよ」

「ホント？　ラッキーだったんだ、危なかった」

「さすが。テレパシー感じた？」

景見はそういって笑うと、美南をさっき自分がいた椅子に座らせ、どこかへ走っていった。時計は夜一一時過ぎを指していた。

美南は、夢見心地でその景見の背中を見つめた。今までの猜疑心や失望、恐怖がすべて一瞬にして浄化された気がした。

——ああ、会いに来てよかった。こうして先生に会えただけでこんなに嬉しい。

気がつくと周囲の人たちがしばらくのあいだ美南をニヤニヤと見ていたので、美南は少し恥ずかしくなって俯いた。すると、ふと群青《ぐんじょう》色のパンプスが視界に入った。

顔を上げると、それは例の白衣の女性だった。思っていたより年上かもしれない。

「ハイ。私はエマ・ハート。ここの医師よ」

エマははっきり、ゆっくりと声をかけてきた。無表情でポケットに手を入れたまま、握手の腕も差し伸べてこなかった。鼻筋の通った知的美人だ。

「あ……はい」

美南が慌てて立ちあがると、エマは美南を上から下まで品定めのように観察し、最後に視線を美南の目に戻した。

「あなたは、ケイを愛してる?」

あまりにも直截《ちょくせつ》的な質問で、一瞬美南は狼狽えた。だが次の瞬間、この人は自分を試しているのだと察知した。ここでヘラヘラ笑って逃げてはとられてしまう。

そう、まさに「とられてしまう」という危機感を覚えた。

「はい」

するとエマは表情ひとつ変えず、数回軽く頷いて平然といった。

「そう。私もよ」

美南の背筋が凍って、頭が沸騰《ふっとう》した。これは挑戦状だ。分かってはいたが、美南よりずっと年上の頭がよさそうで強そうな女性が、自分のホームグラウンドで、遠征初体験でアウェーの美南にケンカを売っているのだ。

「あなたは可愛らしいわね。ケイが守ってあげたくなるタイプだわ」

エマは笑顔を作った。だが、もちろん目は笑っていない。

「でもそれだけね。子どもよ」

そのとき、廊下の向こうの方から誰かが「エマー!」と呼ぶ声がした。エマはそれに返事をして、美南に視線を残しつつ背を向けた。

――ふざけるな! 自分がいいたいことだけいっていなくなる気か!

「ちょっと待ってください!」

美南はそう思った瞬間、声を出してエマを止めていた。エマは驚いた顔をして振り向いた。

「彼は私のものです!」

口に出たのは、ものすごく稚拙《ちせつ》な英語だった。

エマは目を丸くして驚いた。美南が何かいい返すとは思っていなかったのだろう。それからポケットに手を入れ、ケンカなら買いましょう、と身体でいい表しながら戻ってきた。

「なぜ?」

「彼は私を好きです。私は彼を好きです」

美南が必死の形相でいうと、エマは自信たっぷりに笑った。

「今はそうかもね。でも私の方が、彼に多くを与えてあげることができる」

美南が一瞬口ごもると、エマは「ほら、もう勝った」とでもいいたそうにフッと笑った。

美南は、返す言葉を思いつくことができなかった。エマのいうことは事実なのだ。自分は景見に安心感とか温かさとか、多くのものを与えてもらっている。だが、自分は景見に何かしているか？

一番痛いところを突かれた。

そのとき、廊下の角から「エマ」という声がした。エマが驚いて振り向くと、景見が立っていた。美南も景見がそこにいることは全然見えていなかったので、目を丸くして驚いた。

景見は何もいわずに、エマに小さく首を振った。するとエマは一瞬泣きそうな顔になって、それから走り去ってしまった。

そのエマの顔が、とても「女性」だった。

――この人、本当に先生のこと好きなんだ。

美南は直感的にそう思った。大人だろうと知的だろうとアメリカ人だろうと、恋心の切なさは同じなのだなと、冷静にそんなことを考えた。

「帰ろう」

景見は微笑して、美南に手を差しだした。美南はその手を握った。

職員駐車場への出口に向かう途中、廊下を通る何人もの職員や患者がからかったり、口笛を鳴らしてきた。点滴スタンドを押しながら廊下を歩いていた大柄の黒人男性が笑いながら何かをいうと、景見がにこやかに、しかしその男性を指さして何か返した。すると男性は「ＯＫ、ＯＫ」と苦笑しながら去った。景見はここでは相変わらず、誰とでもフランクに話しているようだ。

トヨタの中古車で、大学の近くにある景見のアパートに向かった。この病院から大学に向かう道沿いには、かなり高そうな豪邸も並んでいる。

さっきから美南は難しい顔をしたまま黙っている。景見はしばらくのあいだ運転しながら美南をときどき見遣っていたが、一度大きくため息をついてから小声で謝った。

「ごめん」

美南は深刻な表情になって俯いた。

「先生は、エマさんのことが好き？」

「好きって……同僚としてはいい人だよ」

「エマさんと付き合ってるの？」

「はあ？」

突然景見が突拍子《とっぴょうし》もない声をあげたので、美南はびっくりして飛びあがった。景見は続けて、声をひっくり返して聞いてきた。

「何いってんの？」

「何って……私、変なこと聞いてます？」

「いや、ちょっと待って。俺がエマと付き合ってるなら、俺たちは何？」

美南が困惑したような顔で口ごもったので、景見は呆れ顔でため息をついた。

「……分かった。もうすぐアパートに着くから、その後ゆっくり話そう」

それからの景見は少し怒っている風にも見えて、美南は怯えていた。

正直なところ、美南には分からないのだ。自分は景見と付き合っているつもりだったが、実はそうではなかったのかもしれない。大人の恋愛というのは、どういうものなのか。「付き合ってください」ともいわれていないし、何の約束もしていない。だからその「約束」をするつもりで美南は今回、アメリカくんだりまでわざわざやってきたのだ。

景見のアパートはほとんどキャンパスに接していて、レトロな二階建ての赤レンガ造りだった。通りには街路樹が並び、その下に規則正しく車が駐車している。

景見についてアパートの玄関を入ると、階段から降りてきた学生らしき赤毛の白人が、目を丸くして美南を見ながら何か景見に話しかけた。美南はその学生に見覚えがあった。景見が最初に送ってきた写真で、一緒に写っていた男性だ。

景見がその青年に何かいいながら美南の肩を抱き寄せたので、紹介してくれているんだな、ということが分かり、ニッコリと笑うと、その青年が右手を伸ばしたので握手をした。だが青年はどこか不満そうに景見に何かをいい、景見は苦笑していた。微かに「エマ」という単語が聞こえた気がした。

建物の外見とは異なり、部屋の中は真っ白い壁で、本棚と机とベッドなど、最低限度の家具しかない。学生用の狭いワンルームで、しかしまあちゃんとしたキッチンとシャワールームがついている。空間に無駄のない、機能的な造りだ。

美南はホッとした。女性の匂いがしなかったからである。

景見は以前、東京の自分のマンションのリビングを観葉植物や写真などで南国風に仕立てていた。寝室が濃い茶色を基調とした重厚な雰囲気だったので、そのアンバランスがおもしろかった。だが、この部屋は無機質だ。あまり帰宅しないのか、生活感がまったくなかった。

「何か飲む？」

「温かいの」

美南が頷いて何気なく答えると、景見が美南の顔を見ながら少し微笑した。いつもの美南の反応に、安心したらしい。そのまま椅子に座ってキョロキョロしていると、景見がマグカップを差しだしながらいった。

「さっきの女性……エマはね、北ボルチモア総合病院の院長の娘なんだよ。その院長が俺の研究室の教授と親友で、だから俺は教授を通してあそこの当直紹介してもらったの」

「院長先生の娘さん？」

「うん。でもちゃんと夜勤もデスクワークもやるし、威張《いば》らないし、頭がよくてしっかりした人だよ」

エマの素性《すじょう》は、美南の腑に落ちた。いいところで育った、精神的にも安定した性格のいい人。自分に自信をもつ、強い人。

「大人の女性って感じだった」

景見は微笑すると、「そうだね」といった。

「レストランでデートしてたの、あの人だよね？」

美南が尋ねると、景見は大きくため息をついた。

「あのな、あれはただメシを一緒に食っただけだよ」

「二人で夕食食べてたんでしょ？　それはデートっていわないの？」

美南には他意はなかった。デートという言葉に、それほど深い意味を与えていなかった。

だがそれがかえって景見を困らせたらしく、景見は首を傾げながら眉をひそめ、美南の隣に座り直して相対した。

「な、美南にとって俺は何？」

「え？　えー……好きな人」

そういいながら、美南は恥ずかしくなって下を向いた。だから、景見がどんな顔をしているのか分からなかった。

「ホントに？」

「うん」

「美南は、好きな人が他の女性と付き合ってるとかデートしてるとかでも平気なわけ？」

それは違う。美南は顔をあげた。

「平気じゃないよ？　平気じゃないけど、付き合うなとかデートするなとかいえる立場じゃないから」

「何でいえる立場じゃないの？」

「そりゃ、先生には先生の好きな人がいるだろうから」

「俺の好きな人って誰？」

景見が優しい声で尋ねながら、美南の肩に手をかけて、顔を覗き込んできた。

「俺らは好き合ってるんじゃないの？　俺が好きなのは美南なんじゃないの？　伝わってないの？」

その言葉を聞いたとき、美南の鼻がツーンとして一気に涙が溢れた。それからフッと身体中に温かいものが流れて、柔らかに力が抜けた気がした。それで思わず景見の首に抱きついた。

「よかった！」

美南は自信がなかったのだ。自分たちが付き合っているといえるのかどうかもはっきり分からなかったし、アメリカで今までとは全然違う環境にあって、エマが側にいて、景見の気持ちに変化があったとしても、それを責めることはできないと考えていた。景見の気持ちを確かめにわざわざここまで来たのに、エマに会ったあとは「もう終わりなのかなと思ったりもした。

「何だよ、もう」

首にしがみついたままの美南を、景見は笑いながら抱きしめてくれた。それから、美南の頭や背中を優しく撫でた。

「まあ、うん……正直、エマに惹《ひ》かれた時期もちょっとあったかな。研究室がギスギスしてて、美南も忙しくて話できなくて……何ていうか、大変な時期があって。彼女は大人で、物静かで、気を配ってくれる人だったから」

美南はこれを聞いて驚いた。景見だって人間だ。そういうことがあっても当たり前だ。それでも、なぜだろう、景見がそういうことを実際に考えることがあるとは想像しなかった。景見は大人で、ひとりですべてのことに対処できると勝手に思っていた。

そのあいだ、美南はひとりで突っ走って、凹んだり上がったりバタバタして、景見のことなど思いやる余裕をもたなかった。考えてみるとひどい話だ。自分はいつも景見に甘えるだけ甘えて、なのに景見が甘えてくる隙さえ与えなかったのだ。

慣れない環境の中、大変ではないわけがないのに。大学の前から電話してきたときはかなり寂しそうだったのに。何となく気にはしていても、美南は何もしなかった。そう思うと、申し訳なさで胸がいっぱいになる。

「研究、大変？」

「うーん、ていうか、こっち来て結構すぐ、北ボルチモア総合病院がたまたま心臓血管外科ですぐ助手に入れる医師を探しててね、それで教授が俺を勧めてくれて。でも、それが気に入らなかった人たちもいた」

「どうして？　教授のお気にってことになるから？」

「それもあるかな。それにエマがね、かなりモテる人なんだよ。あれだけ大きな病院の後継ぎだし、美人で性格いいし。だから、あの病院で働きたいヤツは多いんだ」

「あの人、結婚してないの？」

「バツイチ」

なるほど。美南は景見に凭《もた》れたまま頷いた。

「だから俺がエマに近づいて、アメリカでの労働許可と仕事先を手に入れようとしてるって罵《のの し》る学生もいてさ。それから研究室が変な空気になっちゃって。でもそれも、いってみれば俺のせいだから」

そういえば、翔子《しょうこ》が前にいっていた。多くの留学生にとって、アメリカで医師として勤務する機会は垂涎《すいぜん》の的《まと》なのだ。アメリカ人医学生にとっても、教授の親友がもつ、大学近くの街中にある総合病院で働くチャンスはそう多くない。それをいきなり渡米してきたばかりの留学生に横取りされれば、それは面白くないだろう。

「それからエマに何回か食事に誘われて、あの日初めてそれを受けて……」

景見は自虐《じぎゃく》するように苦笑すると、「美南からの電話が、すごいタイミングだったから驚いた」と笑って美南を見た。

美南は、これを聞いてひどく自戒《じかい》した。以前電話で美南が朝比奈《あさひな》に慰められた話をしたら、景見が「いいなー、そんないい先輩がいて」と羨んだ。そのとき、景見の心が弱っていることは分かっていた。だが、景見がアメリカでの研究生活に馴染んで帰国したがらなくなったら困るからと、うまくいっていないことを聞いて安心していたではないか。自分のエゴを優先させた結果、景見をもっと孤立させてしまったのではないか。

それから景見は天井を見上げて、嬉しそうな顔で意外なことをいった。

「あのとき美南、怒っただろ？　あれさ、変な話、嬉しかったな」

「嬉しかった？」

「そう。『あー、妬《や》いてくれてる』って。俺、ひとりじゃないわって」

いたずらっ子のように笑う景見を見て、美南は切なさで胸が潰れそうだった。

——先生、本当はそんなに寂しかったのか。そんなに孤独だったのか。

美南が顔をしかめたままで目を真っ赤にしたので、景見は美南の顔を覗き込んだ。

「ホントにおしゃべりして、メシ食うだけのつもりだったんだよ？　ちょっと愚痴っぽい話はしたかもしれないけど」

美南は顎を胸に強くつけるほど下を向いた。

「違うの、ごめん、ごめんなさい。エマさんのいう通り、私、やっぱり子どもなんだなと思って……こっちで先生が辛くても、きっと大人だしいろんな経験してる人だから、大丈夫なんだろうって……自分のことばっかりで」

美南が子どものように涙を横殴《よこなぐ》りに拭《ふ》こうとすると、景見の太い指が美南の目元を拭《ぬぐ》った。そういえば、景見は泣く子どもを親があやすようによくこうしてくれた。

「俺は別に、美南に母親みたいに心配してもらおうとは思ってない。そりゃ心配してくれるのは嬉しいけど……でも、そこは自分で何とかしたいと思ってる」

「でも、それじゃ私、先生の何の役にも立ってない」

涙を拭きながら消えそうな掠《かす》れ声でそういった美南を見て、景見は微笑した。

「立ってるよ。いろんなところで元気もらってる。それに自分のことだけじゃなくて、一生懸命俺のことも考えようとしてくれる」

美南は目を丸くして景見を見た。いきなりこんなにちゃんと褒めてくれるので、嬉しいどころか驚いてしまったのだ。

「いいんだよ、美南はそれで」

景見は、笑顔で美南の顎をつまんだ。美南が大好きな仕草だ。美南は景見の手を握った。

「よくない。先生がエマさんに甘えるのは困る」

美南がいきなり真顔になってそういうので、景見は驚いた表情をしたあと声をあげて笑った。美南は大真面目な顔のまま、しっかりと景見の方を向いていった。

「私がちゃんと先生の愚痴も受け止められるようになるから」

「頼もしいね」

景見は優しく微笑して頷くと、美南の口にキスしてきた。

3

明るい朝の光の中、コーヒーとパンとベーコンの温かくおいしそうな香りで目が覚めた。皿の音がする方に顔を起こすと、景見がキッチンでベーコンを焼いている。ものすごく温かく幸せな光景だ。最近は目覚めるとぐちゃぐちゃで湿った匂いのする暗い仮眠室の風景しか見てこなかったので、朝の光差す部屋の美しさたるやもう神々しかった。

「お、おはよ」

「いい匂いだあ」

美南が幸せそうにベッドでゴロゴロすると、景見が笑いながら「コーヒー飲む?」と聞いてきた。

「うん! シャワー浴びていい?」

「シャワーの前の棚の好きなタオル使っていいよ。食べたら大学行く? 研究室も見たいだろ? 飛行機明日の朝だったよな?」

──そうか。一緒にいられるのは、今日一日しかないんだ。

ブランケットにくるまってシャワールームに向かいながら美南がちらりと後ろを振り向くと、景見は背中を少し丸めてフライパンのベーコンをひっくり返していた。

──この人を失わないためには、どうすればいいんだろう。

シャワーを顔に当てながら、美南は考えた。では、どうすればいいか。お互いが好きなことをしながら、確実につながっていられる方法は何か。美南は、以前からこの答えを探っていた。

だが答えは、一つしか考えられない。ならばその答えを検証するべきか。でもそれは美南がすべきことなのか。

シャワーを終えてタオルで身体を拭いているとき、美南は決心をした。

――うん、当たって砕《くだ》けてみよう。

失敗しても、いわないよりマシだ。動けば次が見えてくる。そう思った美南は、急に楽観的になった。

「コーヒー、テーブルの上な」

背中を向けたままそういう景見の大きな背中を、美南はじっと見た。

「先生」

「んー？」

「私、先生と結婚したい」

すると景見は手を止め、それから目を丸くして振り向いた。ものすごく驚いた顔をしていた。

「先生と結婚したい。もういろんな心配していたくない」

さすがに「自分のものにしておきたい」とはいえなかった。景見はフライパンのＩＨを切ると、不思議そうに歩み寄ってきた。

「だって俺、もう三五よ？」

「知ってるよ」

「いいのそれで、ホントに？」

「何が？」

「まだこんなとこで学生やってるし」

「うん、だから返事は急がない……」

美南が少し恥ずかしそうにそういい終わるのを待たずに、突然景見が抱きしめてきた。

「ありがとう！」

その瞬間、美南はビックリしながらもホッとした。

——これからは何の遠慮もなくこの腕に飛び込んでいいんだ。ずっと先生のことを思っててもいいんだ。エマさんのこととか、先生がアメリカから帰ってこなかったらどうしようとか思い悩まなくていいんだ。

そのうちに先生と一緒に住むだろう。二人揃って休みの日の朝はこんな風にのんびり朝ご飯を食べて、「今日はどうする？」「買い物に行きたいの」なんて言いながら、その日の予定を立てる。二人でどこかに出かけ、二人で同じ場所に帰ってくるのだ。そして夜は自分たちの部屋でお酒でも飲みながら、当たり前のように他愛もない話を続けるのだ。

子どもも欲しい。「あの子、今日学校でこんなことがあったんだって」なんて話しながら、一人は洗濯物を畳《たた》んで、一人は夕食の後片づけをして。同じ病院に勤務することもあるだろうか。私の名札を見て、「心臓血管外科の景見先生の奥さんですか」と聞いてくる患者がいるだろうか。

そんな夢のような妄想《もうそう》のすべてが、叶《かな》うかもしれないのだ。私は先生の妻に、先生は私の夫になるのだ。二人は、どこにいても夫婦なのだ。美南の目が潤《うる》んだ。

正直、断られるというのもアリだと思っていた。景見自身がいったように、年齢差というものがネックになっていた。年齢が一〇歳も離れていると、考え方も想像がつかないくらい大人だろう。結婚に興味がないのかもしれないし、結婚して落ち着こうというときになったら、やはり自身の年齢に近い大人の女性を選ぶといっても不思議ではない。その方が、価値観が近いだろうからだ。美南はいつも不安だった。だからエマが怖かった。

だが、景見も同じだったのだ。青い夢を抱える歳の離れた美南が、いつ自身の側にいる同じ世代の恋人を作ろうが文句はいえないと思っていたのだろう。だから、美南からこういわれたことにひどく驚いたし、何よりも嬉しかったに違いない。

景見は美南を強く抱きしめながら、上を向いて残念そうにいった。

「あー、でもプロポーズは俺がしたかったなー」

「していいよ。改めて」

美南がふざけていうと、景見は「そう？」といってわざとらしく咳ばらいをした。

「じゃ、えーと、結婚してください」

美南は満面の笑みで答えた。

「はい！」

「え、早！」

二人は笑いながらまた抱き合った。今まで生きてきた中で、一番幸せな瞬間だった。


その後、景見に大学病院へ連れていってもらった。

「ほら、あれ。心臓血管外科の研究所はあそこの中にあるんだよ」

景見が指した先に見えた建物は赤レンガと三色ガラスが組み合わせられ、大企業の本社のように大きく、遠くの車道から見ても堂々たる風体だった。その周辺に、似たような赤レンガの低層ビルがいくつも並んでいる。医師なら誰もが一目見てここで働きたいと憧れるであろう、巨大な医学研究複合体だ。

「え？　あのガラス張り？　こんなすごいところで研究してるの？」

「すごいだろ？　チョー贅沢《ぜいたく》」

景見はわざとドヤ顔をして見せてから交差点を曲がり、街路樹に囲まれた狭い道に入った。地下鉄の駅があり、その目の前には荘厳《そうごん》なドーム屋根の建物がある。

それから慣れた風に道路脇の駐車スペースに車を停めた。美南は口を開けっ放しで周りを見渡すと、大きくため息をついた。

「この建物、素敵！　さっきのは近代的で、これは何かヨーロッパの博物館みたいで。こんなとこに毎日通ってるんだ！　これじゃ、日本に帰りたくなくなっちゃわない？」

だが景見は、周辺の雰囲気や建物の美しさにはそれほど興味はないらしい。少し首を傾げると、「そうでもない」とあっさりいった。

そんなものなのだろうか。美南なら、このキャンパスに通うだけで自己陶酔《とうすい》して満足しそうなものだが。一体景見はここで誰と何をしゃべって、どんな風に過ごしているのだろうか。

「臨床の方がいい？」

「賑やかな方がいいね」

美南は納得した。病院での景見は、いつでも楽しそうだった。それに比べて大学にいる景見はどうだ。びっくりするくらい淡泊で、ビジネスライクだ。

路上には、学生ではなくベビーカーを押す人や小さな子どもと歩いている人が目立った。中には呼吸器をつけている赤んぼうもいるから、患者なのかもしれない。

そのことを聞いてみると、景見は道の反対側を指して答えた。

「あの同じ建物に小児科も入ってるから、多分そこに来てるんじゃないかな」

「ふーん……」

美南はよちよち歩きの子どもと母親を通りすがりに眺めながら、ふと呟いた。

「子ども欲しいなあ」

「え？　いきなりっ⁉」

景見が仰天して大げさにのけ反《ぞ》って見せたので、美南は笑った。

「違うよ、今すぐってわけじゃなくて」

反動でそう答えはしたものの、もちろん美南は考えていないわけではなかった。結婚したら、子どもが欲しい。だが美南が今後どの科に行くにしても、研修を終えて医局に入り、まともに働きだしたばかりで大きなお腹をしていたら顰蹙《ひんしゅく》を買いやすい。実はいちばん妊娠《にんしん》しても周りに迷惑をかけないのは、端《はな》っから何も期待されていない初期研修医の時期ではないか――女友達や先輩や、おそらく美南の周囲にいるほとんどの女子医学生たちはそう思っているだろう。

もちろん抵抗はある。真っ先に浮かんだのが、富平《とみひら》の顔だった。どんな嫌味をいわれることだろう。だが実際、当直要員にしかならない初期研修医が子どもなど産んで当直免除になったら、富平でなくとも、誰でも文句をいいたくなるはずだ。そもそも今の美南はほとんど病院に寝泊まりしている状況なのに、これで産休に入ったら宿直の人数は足りるだろうか。

それに、自分自身のキャリア。何だかんだいって働き始めた最初の数年間というのは一番アクセルを強く踏んでいる時期でもあり、経験を積んでさまざまなことを学び、吸収する大事な期間だ。その貴重な時間と注意の大半が、自分ではなく子どもに注がれてしまうのだ。自分は、そこまで子どものために自分を犠牲にする覚悟ができているのか。そうなったら本当に後悔《こうかい》しないか？　自分の将来に対する不安と現状のもどかしさから、子どもにやつ当たりしたりしないか？

そんなことを考えていると、隣を歩く景見が美南の顔を覗き込んでいった。

「いつ欲しい？」

「え？」

「子ども」

「いつって、そりゃ結婚してから」

「いや、それはそうだけども」

景見が困った顔で笑うので、美南も笑った。それから一息ついていった。

「ホントはね、研修中に欲しいなって思った。それが後々一番楽かなって」

景見はその考えを理解している風に頷いた。

「でも、現実問題無理かな。宿直の人数も足りないし、ほら、前にいった面倒臭い先生に何いわれるのかも分かったもんじゃないし」

「じゃ、いつならいい？」

「いつ……」

それは分からない。研修が終わったらどこに行くか分からないし、本格的に働きだしたらそれこそ妊娠なんかしていられないだろう。それに、産むだけではなくて育てる期間も考えたら、何年間仕事の本筋から外れてしまうか分からないのだから、その覚悟が決まってからでなければ子どもは産めない。

そうなると妊娠していいのは自分のキャリアにじゅうぶんな自信がついたときか、自分のキャリアを棒に振ってもいいと思えたときか……。

今の日本では、これは家庭をもとうとする女医がしなければならない究極の選択だ。キャリアに自信がつくのは早くても四〇歳を過ぎたころだろうし、キャリアを捨てて子どもを選んだら、自分のそれまでに築き上げてきた経験も信頼もそこで終わりだ。それでもいいと思えるのは、一体何歳なんだろう。そもそも自分の身体は、四〇歳の初産でその後子育てできるだけ、健康なんだろうか。

――四〇歳で産んだら、子どもが成人式のときには六〇歳。先生は七〇歳！

美南は驚いて景見を見た。

「何？」

「いや、何でも……」

「何だよ。ひとりで何かやたら考えてんだろ？　さっきからいろんな顔してるぞ」

景見はそういってふざけながら美南の頭をクシャッと撫でた。

景見に連れられて例の巨大な建物の中に入り、軽く説明してもらいながらあちらこちらを見た。まるで夢のようだ。日本では、あるいは少なくとも北関東相互病院では考えられないような施設が並ぶ。この大学がそうなのか、国策が違うのか、とにかくただ羨ましいとしかいいようのないほど金のかかった設備だ。

研究階のカフェスペースのようなところに来ると、昨日会った赤毛の白人が景見に声をかけながら廊下の向こうから歩いてきた。寮だけでなく、研究室も同じだったとは。

その男性は、昨日と同じように不服そうに美南を見てから景見に何かをいった。その中の一単語だけが、なぜかはっきり耳に入った。

「エマは？」

美南の心臓がドキッとした。景見が何かをいうと、その男性はまるで景見を批判するかのように腕を摑んで早口でいい返していた。何をいっているのかははっきり分からないが、ところどころで聞き取れた単語をつなげて美南が予想できたのは、この赤毛は景見の選択を責めているということだ。

景見がそれに対して何かいい返すと、その男性は怒ったように、呆れたように首を振り、美南を見遣ってから何かいって去った。

「失礼な人」

美南がつい口を尖らせたので、景見が仰天した。

「美南、英語分かるのか？」

「半分も分かってないよ。ただ、何となくは伝わる。今、先生がエマさんと結婚しないのがもったいないとかそういう話してたんでしょ？」

すると、景見が絵に描いたように動揺して口ごもったので、怒ったフリをしていた美南は噴きだしてしまった。

「あの人、エマさんのファンなの？」

「あー、まあ、彼女の病院で働きたがってるから……」

「そうなのかー……」

美南は納得して頷いた。

自由の国というイメージが強いアメリカにあっても、職業は社会的ステータスに影響しやすい。だから大病院の院長の娘で自身も医師、しかも美人とくれば結婚相手として当然注目されるし、はっきりとはいわなくても、知り合いだの上級医だのの紹介で事実上のお見合いをすることもある。もちろん、景見の同僚にもエマを狙っている男性は少なからずいるだろう。

「何でエマさんは、先生がよかったのかな」

「それは、俺のいいところがよく分からないってこと？」

「いや、違うよ！」

美南が慌てると景見が笑いながら続けた。

「多分、俺が次期院長の座を狙ってなかったからかな」

なるほど。この返事は、あまりにも腑に落ちた。あの知的な女性は、自分をちゃんと見てくれる恋人が欲しいのだろう。

車に戻ってきてシートに座ると、美南はふと思い立って聞いてみた。

「さっきの話だけど、すぐじゃダメかな」

「何が？」

「子ども」

車を走らせようとハンドルを切ったばかりの景見が、驚いてブレーキを踏んだ。

「研修医のうちに産んだ方が育休も取りやすいし、先生も若いうちのがいいだろうし……」

「え？」

景見は少し深く呼吸をして、車を走らせた。

「うん、俺もそれは考えたんだけど……でもそうなったら、乳児期に美南が一人で子育てすることになっちゃうよ」

「近くに保育園があるし、多分当直免除になるから大丈夫だと思う」

「んー……でも、俺も赤ちゃんの世話したいんだよなあ」

景見は渋い顔をした。

「じゃ、とっとと論文書いちゃいなさい」

美南がケロッというので、「それな！」といって景見が大笑いした。

すべてのことが一歩ずつ前進した感じがする。思い切って景見に会いに来てよかった。

景見を失わないでよかった。美南は、景見も含めた周囲の人をもっと丁寧に見ていこうと心に誓《ちか》った。いつまでも忙しい、余裕がないをいい訳にしていてはいけない。それでは、物事が進まない。

4

帰国してからの美南は、見違えるほど元気だった。また、このタイミングで研修が外科から整形外科に移って、うまい具合に心機一転できたのもよかった。

「若くて美人の患者さん入ったな」

美南が当直室でコンビニのカルボナーラを食べていると、朝比奈がそういいながら入ってきた。

「大貫《おおぬき》さんでしょ？　まだ二二歳ですって。明るくて可愛いですよね」

美南は楽しそうにそういい、パスタを口に頬張った。その一連の動作を朝比奈はじっくりと観察して、それから尋ねてきた。

「カレシとうまくいったのか」

「はい！　ご心配おかけしました」

美南がそう答えると、朝比奈は少し口を尖らせて数回軽く頷いた。

「じゃ、抄読会お前からだからな」

「えー！」

美南はふざけてそういってみたが、朝比奈は少し強張《こわば》った笑みを一瞬見せたと思うとスッと真顔になり、まるで怒っているかのようにクルッと背を向けて足早に去ってしまった。

美南はその朝比奈の背中をしばらく見ていたが、それから整形外科の病棟に向かった。

　整形外科の病室は西病棟、リハビリ室は東病棟にある。この科は二四時間体制で注意していなければならないような重篤患者が少ない。それに回復のためには動いた方がいい場合が多いことから、ほとんどの入院患者が活発にリハビリをする。そのため退院も早い。

　この科には理学療法士や作業療法士、ケアマネージャーや医療ソーシャルワーカーといったさまざまな職種のスタッフがいる。看護師の声も大きいし、患者も勢いがいいので、外来診察室やリハビリ室はケアの手厚い体育会のような雰囲気だ。

「野中《のなか》さーん！　野中恭平《きょうへい》さーん！　リハビリ室へどうぞー！」

「ほーい！　今行く！」

「進藤《しんどう》さーん、忘れ物！　スカーフ！」

「あー、もってきてちょうだい」

「ダメ！　ここまで歩いて取りにきて。ゆっくりでいいから」

　また、ここでは必ずどこかで手すりにつかまりながらゆっくりと歩く患者と、その脇に寄り添う理学療法士がいて、こんな声が聞こえる。

「はい、いいですね。よく頑張りました。じゃ、もう一回」

「もういいよー」

「もう少しだけ頑張って！」

　理学療法士は運動機能の回復、つまり起き上がったり歩いたりという基本的な動作ができるようになるためのリハビリをする。作業療法士はいうなれば応用編の担当者で、手や指を動かしたり、集中力を高めたり、細かい作業が正確にできるようになるような訓練を担当する。またケアマネージャーは要介護認定を受けた人やその家族と介護保険サービスのあいだで調整をする人で、ソーシャルワーカーは日常生活の支援をする人だ。ケアマネージャーは都道府県が行う介護支援専門員実務研修受講試験に合格しなければならず、ソーシャルワーカーは普通は社会福祉士という国家資格をもつ人たちである。つまりそれぞれが、資格をもつその道のプロなのである。

「ここはね、意外と新しい医療機器の導入が早いんだ」

カンファでナビゲーションシステムの説明をしたとき、整形外科部長の山田省吾《やまだしょうご》がいった。山田は大柄ではないが肩幅が広く、全身が筋肉の塊《かたまり》という感じで、スポーツ・インストラクターか健康オタクのように見えた。朝比奈は山田を「体操のおにいさん」と表現したが、若々しい外見とは裏腹に、実は医師たちの中で一番の年配である。

整形外科というのは、名前の通り外科の一種だ。この病院では整形外科の手術はほぼすべて外科で行うため、整形外科は外来診療が中心となるが、時には整形外科の手術というものもある。

例えば人工膝関節置換手術だ。北関東相互病院ではナビゲーションシステムといって、手術中にレントゲン撮影した患部の情報をもとに、画面を確認しながら手術を進行する術式をとっている。

「そうですね。内視鏡や腹腔鏡の手術も、結構普通にやってますもんね」

「うん。医師の絶対数が少ないからそうしないとやっていけないし、外から医師を呼ぶときの宣伝にもなるからね。それにそもそも、戸脇《とわき》先生が新しい機械好きなんだよ」

「でも、医療機器って高いのによく揃えられますね」

「戸脇先生の娘さんがそういうのもやってる商社にいるから、割と安く買えるみたいだよ」

美南は驚いた。戸脇は結婚しているのだから驚くようなことでもないのだが、子どもの話を聞いたことがなかった。

「お孫さんもいるよ。この病院は息子さんが継ぐ予定だったんだけど、事故だか何だかで亡くなっちゃったって聞いたな」

「そうなんですか……」

これを聞いた研修医たちは、しょんぼりしてしまった。これだけの規模の病院の院長なら、子どもが後を継ぐように育てるのが普通といえば普通だ。だがそういう話が全くなかったから、戸脇には子どもがいないのかと思っていた。事故で亡くなっていたとは、寂しい話だ。

このころになって、ときどき外科の弓座《ゆざ》から美南を手術の助手に借りたいという声がかかるようになった。弓座は最近は外来を派遣医師に任せて、手術を増やしているようだった。

「僕はもともと手術屋なんだよ」

ヒョロリと長い手で腹腔鏡を操りながら、弓座はいった。

「患者さんと話すのとかさあ、がんばってるんだけど、やっぱりあんまりうまくならない。何ていうか、僕、外来の相手するだけでくたくたになっちゃうの。でも手術は大好き。あ、ちょっと！」

次の瞬間、美南の向こう脛に蹴りが入った。

「画面、揺れてるよ！」

「はい、すみません……」

美南は激痛を堪えながら、カメラを直した。

確かに弓座は普段は飄々《ひょうひょう》としているが、今のように手術中に少し手順が違ったりすると突然足や頭で小突いてくる。よくいえば、手術に関しては完璧主義というか、自分の思う通りにやりたい人なのだろう。美南はその弓座の御眼鏡に適《かな》った助手だったわけだ。

——助手として声がかけやすい。それだけでもこの半年で上達した、よしとしよう。何しろ半年前までは、手術室にすらろくに入っていなかったのだから。

もっと経験を積んで、技術をあげていかなければ。美南は気合を入れ直した。

5

そんなある夜、仮眠室で寝ていた美南のピッチが鳴った。胃がんの術後一週間が経った、小野寺《おのでら》という六〇代の女性だ。美南はこの人が苦手だった。なぜかいつもオドオドしていたいこともいわないのに、しょっちゅうナースコールをする。要は暇つぶしに看護師や医師を呼んでいるらしい。

「とにかくちょっと診てやってください。お医者さんじゃないとダメだっていうから」

　そこで美南が病室に行くと、小野寺はひどく驚いた。まるで美南に怯えているようだった。

「あ、あら！　先生、ああ、痛いの治った。大丈夫、治った」

　一応バイタルを確認して傷口を診たが、何の問題もなかった。

「ごめんなさい、夜遅く。大丈夫、すみませんでしたね」

　小野寺はやたらへコへコと頭を下げ、美南を追い出すように「大丈夫」を繰り返した。

　だがそれからすぐ、また病棟から呼び出された。

「小野寺さんが、お医者さんをって」

　――またか。

　美南が行くと、小野寺はまた同じことをいった。

「大丈夫、治りました。すみませんでした」

「小野寺さん、先生方も忙しいんだから、何回も呼んでおいて『何でもない』は困りますよ」

　看護師が苛立った風にいうと、小野寺は大きく背中を曲げて俯いてしまった。だが、美南も呆れ苛立っていたので、小野寺に声をかけることなく病室を立ち去った。

　ところが次の日の朝、外科外来前に医局で弓座に呼ばれた。

「小野寺さんに何かしたの？」

「え？　何も」

「安月《あづき》先生のこと、ものすごく怖がってるよ」

「えー？」

小野寺は、美南に怯えていたのだ。ナースコールをするくせに美南が行くといつも仰天して、それから何回も頭を下げて「大丈夫大丈夫」「すみません」といっているのは、「医者を呼んではいるが、来て欲しいのは美南ではない」という意味だったのだ。

「何でですか？」

「いつも怒ってるって。『私は嫌われてる』って」

「私、怒ってなんかいませんよ！」

「じゃ、小野寺さんにそう説明して謝ってきて」

「え？」

「だって、誤解解かなきゃいけないでしょ？　治療に支障が出たら困るでしょ？　何でかは分からないけど、安月先生が小野寺さんを怖がらせたんだから」

弓座は無表情のまま、平然と去っていった。

「えー……」

美南は不満を露《あら》わにした。あっちが勝手に人のことをこういう人だろうと想像して怖がっているだけなのに、こっちが謝らなければならないのか。

「あーら、ヒナ先生だ！　相変わらず元気だあ！」

美南がいやいや廊下を歩いていると、突然近くで大きな声が聞こえた。驚いて声の方を向くと、外来患者の老女が嬉しそうに朝比奈に声をかけていた。朝比奈はいつもの通り綺麗な歯並びの大きな口をガバッと開けて、思いっきり満面の笑みでそれに答える。

「そりゃーそうよ。ちゃーんと健康に気をつけてるもん！　俺、八木《やぎ》のばあちゃんみたいに寝る前に饅頭《まんじゅう》とか食わないしー」

「あー、にくったらしい！　うちの嫁より口うるさいわ！」

二人の大声の会話は周りの外来患者まで巻き込んで、大きな笑いの輪になっていた。

美南はふと、景見を思いだした。景見もこういうところがあった。普段の声が大きいことはなかったが、地声が通る人なので笑うとすぐにどこにいるか分かった。背の低い患者さんにはいつも膝を曲げて目線を下げ、最後まで話を聞いていた。だから患者たちは景見を見かけると、すぐに寄ってきて挨拶をしていた。景見に話を聞いてもらうだけでよくなるという人もいて、医師たちに内科でもいけるのではないかとからかわれていた。そういうコミュニケーション能力に加えて、医師としての能力もじゅうぶんにある。だから、もうそこにいるだけで患者を安心させてくれた。

安心。美南の脳裏に、オレンジ色の病院が浮かんだ。夜の闇の中、ここにいるよと居場所を示してくれるオレンジ色の街灯に浮かぶ安全の象徴《しょうちょう》。美南の道しるべ。

美南はこのとき、ハッとした。

――私、オレンジ色の病院になりたいんじゃなかった？

何度も医師を呼んでは美南だと断る小野寺に苛立って、どんどん無愛想になっていった。

だから小野寺は美南を怖がっているのだ。つまらない理由でナースコールをしていたのではなくて、本当に困っていたのに、呼ばれてきたのが美南だったから慌てて何事もなかったかのように振る舞っていたのだ。

患者に気を遣わせるなんて、最低の医師ではないか。

美南は慌てて小野寺の病室に行った。四人部屋だが先日ひとり亡くなって、今は三人になっている。ドアの前に立って呼吸を整えた。

——何ていおう。まずは素直に謝って、事情を説明しよう。いや、傷口を診るのが先か。

「小野寺さん、具合どうですか」

おそるおそる声をかけながらカーテンの向こうを覗いてみると、そこに内科部長の高橋《たかはし》が座っていた。

「高橋先生！」

「おう」

「あら！」

小野寺は美南を見て、怯えたように身体を起こそうとした。

「あ、そのままで！　ちょっと様子を見にきただけです」

美南は小野寺を寝かしながら、高橋がいるとはこれは気まずいな、と思った。高橋がいった。

「小野寺さんもうすぐ内科に移るからさ、そのお話してたんだよね」

「すみません」

小野寺が申し訳なさそうに頭を下げるので、高橋が苦笑した。

「謝らなくていいんですよ。手術が終わって内科に行くのは、手術の経過がいいからですよ」

「いえ、でもこちらの先生にはいろいろご迷惑かけて」

背中を丸めている小野寺を見て、美南は申し訳なくなった。

「ごめんなさい、小野寺さん」

「はい？」

「ごめんなさい」

美南は、深々と頭を下げた。

「私、いつも怖い顔して、小野寺さんを怖がらせてましたよね。お話もしにくかったでしょう？　医師をお呼びになって、私が来る度に怖いから『治った』っておっしゃってたんですよね？」

すると、小野寺は頭をペコペコ下げながら自虐的に苦笑した。

「いいえ、私がいろいろご面倒おかけするから」

「小野寺さんは何も悪くないです。ごめんなさい、本当に私です。今度から気をつけます」

最初は怯えていた小野寺は、やがて慌て始めた。

「そんな、謝っていただくなんて。先生は何も悪いことなさってないんですよ」

「ただ無愛想なだけですよねえ」

高橋がふざけて軽口を叩いた。

「先生、若い女の人に無愛想だなんていっちゃダメですよ。あの、本当に大丈夫ですから」

小野寺がか細い手を伸ばして必死に慰めてくれようとする姿を見て、美南の鼻がツーンとして目に涙が溜まった。

――申し訳ないことをしたのに、優しいなあ。

結局小野寺は術後の傷口が痛むので、痛み止めが欲しくてナースコールをしていたということが分かった。痛みの感覚は、人によって大きく異なる。小野寺は「痛いので薬をくれ」ということが、甘えている、我儘《わがまま》だ、我慢しろと叱られるのではないかと怯えていたらしい。

廊下を歩いているとき、高橋が教えてくれた。

「小野寺さんねえ、ご主人がいつも機嫌の悪い人で、どうやら結構手も出ちゃうこともあったみたいでね。ご主人の顔色窺《うかが》って生きてきたんだよ。ご主人は何年か前に脳腫瘍《のうしゆよう》で亡くなったから、もしかしたら病気のせいだったのかもしれないけど。頭痛や吐き気や、辛い症状が出る病気だからね。まあ、それで小野寺さんは他人の表情に異常に敏感で、すぐ謝っちゃう癖があるんじゃないかな」

「そうなんですか。知らなかった」

「カルテに書いてないけど患者さんから得られる有用な情報って、結構たくさんあるんだよ」

「肝《きも》に銘《めい》じました」

美南は頷いた。まったくもってその通りだ。少し家族の話でもしてみれば、想像がついたであろうことだ。自分は患者とのコミュニケーションを二の次にして、いったい何にしゃかりきになっていたのか。

「私、小野寺さんとあまりちゃんとお話してませんでした」

美南が自戒たっぷりな風にいうと、高橋は頷いた。

「特に女医さんはね……男が言葉に詰まっても『あ、この人口下手だ』で終わるけど、女の人が言葉に詰まったら『この子、分かってないんじゃないのか？』って思われやすいから、男の医師より口がうまくなきゃいけないんだよね」

本当にその通りだ。美南は高橋の顔をまじまじと見た。意外にも、高橋は女医の特性についてよく理解しているようだ。

「高橋先生、女医をよく分かってくださってるんですね」

すると、高橋は素っ頓狂な顔をした。

「そりゃそうでしょ。僕の奥さん、医者だよ」

「はっ？」

美南は仰天した。高橋は四〇代後半、当然結婚しているとは思っていた。だが、まさか女医だとは。それに以前、高橋は美南に弁当くらい作れといったのではなかったか？

「先生の奥さんって、医師しながら先生のお弁当も作ってくれてるんですか？」

「弁当？　いやー、あっちも勤務医だからね、そんなことする時間なんかないよ。弁当は、僕が自分で作ってるの」

「え？」

そういえば、あのとき高橋は「女だから」弁当を作れとはいわなかった。ただ、「弁当くらい作れ」といった。いい大人が、自分の食べるものくらい料理しろという意味だったのだ。この医師が、キッチンで背中を丸めて自分で自分の弁当を作っているのか。

「子どもが小学生だから昼間は学校給食があるけど、朝と夜のご飯は大抵僕が作るんだよ。奥さん、仕事大変だから」

「えー！　お子さんもいらっしゃるんですか！」

「君は、僕をどんな人間だと思ってたんだ？」

高橋は苦笑した。しかも聞けば、奥さんはここから三〇分のところにある赤十字病院の脳神経外科にいるそうだ。

「めちゃくちゃエリートじゃないですか」

「それをいうな、僕が辛いよ」

高橋は声をあげて笑った。脳神経外科は、半端ないくらい手術時間が長いことがある。

だから高橋の家では、多分主だって子育てをしているのは高橋なのだ。どうりでいつもこの人は、ほとんど当直をしないで帰るわけだ。

美南は嬉しくなった。富平のような男が多いのは事実だが、身近に高橋のように理解ある人もいるのだ。それだけで、何だか心が落ち着いた。

6

一二月に入ると、医局が慌ただしくなった。梅林《ばいりん》大病院の院長選が迫っているそうで、ここの派遣医師たちも対立陣営の醜聞《しゅうぶん》をかき集めようとし始めたのである。悪い噂はその医局の教授の管理責任問題となり、相手を打ち負かすいい材料になる。逆にライバル陣営の否定的な話を集めて自分の教授に伝えれば教授の覚えもめでたくなり、早く大学病院に呼び戻してもらえる。まさにドラマでよく見るような混沌《こんとん》が、実際に行われているのだ。

だが、こういう風潮は大学や時流によってかなり異なる。CDでこういう話はほとんど聞かなかったし、美南は卒業してすぐここに来たせいで、CD大学病院内にもあるであろう出世競争にはまったく縁がなかった。

それにもともと、こういった集団間のいざこざには疎《うと》かった。高校のときクラスの女子のあいだで勃発《ぼっぱつ》していたグループ間権力闘争も、卒業後に説明してもらって初めて理解したくらいだった。当時は「あの子たち仲いいな」「あの子とあの子はあまり口をきかないな」ていどの認識しかなかったのである。

「そうか、だから富平先生、最近私に嫌がらせしなくなったのか！　それが反対陣営の攻撃材料になるとマズいから！」

夜、当直室でおにぎりを食べながら美南が声をあげると、絵面が少し声を抑えて教えてくれた。

「うん、多分ね。最近、随分丸くなったから。でもやっぱりああいう先生だから、陣営内でもそんなに評判よくないんだよね。だから院長選がうまくいっても、あの先生がどうなるかは微妙みたい」

「見てる人は見てるってことね」

「ま、でも院長選のおかげで、派遣の先生たちが呼び出しにすぐ応じて来てくれるようになったから、僕たちは助かるよね」

「誰がどの陣営なのか、私には全然分からない」

「知らないままの方がいいと思うよ。安月先生は梅林大の医局の人じゃないのに、巻き込まれてもつまらないよ」

「絵面先生や朝比奈先生は、そういうのにどのくらい関わってるの？」

「僕は大学病院で働く気はないから、あんまり関係ないけど」

絵面はそういいながら、隣のソファにのんびりと横たわってゲームをしている朝比奈を見遣った。朝比奈は二人をチラッと見て、それからゲームに目を戻しながらいった。

「俺なんか医局の頭数にも入ってねーだろ」

問題は、派遣医師たちが仕事をアピールするために病棟をうろつくようになったことだ。今まで当直をまったくしなかった富平ですら、週に一、二回は夜八時くらいまで居残るようになった。普段見かけない医師たちがやたらと廊下を闊歩《かっぽ》するので、なかには「経営者が替わるの？」と聞いてくる患者もいた。

「こんなこといっちゃいけないんだけど、やりづらくて」

当直室で、絵面がこぼした。呼び出しで内科病棟に行くと、富平が現れて後ろに立ち、あたかもオーベンであるかのようにあれこれ指図してくるらしい。

「そりゃ、富平先生の方が決定的に経験も知識もあるわけだから、教えてくださるのはありがたいよ。でも、オーベンと違うこといわれたらどうしていいか分からなくて」

「絵面先生は人当たりがいいから、寄っていきやすいんじゃない？」

そのとき美南は何気なくそう答えた。

ところがその日の夜八時ごろ美南が呼び出しで内科病棟に行くと、いきなり富平が現れた。しかも若手の医師をひとり従えて、見るからに張り切っている。美南は心の中で、

「うわー！　私にまで来たか！」と叫び、身の毛のよだつ思いがした。普通なら上級医がいてくれるのは心強いのだが、富平は別だ。

呼び出しは、大貫という急性リンパ性白血病を患《わずら》う二二歳の女性患者だった。美南が整形外科に移ったばかりのころ入院してきて、美人で注目を集めた人だ。

大貫の白血病は検査の結果病状の進行が速いタイプで、ＨＬＡ（ヒト白血球抗原）型が

合う骨髄《こつずい》移植のドナーを待っていた。この型が合致するドナーからの骨髄移植を受けると生存率が高くなるが、合致の確率は兄弟間で四分の一、非血縁者では数百から数万分の一しかない。

大貫は美容師で、アメリカで資格を取るために留学する資金を貯めていた。だが看護主任の朋美《ともみ》に、「貯金、ぜーんぶ治療費に飛んじゃうんですよー」と泣きそうな笑顔を作ったそうだ。朋美は美南にそう語りながら、自分も目を赤くしていた。

大貫は、医師を呼んだところでどうしようもないことはある程度分かっていた。ただ頭痛、発熱、だるさ、動悸《どうき》などに加えて鼻血などの出血もあって、夜中に寝ていられないのだ。それに臓器への浸潤《しんじゅん》もあるせいで、お腹が張って痛いらしい。だからつい、どれかしらの症状緩和を願ってナースコールを押してしまうのだろう。そのうえ、死への恐怖。突如重い病気を抱え込めば誰だって、居ても立っても居られなくなって寝られなくなっても不思議ではない。

大貫は年齢が近い美南には、いつも気軽に話しかけていた。

「すぐに抗がん剤治療に入るんだって。抗がん剤って、髪の毛抜けたり、口内炎できたりするんだよね」

「うーん、そうねえ。強い薬だから」

美南が大貫の鼻血を止血し、肘の青あざを診ながらそう答えると、大貫が自嘲した。

「美容師の髪がないとか、ウケるわ」

「スキンヘッドでカッコいい人もいるけどね」

するど、大貫は少し笑ってから何気なく呟いた。

「治るかなあ……」

ところがそのとき、美南の後ろでオーベンのように眺めていた富平が、突然「ALLの五生率は？」と聞いてきたのである。ALLとは急性リンパ性白血病のこと、五生率とは五年生存率のことだ。美南は仰天して富平を見た。富平の後ろにいた若手医師も、狼狽の表情をして視線を泳がせた。

富平は、若手医師に自分は上級医として研修医にも教えてやっているというデモンストレーションをしたかっただけなのだろう。略語を使っているから、大貫には分からないと思ったのかもしれない。だが大貫の状態から考えられる五年生存率は、二割いくかいかないかというところだ。それを、富平はまだ二二歳の本人の目の前で聞いたのだ。

美南は腸《はらわた》が煮えくり返る思いだったが、咄嗟《とっさ》に聞こえないふりをした。ところが、富平は美南に腹を立てた。

「おたく、聞こえてんでしょ？　質問に答えなさい！　この疾病《しっぺい》の五年生存率は？」

――うわ、わざわざいい換えた！

美南は恥部を隠そうとでもするかのように、慌てて被《かぶ》せていった。

「大貫さん、取り敢えずこれで様子見てみましょう。またどうしても辛かったり出血がひどかったりしたら、呼んでくださいね」

「ちょっと……」

「じゃ、失礼しますね」

美南は引きつりながら必死で笑顔を作り、病室を大急ぎで出た。身体じゅう汗だくになっている気がした。

当然、富平は美南を追いかけながら、廊下で大声を出した。

「おたく、どういうこと？　分からないなら分からないっていえばいいでしょ？　あの態度は何？　ちょっと、待ちなさい！」

研修医という立場は、一般人が想像するより遥かに弱い。オーベンなしでできることといえば検査のオーダー、機械のスイッチを入れておく、家族へ連絡するといったていどのことしかないし、何があってもオーベンに逆《さか》らうことなどあり得ない。二〇〇四年以降は新医師臨床研修制度によって給与や勤務時間が改正されたが、それ以前の研修医生活はもっと厳しい徒弟制度のもと、普通の大学生のバイト料より安い給料で奴隷《どれい》のごとく長時間こき使われていた。富平はその時代の人間である。だから富平にとって、上級医を無視する研修医など存在するはずがなかった。

「ちょっとおたく！　答えなさいよ！」

廊下からただならぬ声が聞こえてくるので、ナースステーションの看護師たちが入口に注目していた中、顔を真っ赤にした美南、同じような顔色をした富平、そして青ざめた表情の若手医師がなだれ込んできた。

「どうしたんです、富平先生？　廊下で大きな声なんか出して」

朋美が困り顔で尋ねると、富平は美南を指さして怒鳴った。

「どうもこうも！　この研修医が、人の質問を無視してどんどん勝手にやるんだよ！　おたく、本当に一体どういうつもり？」

ところが、美南はもっと大きな声で怒鳴った。

「富平先生、頭おかしいんですか？」

これに、ナースステーションが静まり返った。富平も一瞬、何をいわれているのか把握していないという風に茫然とした。

「ＡＬＬの患者さん本人の目の前で、五生率聞くバカいます？」

美南は、唾を飛ばさんばかりに怒鳴った。富平は狼狽して、視線を泳がせた。

「いや、だって、患者には分からないように略語を使ったから」

「最初私が聞こえないふりしたから、二度めには『五年生存率』ってはっきりいっちゃったじゃないですか！　ＡＬＬの五生率は、二割いくかいかないかしかないんです。先生は患者さんの前で、私にそれに答えさせようとしたんですよ？　無神経にもほどがあります！」

「お、おたくね！　こっちは親切に指導してやろうとしてたのに、答えが分からないから逆ギレですか！　北関東の研修医の分際で、頭がおかしいのはどっち？　いいですか、おたく、そういうつもりなら、もう医局にいられなくなるよ！」

最初はおとなしかった富平も、美南が立て続けに怒鳴るのでみるみる血管が切れるのではないかと思うほど真っ赤になり、声をひっくり返して叫んだ。まさか人前で、しかも得意満面でいたかった後輩医師の目の前で、研修医にこれほど恥をかかされることが医師人生であるとは、夢にも思わなかっただろう。

すると、突然ドアのところから声が聞こえた。

「医局長は僕ですよ」

二人と看護師たちが驚いて声の方を見ると、高橋がそこに立っていた。

「富平先生、あなたにここの医局の人事権はないんですよ」

「そうですよ」

主任の朋美が続けた。

「今のお話を伺う限りでは、富平先生が言葉に気を遣わなさすぎます。患者さんはまだ二〇歳そこそこの若い子ですよ。その目の前で五生率聞くなんて……」

朋美が同意を促すように高橋を見たが、高橋は何もいわなかった。だがその表情から、怒りと朋美への同意が伝わる。

富平は、血の気の引いた顔をして周囲を見渡した。高橋や朋美だけでなく、ナースステーションにいた若い看護師たちも、非常識なことでヒステリックに怒鳴る富平を異常者を見るような視線で見ていた。背後の後輩医師は、富平と目を合わさないようずっと真横を向いている。富平はこのとき、初めて孤立無援の状態というものを実感したに違いない。

「北関東の研修医ごときに、親切心を咎《とが》められるとは思いませんでしたよ！」

富平はそう怒鳴ると、大股でナースステーションを出ていった。少し遅れたタイミングで、後輩医師も出ていった。

看護師や朋美がため息をついて、淀み固まっていたナースステーションの空気が流れた。美南は怒りが収まらず、真っ赤になってドアを睨んでいた。

この後、高橋も朋美もそれ以上何もいわなかったし、何事も起こらなかった。ただ富平が美南にまったく近づかなくなったことと、再び終業時間ピッタリで帰るようになってしまったことだけが変化といえば変化だった。美南が富平に怒鳴りつけた件を後になって知った絵面は「気持ちよかったでしょ？」と尋ね、朝比奈は「お前、本物のバカなんだな」といった。

7

一二月の下旬、入籍のためクリスマス休暇を取って景見が帰国した。美南は空港に迎えに行くことはできなかったが、正月明けに何とか二日ほど休みをと取って二人で景見の親元に行き、初めてちゃんと挨拶をすることにしていた。景見にもCDやその他行かなければいけないところもあり、スケジュールはかなりギリギリらしい。美南の父の知宏《ともひろ》と母の美穂《みほ》には景見と入籍するということはもう伝えてあったので、忙しいなら今回はわざわざ挨拶に来なくてもいいといってくれた。

年末年始は、美南はまったく休めない。家族のある医師たちが優先的に休暇を取るし、梅林大からの派遣組も休んでしまう。そしてキタソーも外来診療は閉めるが、救急が開いている限り患者はやってくる。

「朝比奈先生は帰らなくて大丈夫なんですか」

当直室でゲームをやっていた朝比奈に聞いてみた。

「親は海外旅行行っちゃうから、実家帰っても誰もいないし。それに俺がいなかったら、ここ誰がやるの？」

「誰がって……それは」

二人は顔を見合わせた。多分、戸脇が手を貸してくれるのだろう。

「お前は二日だけでいいの？　実家帰るんだろ？」

「あー、いえ。実家じゃなくて」

美南は、朝比奈にならいってもいいかなと思った。

「その、入籍するんで、相手方のご両親にご挨拶に」

「えっ！」

朝比奈は、美南の想像以上に仰天した。ゲームから爆発音が聞こえ、朝比奈は慌てて「あっ」というと、苛ついて電源を切った。

「お前、結婚すんの？」

「はい」

「え？　あの、アメリカの医者と？」

「はい」

「マジか……」

朝比奈は茫然としたが、それから笑顔を作って「そうか、おめでと」といってくれた。

「研修は続けるんだろ？」

「もちろんです」

「ん。ならいい。じゃ、俺病棟見回ってくるわ」

笑顔を作った朝比奈はしかし視線を泳がせ、美南の顔をまともに見ることなく突然当直室を出ていった。美南の周りが急に静かになった。

年末年始の当直は寂しくて怖い。まず、外は大雪になっている。だから普段でも少ない病院周辺の人通りが、全くといっていいほどなくなる。宅するので、病棟が閑散とする。残っているのは症状が重篤か、帰るところのない患者たちだけだ。外来診療もなく、看護師や医師も半減するただただ静かな病棟に、テレビの大音量が響く。暇な患者が、堂々と音を上げてテレビを観ているからである。

誰もいない病棟が怖いというだけでなく、残されているのがあまり役に立たない研修医と重篤患者というのもまた怖い。もちろん何かあればオーベンもすぐに駆けつけられるようにしてはいるが、やはりいつもと違うというのが研修医側の不安を煽る。

大晦日《おおみそか》の日は三階の整形外科病棟で若い男性患者がいなくなってしまい、ビックリして看護師たちと探し回ったら、二階の内科病棟にいた。

「だって寂しいからよお。寒いし暗いし、だーれもいねえんだもん」

その患者は十字靭帯《じんたい》の術後間もなく、痛みもあるはずなのに、わざわざ車椅子で二階の内科までやってきて、寝たきりに近い高齢患者の病室にいたのである。他にも内科入院患者が二人ほどその患者の周りに集まって、わいわいおしゃべりをしていた。

「みなさんお知り合いですか？」

寝たきりの患者は、にっこりと笑って「いーや」と乾いた声でいった。

「この部屋、このじいさん以外だーれもいなかったからさ。可哀想《かわいそう》だろ？」

なるほど、こういったいつもと違う状況下では不思議な絆《きずな》のようなものが生まれるものらしい。

こうして年末は概《おおむ》ね穏やかに過ぎた。ただ美南は、大貫のドナーが現れないまま病状が悪化していくのが辛かった。


年が明けた。年末から年始にかけては天気もよく、暖冬のせいで里の路上では雪がほとんど解けてしまっているほどだった。

お正月に急増する救急搬送は、圧倒的に餅《もち》を喉に詰まらせた人である。大概は救急隊員がすでに餅を取り出してくれていて、救急処置室では簡単な確認だけして帰宅してもらう。

この時期は急性アルコール中毒も多い。

また、祖父母の家を訪れた孫の事故もある。普段子どもがいない環境に慣れた祖父母は注意を払わず、両親も他のことに気をとられている。ところが子どもからしたらいつもと違う家でいつもと違うものがあるため、つい見慣れないものを誤飲したり、遊んでいてケガをしたりするのだ。

さらにここは、スキー場があるほどの寒冷地である。冷え切った脱衣所から風呂場に移動し、熱い湯船に浸《つ》かったりすると血圧が乱高下したり脈拍が変動して、意識障害や脳卒中、心筋梗塞などを発症することもある。これをヒート・ショックという。高齢者、高血圧の人、動脈硬化傾向のある人は注意が必要だ。

そんなわけで、この時期美南はいろいろな患者を診た。そして景見が再渡米する前々日になって、急いで景見と景見の両親に会いに大阪へ飛んだ。せっかく景見が日本に帰ってきているのに、二日しか会えないというのも残念な話だ。だが、美南はそろそろこういう不都合に慣れてきていた。今日は日曜日なので景見の実家に一泊し、明日市役所に行って入籍を済ませ、明後日に景見が飛行機に乗れれば、スケジュールは無事コンプリートしたことになる。

景見の実家では両親と兄夫婦が揃って迎えてくれたが、たいそう明るくて賑やかな家族だった。全体的な雰囲気や体格、そして笑い方が景見とよく似た父親は大工で、祖父は宮大工だったそうだ。なるほど代々綿密な作業を生業《なりわい》としてきたのだから、そういう中で育った景見が器用で几帳面《きちょうめん》なわけだ。

料理が大好きだという母親が、テーブルにずらりと皿を並べてくれた。会社員の兄は結婚して子どもがいるが、家族の誰も大学には進学していない。美南はこういった穏やかな家庭的雰囲気は好きだが、なぜ景見のようなハイスペックな医師がこの環境で育ったのか、ちょっと不思議ではあった。

折よく、みんなの会話がそういう話になった。

「こいつ小さいころ、金魚が死ぬとよく解剖してたやんなあ」

「してたしてた！　あと、手の絵とかよお描いてた」

「今思うと、昔からキモいこと好きやったわ」

酔った兄と父が景見が子どものころの話をして、景見が笑いながら「キモいって何やねん」と制していた。美南にとってはすべての話題も、関西弁の景見も新鮮だった。

「それから、物を直すのが好きやった」

「おーそうや、おもちゃや機械ものもよー直しとった」

「なおし好きや！　だから医者になったんか！」

みんなは笑ったが、美南は何となくそれを聞いて納得した。景見は、人も物もいつもの調子ではないのが嫌いなのだ。几帳面ここに極まれりだ。美南は噴きだしそうになった。

「驚いたやろ？　うちは桂吾《けいご》以外、だーれも大学なんか行っとらんの」

母が美南の方を見て苦笑いした。

「でも桂吾はずーっと成績がめっちゃ良かったから、医学部行きたいていわれたときも

『そうか』て感じやったけどな」

「そうはいうても、こっちは大学や医学部いうもんがどんなんかまるで分からんかったから、桂吾の面倒は高校の先生に丸投げやったけどな」

父が、景見とよく似た声で豪快に笑った。

「それにしても丸なったよなあ。前は何に向かっとんのやら、やたら勉強ばっかしとって」

兄が楽しそうにいうと、父が大きく頷いた。

「そやったなあ。東京行ってせっかくだいぶ普通になったのに、また勉強しにアメリカ行くいうから、どないなってまうんかと思たが」

美南は目を丸くして、面白そうに頷いた。前からチラチラとは聞いていたが、本当にそんな感じの人だったのか。景見は美南の記憶にある限り、最初っからオープンで明るかった。

「私、あんたはもう結婚しない思てたわ。この歳までひとりだったからなあ」

母はそういって笑うと、美南に向かって丁寧に頭を下げた。

「美南さん、よお拾ってくれましたわ。桂吾、よろしくな」

「あ、あの、こちらこそ」

美南は慌てて深々と頭を下げた。下げながら初めて、自分は結婚するのだという実感が湧いた——「桂吾、よろしくな」。

美南がまじまじと見るので、お酒で少し顔を赤くした景見が「何」と聞いてきた。

「先生、顔赤い」

「うん、すぐ赤くなるんだよな」

「美南さん、桂吾のこと『先生』て呼んではるの？　これからは何て呼ぶん？」

「え……考えてないです」

「新婚だからいうて、聞くに堪えんようなあだ名つけんといてな」

そこでみんなで笑う。酔っ払いの大騒ぎだ。

その騒音の中、突然小声で景見がいった。

「スマホ。呼び出し」

ズボンのポケットに入れているスマホがバイブしたのを美南は全然気づかなかったのだが、隣にいた景見には画面が明るくなったのが見えたらしい。

――ウソ。このタイミングで？

美南が困惑顔で景見を見たが、景見は冷静な表情のまま顎で早く電話に出るよう促した。

美南は「ちょっとすみません」といって廊下に出た。電話は朝比奈だった。

「休暇中ごめん。一〇七号室の大貫さん」

美南の心臓が、大きく鼓動を打った。

「間に合いますか？　すぐ戻ります」

「今日、明日かな。いいよ、俺いるから。ただ教えてくれっていわれてたから」

「いえ、戻ります」

朝比奈は一息ついてからいった。

「分かった。じゃ、待ってるから」

美南がスマホを手に振り向くと、景見が廊下を覗いていた。

「タクシー呼ぼうか」

景見は経験上、美南の表情が何を語っているか分かっていた。

「俺飲んじゃったから。確か羽田《はねだ》への最終便が八時過ぎだから、今から出たらギリギリ間に合う。羽田からは？」

「空港でレンタカー借りれば、三時間あれば病院に着くと思う」

キタソーの最寄りは福島空港で、そこからなら車で四五分ていどだ。だがこの空港の到着便は、最終が七時過ぎでもう間に合わない。だから羽田から行くしかない。

「夜中の一時前か……どう？」

「分からない」

「タクシー呼んどくから、支度して」

美南は頷くと鞄を取りに行った。居間から家族の声がした。

「どした？　え？　急変？」

「今から帰るん？　飲んでない？　運転、大丈夫なん？」

それから、母が景見に一段と声を低くして聞いた。

「だってあんた、明日入籍って」

それを聞いて、美南は動きを止めた。問題はそれなのだ。まだ婚姻届も書いていない。だがこの状況であれば、今回の入籍は物理的に無理だろう。そのあいだに景見がスマホで飛行機の切符を取っておいてくれた。

鞄をもって居間に挨拶しに行った。

「気ぃつけてね」

「本当に申し訳ありません」

「気にすんなや、うちは桂吾で慣れとる」

「お楽しみは次回やね」

母親の残念そうなその一言を聞いて、美南は全身で入籍できなかった無念を表した。そこでみんなが逆に美南を慰めた。

「何も何か月か遅なるだけの話やって」

「そもそも今回はスケジュールがきつすぎやったな」

そういいながらワイワイと両親や兄が玄関から一緒に出てこようとすると、景見が苦笑してとめた。するとみんなピンと来たようで、わざと「何でー？」「見送らな！」と冷やかした。景見は少し照れながら「いいから来んなやー」と家族を押し返して玄関のドアを閉めた。急に周りが静かになった。

「本当にごめんね」

「さっきおとんがいってた通り。よくあることだから、気にすんな」

「おとん」

美南が繰り返すと、景見はしまったという顔をした。二人はクスクスと笑い、それからゆっくり抱き合った。

「俺こそごめんな。時間とれなくて」

「ううん。明後日、気をつけて帰ってね」

そう、景見はもう明後日アメリカへ帰るのだ。つまり、二人はこれでまた当分会えなくなる。妻と夫になれないまま、しばらく離れなければならない。

「ねえ、エマさんにいった？」

「え？」

景見は一瞬、狼狽の表情を浮かべた。

「結婚するってこと。まだいってないな？」

「うん……でもちゃんという」

「当たり前でしょ？　入籍してからまたエマさんと二人でどっか出かけたら、それもう不倫だからね？」

これに、景見は目を丸くして「確かに！」とおもしろそうにいった。それで美南が呆れ顔をすると、景見は笑いながら美南の肩を抱き寄せた。

「それからこれ」

「何？」

景見は茶色の封筒を差しだした。

「通帳と印鑑とカード。美南がもってて」

「何でっ？」

美南がびっくりすると、景見が苦笑した。

「夫婦なんだから。通帳預かるのがそんなに不思議か？」

「いや、だって私だらしないし」

「じゃ、ちょうどいい機会だ。だらしないの直しなさい」

景見はそういって笑った。タクシーが来た。

「それ、遣いたかったら遣っていいから。暗証番号は俺の前の部屋の番号……覚えてる？

あの三桁《さんけた》の前にゼロつけて」

美南は頷いた。リビングが南国調だった部屋だ。

「じゃ、気をつけて」

景見は美南に軽くキスをして、美南の顎を指でつまむように触った。

美南はそれからタクシーに乗って、景見の影が見えなくなるまで後ろを見ていた。

美南がキタソーに戻ったのは夜中の一時過ぎ。大貫はすでに意識がなく、その数時間後の明け方、眠るように亡くなった。綺麗な顔だった。

ＨＬＡ型が合うドナーは、最後まで現れなかった。両親は亡骸《なきがら》に縋って号泣していた。

まさか自分の娘がこんなに早く世を去るなんて、想像もしなかっただろう。本人だって、元気なころには夢にも思わなかったはずだ。将来美容師の国際資格を取るために、留学する資金を貯めていたのだから。

「先生は、うちの子の分まで生きてね。うちの子の代わりに子ども産んで、育てて、おばあちゃんになって……長生きして幸せになってね」

大貫の母親が、泣き顔を隠そうともせず美南の手を取ってそういった。もともと涙腺の緩い美南は、大貫の母親と一緒になって涙を流してしまい、慌てて俯いた。

美南は、患者の死を経験する度に思う。もっと何かできることがあったのではないか。もう少し早くから治療を始めて、現代医学をフルに駆使《くし》して、そうしたらもう少しどうにかなったのではないか。

もちろん患者がどのタイミングで来院するかは分からないし、患者一人にその場のベストは尽くせても、現代医学のベストを尽くすことは難しい。それでもいつも、美南はもっと悪あがきができたのではないかと悔やむのである。

長生きして幸せになる。泣きながら去る大貫の両親の背中を見送った美南の脳裏に、楽しそうに微笑む景見の顔が浮かんだ。

第四章　出産

1

「バカなの、お前？」

医局で、朝比奈《あさひな》が声をひっくり返した。

「入籍しなかった？　じゃ、旦那さん何のために帰国したの？」

「……ねえ」

「『ねえ』じゃねえだろ！　お前、何やってんの？　どうすんの？」

「……ねえ」

美南《みなみ》が口をへの字にしたまま同意しかしないので、朝比奈は呆れて椅子にドカッと座った。

「はーっ、バカ！　お前みたいなバカ見たことない！」

「でも、大貫《おおぬき》さんの最期看取《さいごみと》れたから」

美南がカルテを確認しながら微笑した横顔を見て、朝比奈はそれ以上何もいわなかった。

籍なんて、役所が開いていつだって入れることができるのだ。

それにしても入籍予定であることを、院内では朝比奈と朋美《ともみ》以外にはいわないでおいて本当によかった。これで入籍しなかったなんて分かったら、どんな噂が飛びかうか知れたものではない。

美南の家族の反応も朝比奈のそれと大差なかった。ただ、孝美《たかみ》だけは理解してくれて、「まあ、そんなに焦ることもないでしょ」といってくれた。

整形外科が終わると、真冬の一月半《なか》ばから三月半ばまでは救急科の研修だ。救急科部長は猫背の若桝《わかます》、麻酔科との兼業である。

救急科はよくテレビドラマに取りあげられるが、ドラマの中と同じように、とにかく一刻を争う緊迫した現場だ。したがって、医師は右往左往している研修医より看護師を頼る。救急科で研修医が学ぶ最大のポイントは、いかに速く動けるか。いいかえれば、「いかに邪魔にならないか」なのだ。だから救急科の医師や看護師がこちらに向かってきたら、ダンスでも踊るように翻《ひるがえ》って場を譲る。

少し太めで動きが鈍《にぶ》い絵面《えづら》は、いつも「あ、ごめんなさい」「僕邪魔ですね、すみません」「おっと、今退きます」と謝っている。それでも看護師に「退いて!」とか「絵面先生!」などと叱られることもある。

二人のヒヨコがくっついた若桝は外来診療のある午前中が比較的暇なので、麻酔科の医師として手術に入ったり、暇を見て講義をしてくれる。だがそうはいっても患者は絶え間なく来院するので、それほどのんびりすることはない。他に梅林《ばいりん》大からの派遣医師が二人いて、基本的に三人で科は回っているが、派遣医師は入れ替わりが激しい。早い人だと数か月でいなくなってしまうので、名前すらよく覚えなかったままの人もいた。

救急科の特徴は、長いあいだ担当の患者を抱えない点だ。あるていど落ち着くと、患者はそれぞれの専門科に移動するか退院する。絵面はこれをあまり好まなかった。

「ひとりの患者さんにゆっくりついて診てあげたいから。やっぱり僕は内科がいいな」

「絵面先生は、性格的にもそうかもね」

美南は洟をすすった。

真冬のこの地域は最高気温が五〜六度、最低気温は零下《れいか》三〜四度。東京は最高一〇度、最低二度くらいだから、いつもの冬より遥かに寒い。山の陰ではないので思ったより雪は積もらないが、慣れていない美南は体調を崩して、食欲も落ちていた。

「鍋は？　鍋。温かいし、食べやすいよ」

看護主任の朋美が、ご飯を食べながら美南の心配をしてくれた。

「いや、でも胃がもたれるので。とにかく最近肉とか重いのが入っていかなくて」

「嫌だ、若いのに」

「あ、でもポン酢とかアッサリした味だと少しは食べられますよ」

すると、朋美が急にニヤッとした。

「ねえ先生、妊娠してるんじゃないの？」

――え？

美南はドキッとした。というのも、年末に入籍するつもりで、それに合わせて妊活も始めていたからだ。

「どうすんの？　カレシといつ結婚するの？」

「……ねえ」

美南は困ってしまった。考えてみれば景見《かげみ》とは入籍していないわけだし、職員や患者の中には美南に恋人がいることすら知らない人もいる。それなのに妊娠したなんてことになったら、どんな噂が流れるだろう。

気は心とはよくいったもので、考えながら救急車に乗っていると、気持ちが悪くなってきた。研修医はとにかく、他病院への患者の移送などにつき添って救急車に乗せられる。他にできることがないからである。

「先生、大丈夫ですか？　顔色が真っ青ですよ」

救急隊員が気を遣ってくれるが、美南は生唾を飲んで作り笑いをするしかなかった。

午後の検査が落ち着いて夕方の回診が始まる前、美南は病院を抜け出して里のドラッグストアに行き、妊娠検査薬を買った。買いに行く途中も帰ってくるときも、心がザワザワと落ち着かない。

妊娠は予定通りだし、景見の子どもができたのだとすれば、それは心から嬉しい。だがこの先のことを考えると、いくら想定していたとはいえ不安になる。毎日当直室と仮眠室に入り浸るこの生活が一変、研修は足止めになり、自分の時間がゼロになるのだ。

病院に戻ってきてこっそりと使ってみた妊娠検査薬の判定は、やはり陽性だった。美南は、検査薬の結果を眺めながら感動さえした。

この細い体温計みたいな検査薬に入る線一本が、美南の身体の中に人間が生きている証なのだ。自分の体内に別の人間がいて、しかもその人間には自分と景見の血が流れている。そう思うと、美南は景見がいない孤独を感じることがなくなった。むしろ、いつも一緒にいるような温かさを感じた。本当に気は心だ。

だが嬉しさと同時に、目の前に山のように高く積まれたもっと具体的な問題が、一気に現実的になった。宿直はいつまでやる？　産休はどのくらい取る？　育休は？　保育園はどこにする？　そして、そのあいだのキャリアは？　今まで頭の中でシミュレーションはしてきたが、これからはその山積みの問題を実際に越えていかなければならないのだ。しかもリアルに、自分以外の一人の人間に対する責任というものを負って。

「そういえば妊娠したよ」

景見からテレビ電話があったとき、美南は他の会話の流れに乗って、わざとさりげなさを装って伝えた。その方が驚くだろうと思ったからだ。

するとそれまで普通に話をしていた景見が、このときいきなり黙ってしまった。美南は景見がどういう感情をもって無言でいるのか、一瞬不安になった。

「聞いてる？」

「……え？」

「子ども、できたよ」

「え？」

「だから」

「いや、聞こえてる！　てか、え？　えー？　もう？」

どれだけ驚いたのか、景見は一瞬画面からいなくなってしまった。遠くで「えー？　マジー？」という声が聞こえる。美南は笑いながら「おーい、帰ってこーい！」といった。

「えーと、俺は何をすればいいんだ？　服？　マタニティドレスとか要る？　あ、ベビー服……ベッドとか注文しとこうか？」

景見の狼狽ぶりに、美南は噴きだした。

「何いってんの？　そんなにすぐ産まれないよ」

「予定日、いつ？　俺、何とかそのころそっち行くから」

「いいよ、無理しなくても。手伝いはお母さんに相談してみるし」

「俺意外と使えると思うよ？　何なら赤ちゃん俺が取りあげてもいいし」

「絶対イ・ヤ！」

景見は笑いながら、とにかく体調に気をつけろと繰り返した。婚姻届を郵送しろともいわれたが、紙を町役場まで取りに行ったり提出したりするのも、国際郵便を出しに郵便局に行くのも面倒だし、せっかく入籍するなら二人でちゃんと届けたかったので、次に帰国したら入籍しようといって問題を先送りにした。

「とにかく体調に気をつけて。欲しいものとかして欲しいこととかあったら、どんどんいえよ？　あと、様子もちゃんと教えてな」

景見にしては珍しく、忙しないほどにうるさかった。そして最後に、絵に描いたように感慨深げに呟いた。

「そうかー。俺も親父になるのかー」

それから母の美穂《みほ》にいって、オーベンの若桝にも伝えた。絶対嫌な顔をされると思ったが、若桝は意外と普通に「それはおめでとう！」といってくれた。

「ご迷惑おかけすることになりますが」

「まあ、その辺はなんとかやりくりしましょう。出産がダメとか、そういう時代じゃないからね。看護師さんたちなんか、しょっちゅう誰かしらお腹大きいし」

若桝はケロッとしていた。実際のところ、初期研修医が職場から離れたところで困るオーベンはほとんどいない。ただ、若桝は最後に「で、お相手は誰？　聞いていいのかな？」と気を遣いながら尋ねてきた。

一瞬泣きそうな表情をしたのは、朝比奈である。それでも、すぐに無理に笑顔を作ってくれた。

「それは……うん、おめでとう」

「産休に入る直前まで宿直しますから」

「いやまあ、あと三か月もすれば新しい研修医が来るだろうから、そんな無理しないで……ってお前、どーすんの？　シングルマザーになるの？」

「……ねえ」

美南は肩を竦めて首を傾げ、惚けながら話題から逃げた。

2

三月になって、だいぶ暖かくなってきた。妊娠初期は危ないからとみんな気を遣ってくれるのだが、幸いつわりも多少気持ちが悪くなるくらいだし、体調にも問題がないので、宿直も日直も今まで通りこなしていた。朋美はつわりがほとんどないから絶対女の子だ、と自信をもっていた。

つわりは実は、二割の妊婦、つまり五人に一人が経験しないといわれる。妊娠初期にhCG（ヒト絨毛《じゅうもう》性ゴナドトロピン）というホルモンが急激に増えるので、身体がその環境にうまく適応できないため起きるものといわれるが、他に代謝や生活環境の大きな変化も影響するようだ。このhCGが増加しなかったり、一度あったつわりがなくなってしまったら流産の場合もあるが、美南のように胎児《たいじ》がちゃんと育っていてつわりがないのはホルモン環境の変化に適応力があるか、ストレスに強い体質だからかもしれない。ちなみにつわりは妊娠四か月くらいには治まっていくが、嘔吐《おうと》が続いたり体調が優れない場合は悪阻《おそ》といってつわりの重いものになっている場合があるので、病院に行った方がいい。

「富平《とみひら》先生、西尾《にしお》先生、真鍋《まなべ》先生は今月をもってここを去られることが決まりました。四月からは、それぞれの後継で新しい先生が梅林大学から来てくださる予定です」

ある日、戸脇《とわき》が医局に医師を集めてそういった。大体は分かっていたが、美南の目の前がバラ色に輝いた。

この少し前の二月、梅林大学では院長選が行われた。その結果、富平たちの陣営が推《お》す教授が勝ったらしい。これを聞いた美南は最初、富平がどれだけドヤ顔で威張《いば》りまくるのかとゾッとしていた。

ところが絵面からの情報では、他の二人は本院には戻るのに、富平は山梨県の外れにある医療センターに立場も横滑《よこすべ》りのまま異動になったそうだ。要するに同じ陣営内で、はっきりと明暗が分かれたのである。

田舎に行くことに抵抗がなく大学病院での出世競争に入ってもいない美南は、その状況を可哀想とも思わなかった。それに富平が昇進しなかったのは、あの性格のせいだけではないはずだ。

富平は、とにかく働かなかった。時間ギリギリにやってきて当直時間前には帰宅していたし、呼び出しは平気で無視した。カンファにはろくに出なかったし、ひどいときにはカルテすら満足に読んでいなかった。患者にも興味をもたなかった。

みんなが有能で必要と認める人材であれば、誰かが富平を庇《かば》っただろう。親しい友人や後輩がいれば、誰かがもっと前に忠告してくれただろう。そういうことなのだ。

それでも富平に同情の余地があるとすれば、あの性格で世の中をうまくわたっていけると思っていたその哀《あわ》れさだ。表壁を医師という漆喰《しっくい》で塗り固めることができるから、あの歳まで何とかやってこられただけなのだろう。


幸いなことに、美南の体調はよく胎児も順調だった。そうなると妊娠中期の女性は月経に悩まされることもなく、怖いものなしである。

研修は選択科になるとはいえ、今まで経験がなく今後の予定にも組み込まれていないものを取ろうと思うと、必然的に糖尿病科か皮膚科しかない。ただし皮膚科は梅林大学病院本院の医師に依頼していたため、本院での都合だの学会だので診療時間や日程自体がかなり不定期だったこともあって、美南も絵面も糖尿病科を選ぶしかなかった。

研修二年目になる前の四月、正月以来の休みを取った。一日だけなので、実家に顔を出してから孝美が瀧田《たきた》と暮らすアパートに寄るつもりでいた。

久しぶりの両親は大喜びで、知宏《ともひろ》は近くの寿司屋に急いで握ってもらったといって豪華な出前の寿司を並べた。寿司なぞは最近の美南にもまったく縁のない食べ物だったので、おいしくて涙が出そうだったが、不思議なことに最後に舌に苦味が残る気がして、思ったより食べられなかった。

よく妊婦は生ものがダメになるとか匂いに敏感になるというが、妊娠すると感覚を敏感にするエストロゲンなどのホルモン分泌が盛んになる。そしてこのようなホルモンの増加によって、自律神経が影響を受けることもある。要するに妊婦が普段より匂いに敏感になるのは気のもちようの問題だけではなく、生理現象でもあるのだ。

美南は運がよく、舌に残る苦味で自分は多少気分が悪いのかな、と思ったていどで、食べられないものは存在しなかった。面白いことに、逆に普段はそれほど好んで食べるわけでもなかったトマトがとにかく食べたくなり、ひたすら毎日食べた。母の美穂が「生野菜はお腹が冷える」といって心配したので、茹《ゆ》でたり焼いたりもしたが、不思議と「生のトマト」が食べたかった。

両親と寿司を食べ終わって一息つくと、知宏が感慨深げにいった。

「父さんもおじいちゃんになるのか。まさか孫の顔が見られるまで生きていられるとは思わなかったなあ」

美南も、その横顔を見て頷いた。

忘れもしない。父が会社に行く途中倒れたのは美南が大学四年生のとき、OSCE《オスキー》（客観的臨床能力試験）の日だった。その後肺に原発した悪性リンパ腫と分かったが、景見に教えてもらった分子標的薬がよく効いて、現在は要観察まで回復した。

「ちゃんと検査は行ってる？」

「行ってる行ってる。それよりお前は？」

「まあ、お腹は順調」

まだ五か月のお腹は外見的にも変わらないし、胎児が腹を蹴るのが分かるということもない。定期健診のときエコーで動き回っている胎児を見ると、美南は自分が胎児に身体を部屋として提供している大家のようにも思えたりした。何しろ、自分の意志とはまったく無関係に動いているのだ。だがまだ自分の身体に外見的な変化がないせいか、普段はともすれば忘れてしまっている。

「孝美とはあれから会った？」

何気なく美南が聞くと、両親は顔を見合わせた。会っていないらしい。

「じゃ、瀧田くんにも会ってないわけね？」

「しつこくいったら写真だけ送ってきたけど、実物には会ってない。美南は会った？」

「ほとんど話してないけど、一度うちに泊まってったとき会ったよ」

すると、美穂が食いつくように尋ねてきた。

「どんな子？」

「どんな……顔が小さくて、童顔で」

「そうじゃなくて性格！」

そんなもの、数分間仕草を眺めただけで分かるはずがない。だが美南のアパートの場所が分かるかという質問に孝美が「大丈夫だと思う……」といって瀧田を見たとき、前を向いたまま軽く頷いた瀧田がふと頭に浮かんだ。

「意外としっかりしてるんじゃないかな。意思の疎通もできてたみたいだし」

「ホントー?」

美穂は懐疑的な声をあげたが、少しは安心したようだった。

その話を聞いた後だったので、どんな顔をして孝美たちに会えばいいのか分からなかったが、せっかく約束をしたのだからと、夕方になって孝美のアパートに行ってみた。そこは木造二階建てのまだ新しいが安普請《やすぶしん》な建物で、環状道路に面しており、環境もよさそうではなかった。

「お姉ちゃん! 何だ、まだお腹大きくないんだ!」

「まだだよ。それより今日は仕事は大丈夫だったの?」

すると、孝美はチラリと瀧田を見てから呟いた。

「あー、うん、ちょっと今職探し中でさ」

「え? 辞めたの? 弁護士事務所を?」

「ていうか、先輩が事務所閉めたの」

孝美は大学の法学部の大先輩がもつ弁護士事務所で働いていたが、その先輩が身体を壊して廃業することになったそうだ。代わりに紹介してくれた事務所は自分がやりたい関係専門ではないので、気が進まないという。

「じゃ、今は働いてないの? お金はどうしてるの?」

「まあ、多少の蓄《たくわ》えがあるから。でも、何とか探さないとね」

美南が横目で瀧田を見ると、スマホをいじっている。

「司法試験は受けるんでしょ？　塾とか予備校とか行かなくていいの？」

「お金ないからねえ」

孝美が苦笑した。美南は、何だか妹が哀れになった。孝美はいつだって自分で道を切り開いて、努力を続けてきているのに、また新たな難問が立ちはだかっている。

「予備校のお金くらいなら、私出そうか？」

美南がそういうと、孝美と瀧田が同時に顔をあげて美南を見た。

「私の給料はバイト代ていどだから、そのくらいしか援助してあげられないけど」

「だってお姉ちゃん、自分の生活費は」

「それは、先生に出してもらう」

「それ、いいじゃん！」

突然瀧田が乗りだしてきた。

「孝美、この人に借りろよ！　そうすりゃお前、無理して働かなくていいじゃん！」

――何だこいつ？

美南は顔をしかめて瀧田を睨んだ。孝美は少し嬉しそうにしたが、それから顔を引き締めた。

「要らないよ。何とかやっていけるから」

「だって、予備校行くお金ないんでしょ？」

「予備校なんか行かなくたって大丈夫だから！」

大丈夫じゃないではないか。現に一度落ちている。美南は膨れっ面《つら》になった。いつもひとりでどうにかしようとするから、少しくらい何かしてやりたいという姉の気持ちを受け入れることができない。まったくつれない妹だ。

それからは孝美と気まずくなり、美南は引きあげることにした。すると、瀧田が「あ、駅前のスーパーまで乗せてって」といってきた。美南は孝美がとめるだろうと思ったが、孝美がそのまま無視したので断れなくなってしまった。

車に乗ると、瀧田が平然と助手席に乗ってきた。正直、怖かった。何をされるか分からないからだ。つまりそれほど、美南は瀧田を信用していないのだ。

「あー、そのでかい道真っすぐいって」

当たり前のようにそういう態度をとる瀧田に、美南は警戒しながらも少し怒りを覚えた。ろくに話もしないくせに、使うときだけ顎で使う気か。

しばらくすると、瀧田が前を向いたまま唐突にいった。

「ねえ、金貸して」

やっぱりその話がしたかったのかと思って、美南は瀧田を睨んだ。だから二人だけになりたかったのか。歩こうと思えば歩けるスーパーまで二人だけで行こうとするなんて、何か孝美抜きでしたい話があるに違いないと思っていた。

ところが、瀧田はこう続けたのである。

「あいつ予備校行かせてやって。今のままじゃ、食ってくのが精いっぱいだから」

——え？

折よく信号が赤になって車がとまった。美南は瀧田の方を向いたが、瀧田は気まずいからか一回も美南を見なかった。

「あいつ、ちゃんと勉強すればゼッテー受かるんだよ。試験になんか落ちるやつじゃねーんだから」

瀧田は前を向いたまま唐突に、しかし独り言のようにそう熱弁を揮《ふる》い始めた。

「あいつ、マジにアタマいいのよ！　何でも知ってんの！　俺が今まで会った中でダントツ、ダントツよ！　だから弁護士になんねーともったいねーよ！」

「あ、うん」

美南は困惑して取り敢えず相槌《あいづち》を打ったが、瀧田はそんなこともお構いなしで続けた。

「すごくね？　なのに、あいつ俺をバカにしたこと、一度もねーんだぜ？　何ての？　人間ができてるっての？」

美南は最初唖然として瀧田の横顔を見ていたが、次第に胸が熱くなってきた。自分のカノジョのことをこんな風に尊敬している男の人なんて、そういるものではない。自分の妹のことを、これほど評価して表現してくれるカレシなんて他にいない。

「だからさ、あいつみたいなのが偉くなるのがいいと思うわけよ、俺は……前、青」

「え？　あ！」

瀧田に前を指さされて慌てて車を動かしたそのとき、いきなり交差点の右側から猛スピードで突っ切ってくる車がいた。

「あっ！」

美南は大きく息を飲んで、反射的にブレーキを強く踏んだ。車が音を立てて急に止まり、二人の身体が大きく前屈した。

その瞬間である。瀧田が大きく身体をよじらせて、両手で美南の腹を庇ったのだ。美南は自分の腹がハンドルに強打しなかったので、そこで初めて瀧田の手がそこにあったのを認識し、瀧田が腹を庇ってくれたのだと気づいた。

「…ってえなコラ！　どこ見てやがる！　信号見えねえのかボケ！」

瀧田は、窓を開けてチンピラのように怒鳴った。ものすごい大声でびっくりしたが、それ以上に美南は感動してしまった。

――そうか、この人はこういう人なんだ！

駅前のスーパー脇で車を停めると、瀧田は「ども」といって降りた。

「瀧田くん」

美南が窓を開けて声をかけたので、瀧田が振り向いた。

「孝美の予備校代、私が出す。返さなくていいから、代わりに孝美に突っ張らないで受け取るように説得するの協力して？」

すると瀧田は一瞬ひどく驚いた顔をしたが、それから子どものようにニパッと笑って、

「おう！」

と答えた。

「ありがとう。孝美をよろしくね」

美南が微笑してそういうと、瀧田は照れてクルッと背を向け、手を挙げて去っていった。

何て可愛らしい子なんだろう。一途《いちず》で、孝美がいうとおり不器用だが正直だ。美南は感動のあまり、目頭が熱くなってしまった。

——孝美はやっぱりさすがだ。男を見る目も見事だ。

美南はアパートに帰宅すると、景見に相談した。

「通帳預けただろ？　そっから出しなよ。多分予備校の学費なんて、一括で払った方が安いから」

「いや、でも私の妹のことだから」

すると景見は少しいじけたようにいった。

「俺の義妹なんですけど」

「いや、まだだよ」

「そういうことというなよ、もう。俺妹欲しかったんだから」

美南と景見はこのときも婚姻届をどうしようかという話をした。だが二人とも休みが取れそうにないので、またダラダラと結論を先延ばしにしてしまった。

結局、美南も景見も、入籍やそれに伴う手続きやら挨拶やらが面倒臭くて、それに勝るほどの入籍の必要性も感じなくて、この話題から逃げていたのである。美南が景見にプロポーズしたのは二人のはっきりした繋がりが欲しかったからであって、書類はどうでもよかったのだ。

3

五月になって、新しい研修医が入ってきた。背がすらりとしたかなりお洒落なイケメンだが、そのお洒落というのがロックに近いモード系で、私服だとアクセサリーの音でどこにいるか分かるくらいだった。顔も彫《ほ》りが深く、白人とのハーフなのかと思うくらいである。さらに声も特徴的な低いハスキーボイスで、名前まで五十嵐流生《いがらしりゅう》といって漫画のヒーローのようだ。若い看護師や女性患者たちがあっという間に色めきたったのは、いうまでもない。

「五十嵐くんは、何でこんな田舎に来たの？」

朝比奈が医局で尋ねると、五十嵐は思ったよりフランクに答えてきた。

「俺成績悪かったんで、選べなかったんスよね。ここか、何かよく知らない島の方しかなくて」

「実家は東京？」

「千葉っス」

五十嵐は千葉で父親が個人医院を開業しているそうだが、継ぐかどうかは分からないという。

「妹が二人いて、そのうちの一人が医学部にいるんスけど、俺の数倍出来がいいんスよ。俺は二浪しましたけど、妹現役で。だからヤバいんスよ、二つ違いだから、学年一緒であっちのがいい大学っていう」

そう笑う五十嵐は全然ヤバいとは思っていないようで、むしろ嬉しそうだった。

「二浪？　じゃ、五十嵐くん私より年上？」

美南が驚くと、五十嵐はもっと驚いた。

「えー？　マジっスか？　俺より年下で、もう結婚してて子ども生まれるの？」

「よくしゃべるヤツだなあ」

朝比奈はイラついてそう呟いた。病院の一番人気をこの愛想のいいイケメンに一気にもっていかれたので、不機嫌なのである。

この五十嵐は見ためからは想像もつかないほど抜けたところがあるらしく、朋美が大爆笑しながらある出来事を教えてくれた。

包交のとき、五十嵐は右手にガーゼを、左手に患者の腕に巻き付け終わった包帯の残りの部分をもっていた。

「あと、テープで留めて」

そういわれたあと、かなり長いあいだ両手を眺めながら棒立ちになった。第三者が見ても明らかに困惑している風だった。そしてこういった。

「手が足りないんスけど」

そこで高橋《たかはし》が呆れて「ガーゼを置けばいいじゃないか」というと、悪びれもせずに大きな声で「あ！　なるほど、確かに！」と答えたそうだ。

朝比奈は、四年目の今年は正式に医師としてこの病院に残った。どうしてキタソーが気に入っているのかよく分からないが、朋美がいうには違う野望があるのではないかという。

「ときどき朝比奈先生宛にNGOとかから書類やら連絡が来てるから、何かそういうのに参加したいんじゃないの？　ほら、国境なき医師団とかいろいろあるじゃない」

そこで朝比奈本人に聞いてみたら、少し恥ずかしげにいいにくそうにしながら話してくれた。

「うーん、まあ、大学の教授を通して聞いてるところがあるんだけど、順番待ちなんだよね。経験がある順に採用されるからさ、俺なんかびりっけつなわけ。かといっていつ外に行くか分からないのに、わざわざ違う病院に行くのも面倒くさいじゃん？」

「そうなんですか？　海外派遣されたいんですか？　何で？」

「何でって……」

朝比奈はチラリと美南に意味ありげな視線をよこした。

「俺は身軽だからねえ」

美南はきょとんとしていた。

孝美からは、試験が無事終わったという連絡が来た。美南が出した予備校の授業料で三月から直前講習を詰め込み、そのお陰で今回はかなり手ごたえがあったという。珍しくしおらしくて、それが可愛かった。それだけ、本人にとっては切実だったのだろう。もっと早く気がつかなくて、姉としては申し訳なかった。

「お金は必ず返すからね。本当にありがとう」

「いいよ、急がなくて。それより、ちゃんと瀧田くんにお礼いってね」

「何で亮《りょう》？」

「瀧田くんに説得されたんだよ、私」

「ウソ！　そんな話した？」

「うん。いい子だねー」

孝美はひどく驚きながら、しきりに照れていた。

五月から美南は初期研修医二年目になって、地域医療の研修に入る。各都道府県には地域医療支援病院というのがあって、これは専門外来、入院、救急医療などの体制が備わっていると知事が認めた病院だ。キタソーは専門外来がほとんどないのに、この地域医療支援病院に指定されている。この辺りは高齢者が多く、病院数が少ないからだ。具体的には地元の小さな医院からの紹介状をもつ患者を受け入れることと、訪問診療というふたつの地域医療を行っている。

地域医療はそれほどしなければならない仕事が多いわけではないが、日によっては結構な数の患者宅を回診する。だが職務自体は混み入っていないので、意外と楽だった。その中で絵面は地元の父の病院を継ぐつもりだからか地域医療にも興味をもっており、在宅治療のスケジュールを組むときも、美南と一緒に真剣に患者のためを思ってやっていた。

「高梨《たかなし》さんは早寝早起きだから、八時くらいに行く方がいいんじゃない？」

「いや、朝ドラすっごく楽しみにしてるから、その時間帯は避《さ》けて八時半過ぎの方がいいよ」

「夕方は何時くらいまでいいんだろう？　ケースワーカーさんに聞いてみようか」

以前外科外来にも来た、糖尿病で内科の訪問診療を受けている高梨についてだ。こんな小さいことは、医師の考えることではないと思う人もいるだろう。もちろん医師は本当に忙しいし、もっと他にやるべきこともある。

だが今日の朝ドラが、高梨にとって最後のテレビ番組だったら？　昼の再放送前に、高梨の身に何かがあったら？　人生最後の瞬間に、「今日に限って朝ドラが観れなかった」と残念がることになったら？　祖母の近くで暮らしてきた美南は、人の命が儚《はかな》さといつでも隣り合わせだと思っている。そしてこういう小さな日々のルーティンが、病気の高齢者にとってはとても大事だということも分かっている。だから、できるだけその人のいつものスケジュールを崩したくない。

地域医療には高齢者のほか障がい者、妊婦、子育て、児童の引きこもりなどの支援も含まれる。美南は妊婦だし、今後のことを考えて子育てなどにも興味があった。

ある日病院の近くにある、ひまわり保育園に見学に行った。ここは生後間もなくから預かってはくれるが、延長保育でも夜の七時までだ。つまり、産後は長いあいだ宿直ができなくなる。美南は救急科にも興味をもっていたので宿直をしたいのだが、しょうがない。少なくとも今は無理だ。それは割り切るしかない。

しかも、保育園にはかなり前から町に申し込んで順番待ちをしなければならない。それに収入や勤務時間など、子育てが大変な順に並ぶので、「ちょっと働いてみよう」という感覚ではなかなか申し込めない。美南は幸い医師という勤務時間が長く不規則な職業で、一人で子育てをするということもあって、順番は意外に早く回ってきそうだった。

「シングルマザーみたいなものですから」

見学をしながらそういうと、仲佐《なかざ》と名乗った保育士が微笑しながら頷いた。

「実際、おひとりで子育てって方もいらっしゃいますからね。大丈夫ですよ」

美南は、幼馴染《おさななじみ》の黒木理佐《くろきりさ》を思いだした。デキ婚して数か月で離婚し、親元ではあるがシングルマザーとして子育てをしていた。子どもの具合が悪くなったら、どんな状況であろうとその日は退社だ。インフルエンザにでもかかろうものなら、五日間は在宅休養である。理佐は両親の助けもあってそこまで休みを取らなくても済んでいたが、両親が遠くに住む美南は、そういう場合どうすればいいのか。

それに育休が終わって通常勤務に戻ったとき、例えば真夜中に呼び出しがあったらどうしよう？　小さい子をひとりで家に置いていくわけにはいかないから、当直室にでも連れてくることになるのだろうか。

当直室で待っている子どもを心配しながら、急変した患者の治療ができるのか？　治療を早く終わらせようとして、「これはいいや、後で診よう」というような妥協《だきょう》をしてしまうのではないか？　それが大変なことになるかもしれないのに。

では、主治医として患者を受けもたなければいいのか。しかしそんな医師、病院側や同僚からしたら本当に要らないだろう。その人にしかできない技能があって、パッパッと仕事して帰るなんてことができたらいいが、美南にはまだそんな腕はない。

いつでもそこにいて安心を与えてくれる「オレンジ色の病院」。美南はそうなりたいと考えている。だがこれはいいかえれば、二四時間医師として準備ができていなければならないということだ。しかし二四時間いつでも職業最優先など、子どもには可哀想すぎる。いつも母親を待ちながら、誰か他の人に育てられることになるのだ。

それでも美南は子どもを産むと決めたときから、基本的には職業を優先しようと決めていた。子どもよりも患者が大事とかそういうことではなく、他の母親と同じように子どもといてあげることができない自分に、罪悪感をもつのはやめようと考えているのだ。そんなことをすれば自分も子どもと過ごすことが楽しくなくなってしまうだろうし、辛そうに、申し訳なさそうに自分と接する母親を子どもが心から好きになれるとは思えなかった。

それによくいわれることだが、医師は人の生死に直接かかわる仕事なのだ。今の美南は、それを体験して知っている。第三者から母親としての自覚を問われるようなことがあっても、その人が代わりに患者を診てくれるわけではない。

――子どもを我慢させたら、その分帰宅してから倍遊んであげよう。愛《いと》おしんであげよう。自分の時間なんかゼロになってもいいから、そうしよう。

４

七月に入って、定期健診でお腹の子が女の子だろうということが分かった。奇《く》しくも朋美がいっていた通りである。これに景見家側は、景見本人も含めて大喜びだった。景見は男二人の兄弟なので、家族揃って女の子というものから縁遠かったからである。

またこの少し前にさまざまな検査もして、母体にも胎児にも問題は発見されなかった。ただ、美南が通う産院では血清マーカーテストではなく最初から羊水検査で胎児がダウン症である確率を調べるのだが、美南の子は羊水に刺す注射針に反応してすぐに握りに来るので、医師が困り果てていた。

「随分と好奇心の強い子だなあ」

医師は三回ほど位置を工夫して美南の腹を刺し、やっとうまく羊水が採れた。胎児が針を握ってケガをすると感染症やいろいろな問題が生じる恐れがあるので、細心の注意が必要なのである。

「落ち着きないのは、どっちに似てもそうなんだろうな」

景見はそういって笑っていた。

七月も終わるころ、あちこちに訪問診療に出かけることにも慣れると、患者の方も慣れてきて名前で呼んでくれるようになった。妊婦なのが意外に幸いして、特に女性は「女先生、今何か月だっけ?」「具合はどう? ちゃんと食べてる?」などむしろ世話を焼こうとしてくれるので、患者との距離が随分と縮まった気がした。

そしてそのとき気づいたのは、ほとんどの患者が戸脇の話をすることだった。

「退院してからもね、ときどき戸脇先生がちょっと近くに来たついでにとかで、様子見に来てくれんだ。こっちも一人暮らしで危なっかしいから、嬉しいねえ」

「この耳。耳垂れが出て痛くて大変だったんだがよ、戸脇先生がここ来てくれて、消毒して、薬もらって飲んだら治ったのよ。それからも何回も気にして寄ってくれてよ」

どうやら、戸脇はフットワークがかなり軽くて、退院したり完治したその後も様子を見に患者宅を訪れるようだ。地域医療の鑑《かがみ》のような人だ。

「そういえば、戸脇先生が院長室にいたことないもんね」

絵面が笑った。

美南の出産予定日は九月一六日で、それまで一か月と少しに迫ってくるころになると、お腹が突然大きくなった気がした。立っていると腰が辛くて、足がむくみそうだ。それもそのはず、すでに胎児は一・五キロほどになり、一キロ近い羊水と五〇〇グラム近い胎盤の重さを加えると、すでに三キロの重りを二四時間腰に巻きつけていることになるのだ。

しかも胎児は二〇分おきに寝たり起きたりするので、よく動く。しょうがないので、暇さえあれば椅子に座っていた。本当は足を揉みたいのだが、すでにお腹が邪魔をして手が足に届かなくなっていた。

夜寝るときは、タオルをいろいろな形に丸めて腰あてにしたり足の下に敷いたりしたが、そのせいでかえってちゃんと寝られなくなることもあった。ただもう宿直は免除されていたので、以前より遥かに横になれる時間が増えている。

景見は心配して何回も夜に電話をくれたが、美南はよほど疲れているのか、びっくりするくらい深く寝てしまうことが少なからずあった。それで朝になって不在着信を知ってメッセージを入れ、景見を安心させるというパターンが繰り返された。心配だった病院の宿直は、幸い五十嵐が朝比奈並みに病院に寝泊まりしてくれるようになっていたので、どうにかなっていた。

どこでも、誰かに支えられている。美南は心から感謝した。

八月。いよいよ臨月が近くなってきたので、両親が取り敢えずアパートに必要な物を揃え始めた。司法試験の結果待ちをしている孝美も美南には協力的だし、いざというときの手が足りないということはない。ただ景見は研究が佳境に入っているらしく、病院の当直もほとんど行っていない状態らしいので、美南は出産しても無理に帰国して欲しくはなかった。

「それはないでしょ、俺の子だよ」

「だって、それで先生が論文に名前載せられなかったとかイヤだもん」

論文が遅れれば、その分だけ帰国が遅れる。だが景見は帰国した後、どうするつもりなのだろうか。ＣＤに戻るという話も聞いていない。確かに籍はあるが、元々は外の大学の人だし、須崎《すざき》の下で順番を待っている人もいるだろうから、その辺からの風当たりも強そうだ。

——だからって、ずっとそっちにいるつもりじゃないよね？

本当はそれを聞きたかった。だがそれは、帰国を促したも同然だ。景見はそう聞けばまだアメリカにいたくても帰国を考えるだろうし、それは景見のキャリアへの機会を摘《つ》むことにもつながってしまう。そういうストレスはかけたくない。それを景見は「水臭い」というだろうが、そうではない。これは、ある意味美南の信念みたいなものだった。

誰だって少しでも多くキャリアを積みたい。それは美南も同じで、今当直を免除されていることは、経験には大きくマイナスになっている。一年しか違わない五十嵐にさえ、すぐに抜かれてしまうのではないかと美南は正直怖かった。落ち着かないので、家に早く帰ってきたときは医学書や論文を読んで心を静めた。一人で静かにしていると、腹の中で胎児がモゾモゾよく動くのが分かった。

それから、今まで伸ばしっぱなしだった髪の毛が気になったのでボブの長さまでバッサリ切った。スッキリして気持ちがいいし、何よりシャンプーの量が少なくて済む。そういった日用品ですら買いに行く時間などなく、宅配もうまく受け取れないことが多いからである。

また、美南にはひとつ気になることがあった。胎児の姿勢が骨盤位から戻らないのである。産院の医師はこのままだとおそらく帝王切開になるが、この産院では手術ができないため、赤十字病院に予約を入れようといった。美南は帝王切開に抵抗はなかったし、その方が胎児にとってリスクが少ないならと即決した。産体は二か月あり、時間的にもじゅうぶん回復できるはずだ。

だが美穂はかなり動揺した。

「下から産んであげられないなんて」

そのいい方に、美南はカチンと来た。

「どういうこと、産んで『あげられない』って？」

「昔から、女性は陣痛を耐《た》えて初めてお母さんになれるっていうじゃない」

美南は、自分の母親がこれほどまでに非科学的なことをいうのかとショックだった。それに、これを口に出したこと自体が帝王切開を決めた娘に対して随分と無礼な話だ。

陣痛は、母体の体力と精神力を大きく損《そこ》なう。今は陣痛を避けるために、無痛分娩《ぶんべん》も普通に行われる時代である。帝王切開は陣痛が来る前に手術を行うし、より多くのスタッフが気を配ってくれるため、心配は少ない。胎児が産道を通らないので、頭部が伸びずに綺麗な形で生まれてくる。これらの理由から、欧米では一時期帝王切開が流行したくらいだった。

だが帝王切開は、開腹手術である。それを考えると、自然分娩は母体の回復が早いのが大きな利点だ。

それにしても、腹を見せて稼《かせ》ぐモデルでもあるまいし、自然分娩にこだわって胎児を危険に晒《さら》すのはおかしい。逆子《さかご》のまま無理に経膣《けいちつ》分娩を行えば母体の骨折や神経損傷の恐れがあるし、へその緒が先に出てしまって胎児への酸素供給がうまくできなくなり、最悪の場合仮死や死産も招いてしまう。

美南はとにかく、無事に産みたいだけだ。

「陣痛なんて、そんな赤んぼうは知る由《よし》もないことをもちだして、それが子どもへの愛情や能力の表現みたいに語らないでくれる？　子どもが無事に産まれるのが一番大事なんだから」

娘に叱られた美穂は、無言のまま口を尖らせていた。

景見にテレビ電話で事情を話すと、最初は一瞬緊張の表情を浮かべ、どこか具合が悪いのかと聞いてきた。逆子になる理由はいろいろあるが、中には胎児または母体の疾病に起因するケースもあるからである。美南は狭骨盤のせいらしいというと安心していた。医師であるお陰で、冷静に状況を理解してくれるのが助かる。

そこで美南は、美穂にいわれたことを愚痴った。すると景見はこういった。

「産み方はどうでもいいんじゃない？　問題は産んだ後にちゃんと親になれるかどうかなんだから。大体そんなことといったら、陣痛を知らない男は親になれないよ」

「うん、そうだよね。ありがとう！」

美南は嬉しくなった。昔から景見はちゃんと必要な言葉をくれる。

「それで、美南は大丈夫？　体調は？」

「手術を受ける側になるのも、いい経験かと」

「アホ」

二人は笑いあって電話を切った。

出産のために入院した赤十字病院は素晴らしく大きくて感動するほど綺麗で、多くの専門科をもっている。施設といい病床数といい、大学病院並みの規模だ。公園のような手入れの行き届いた庭まである。田舎でもこんな病院もあるのだと美南は感動して歩き回り、羨ましがってキョロキョロした。だがここはＣＤ出身で特に優秀でもない美南には、勤務先としては縁遠いエリート病院である。

産科のいいところは、食事が病院にしては豪華な点だ。美南には塩分制限などもないので、おいしい食事を摂《と》ってただのんびりとゴロゴロできるのが最高だった。大学に入って以来、そんな日は一日たりともなかった気がする。

この時期になると腹の中も胎児がぎっしり場所をとってパンパンで、胎児自体もあまり動けなくなっている。母子ともに、いちばんギュウギュウできつい時期だ。手術日は陣痛が来る前に設定するので、八月三一日に決まった。

「夏休み最後の日かあ。可哀想に、学校に行く歳になったら、みんなこの日は宿題に追われてるから誕生日忘れられちゃうかもね」

出産に付き添うため東京から来た美穂に美南が何気なくいうと、「そんなこと心配する親、あんたぐらいだわ」と呆れられた。

5

八月三一日。前日から入院していた美南は、バイタルを一通り見て異常がないことが確認され、予定通り手術を行うことになった。

朝九時、手術が始まった。部分麻酔なので、美南にも何をされているのかよく分かる。上を向いてボーッとしていると、すぐに澄《す》んだ赤んぼうの声が聞こえてハッと我に返った。ものすごく通る大きな声だ。瞬間的に景見の笑い声を思いだした。声は父親似だ、とニヤリとした。

「はい、生まれたよー。可愛い女の子だー」

医師が優しくそういうと、すぐに赤んぼうを美南の胸の上に乗せてくれた。真っ赤で温かくて、くにゃくにゃだ。全身に胎脂がまだべったりと付着していて、髪の毛もベタベタしている。だがなぜか美南の胸の上で、気持ちよさそうに静かになった。目は一重で、これも景見似かもしれない。

それから看護師が赤んぼうを綺麗にしているあいだに医師は胎盤を取りだし、子宮から出血がないことを確認してホッチキスで縫合する。腹部切開から新生児が取りだされるまではわずか数分、麻酔の時間を含めても手術時間は一時間というところである。

美南はすべてちゃんと行われていることを理解していたが、麻酔のせいかあまり頭は働かない。やがて手術室から回復室に移っているあいだに寝てしまった。目が覚めたとき、美南は自分がまだ寝ぼけているか、夢の中にいるのかと思った。ベッドの脇に景見が座っていたのだ。

「どう？　気分は」

その声を聞いても、美南はまだボーッとしていた。そして次の瞬間、我に返って目がパッと開いた。

——そうだ、赤ちゃん産まれたんだ！

美南は周囲を見回して、自分が病室のベッドにいることをやっと認識した。腕は点滴をされている。産後というより、術後である。夢見心地から一気に覚めた。

「え？　どうしたの？　赤ちゃんは？　先生、何でここにいるの？」

景見は優しく美南の頰を撫でながら、「来るに決まってんだろ」と笑った。その肉厚な掌に自分の手を重ねて、美南は何だかホッとして全身の力を緩めた。

「そっか……来てくれたんだ」

研究が滞るなら来るなとはいったが、やっぱりこの日にいてくれるのは安心する。景見は美南の頰や頭を愛おしそうに撫で、微笑んだ。

「可愛い子だなあ」

「見てきた？」

「うん。抱かせてもらった」

景見は被さるようにベッドに横になる美南を抱きしめて、「ありがとう」といった。美南も景見を抱きしめた。

「あ、待って。痛い」

美南が顔を歪ませると、景見は「ごめん!」といって離れた。

帝王切開は腹部に大きな傷を負ったのと同じなのだから、麻酔が切れたらそれは痛い。術部の痛みは術後一日がピークで、四、五日経てばほとんど気にならないほど楽になるが、術後二、三日は後陣痛といわれる子宮が収縮する痛みも重なるので、身がよじれるほど痛いこともある。

美南は術後、赤んぼうを見ても触ってもいない。だが正直なところ、麻酔が覚めかかった大きな手術後の身体はそれどころではないのだ。もっとも、そのうちに赤んぼうが泣いたら看護師が赤んぼうをベッドに連れてきてくれて、そこで初乳をあげることになるのだから、焦らずそれまでゆっくり休んでいればよい。

「痛み止めもらおうか」

「ううん、大丈夫。それより名前、考えた?」

「それな。字画とかいろいろ考えると、もう訳分かんなくなって」

景見は、ドヤ顔で女の子の名前がずらりと並んだ紙を取りだした。古風な名前からキラキラネームに近い当て字まで、玉石混交だ。どうしていいか分からないという感じが溢れている。がんばったんだな、と思って美南は噴きだした。

一通りリストを見てから、美南がひとつの名前を指した。

「これ、いいね」

景見結《ゆい》。少し和風で、まとまりがよくて、音が気に入った。

「うん、それ、俺も好き」

「じゃ、決まり。景見結。オトナな響きだね」

「うん、落ち着いた感じあるね。じゃ、今日はもう町役場閉まってるから明日出生届出してくるわ」

「いつまでいられるの？」

「今日含めて三日半」

「三日半？　たったの？　そんな思いしてまで来なくてもよかったのに」

すると、景見は冗談めかして美南を諭《さと》すようにはっきりといった。

「俺の子なんで」

――でも、それでも来るところが先生らしいかな。

ところがこの日は金曜日だった。翌日と翌々日は週末で町役場が閉まっているため、景見は滞在中に出生届を出せないということで、仕方なく美穂に預けた。

病院にいるあいだは赤んぼうのことは心配ないとはいえ、時間が来ると、母乳を飲ませるために夜中でも強制的に起こされるのが結構辛い。何といっても、まだ傷が痛いのである。美南は母乳の出は悪くなかったが、結が看護師も驚くほどよく飲む赤んぼうなので、やがては混合乳にした方がいいだろうといわれた。

「母乳にこだわるお母さんもいらっしゃいますけど、赤ちゃんに栄養がしっかり行くのが一番ですから」

看護師にいわれなくても、美南は人工乳に何ら抵抗はない。専門の研究者が、研究に研究を重ねて作り上げた粉ミルクだ。信用が置けるに決まっている。それにいつも赤んぼうに母乳が足りず、お腹を空かせて泣いてばかりいるより、お腹いっぱい飲んでたっぷり寝た方が赤んぼうにも母体にもいいだろう。

出産の日は看護師が新生児を病室に連れてきてくれるが、やがて自力で新生児室まで行かなければならなくなると、美南は自分の身体の重さにびっくりした。

——数日間ずっと寝ていただけで、こんなに身体って動かなくなるのか。どうりで、高齢患者がわずかな動きでもひどく大変がるわけだ。何事も、体験してみるとよく分かるものだな。

足りなくなるだろうといわれながらも母乳の出は結構なもので、少し寝て目が覚めると胸の周りがビッチョリと濡れていることもあった。とにかく母乳を飲んでもらわないと胸が痛いので、時間になったらさっさと授乳室に行った。そして授乳の度に思うのだ。

一人の人間がこれほど無防備に自分を信じてピッタリとくっついてくるなんてこと他にあるだろうか。赤んぼうのこの無垢《むく》な姿を可愛いと思う心こそが、母親にしっかりしなければいけないと思わせ、責任感を植えつけるのだろう。

「母性本能」は、女性だけの遺伝的特徴つまり「本能」だとは証明されていない。実はそれは、あくまでも学習行動なのである。だから男性が母性本能をもつことも何ら不思議ではないし、逆に女性すべてがもっていなければいけないものでもない。母性本能は性別を問わず、否、種を問わず、存続のためにはすべての生命体にあるべきものなのかもしれない。

美南は授乳室に行くとき、必ず個室の前を通る。そこではしばしば女性が泣きながら怒鳴る声と、男性が小声で何かいっているのが聞こえた。美南はマタニティ・ブルーだろうと思っていた。だが、どうやら重い産後鬱らしい。

マタニティ・ブルーというのは産後三日後ぐらいに起こる症状で、胎盤の排出にともなう急激なホルモン低下に加えて慣れない育児の疲れ、プレッシャー、睡眠不足などが原因としてよくあげられる。これは、二週間もすれば大抵は治まる。

だが産後鬱はもっと深刻で長く続き、そのあいだ子どもの世話ができないことが多い。一〇から一五％の産後女性が発症するそうだが、さらにこれより重い産後精神病になる人も稀にいる。

噂によるとその個室の女性は出産前から入院していて、もう半年にもなるそうだ。赤んぼうだけ退院して、ご主人が面倒をみているらしい。

「精神科に移さないのかね」

「怒鳴り声が胸クソ悪くって」

若い母親たちは、みんな眉をひそめていた。だがこういった場合、医師もどうするべきか判断が難しいだろう。美南は次の授乳時間がその母親たちと重なりそうだったので、みんなを誘い、その個室の前を通らない道で授乳室に行くようにした。そうするとみんなその患者を思いださないので、話題に出なくなるだろう。これが双方にとって一番の解決策だと思った。

6

産科の患者は出入りが早い。しかも大概の患者は病気ではなく、元気になって赤んぼうとともに退院するのだから、気分のいい科だ。美南は四人部屋で、美南ともうひとりは二〇代、ひとりは三〇代の経産婦で、美南が出産した翌日、四〇代で初産の難産だったという女性が入ってきた。

その女性が入ってきた夕方、美南は美穂と知宏と話しており、景見はベッドの足元に移動していた。向かいのベッドにいたその女性は、やはり四〇代くらいのご主人と会話していた。

「何かボーッとしちゃって、頭も痛いのよ。むかむかするし」

「この病室、湿気あるからな」

「何かもう寝たいんらけろ……」

女性は眠そうにいった。美南はその二人の会話こそ耳に入れていたものの全然気に留めず、美穂との会話を続けていた。

するとと景見がスッと立って、その夫婦のところに行った。

「ちょっとすいません、いいですか？」

「え？　何か？」

男性の方が驚いて立ち上がった。知宏がそれに気づいて、「先生、何か始めたぞ」と美南にいった。首を起こしてみると、景見がその女性の脈を取って目を見ている。

「先生、どうしたの？」

美南を無視して景見はナースコールを押しながら、「この手痺《しび》れてます？」とか「お名前いえますか？」と女性に聞き始めた。美南は飛び起きたが、景見が「大丈夫だから寝てて」と抑えた声でいうので、ベッドに座って見ていた。他の二人の患者もカーテンを開けて様子を覗いた。

景見は女性の顔を横に向けた。夫の男性が、女性の名前を呼びながら焦り始めている。どんどん意識が薄れているらしい。景見は落ち着いた小声で、男性に「動かさないで」と制していた。

看護師がやってきた。

「どうしました？」

「意識障害を起こしています。至急先生呼んでください」

景見が小声で看護師にそういうと、看護師は仰天して「え！　は、はい！」と小走りに出ていった。それから間もなくして医師と数人の看護師が走ってきて女性のバイタルを調べ、景見と二言、三言何かを話すと女性をベッドごと病室から運んでいった。

「どうしたの、あの人？」

美穂が心配そうに聞くと、景見は「さあ」と曖昧《あいまい》な返事をした。だが、美南はおそらく妊娠高血圧症候群だろうと思った。

妊娠高血圧症候群は妊娠中毒症とも呼ばれ、妊娠二〇週目以降に高血圧症になり、産後一二週までにもとに戻る状態をいう。尿蛋白《にょうたんぱく》が出るのが特徴で、むくみなどの他肝臓や腎臓の機能障害や溶血、血小板減少などの合併症が起きることがあるため注意が必要だ。

「意識障害って、よく気がついたね」

「何か変な話し方してたのが聞こえたから」

美南の質問に景見はケロッと答えたが、それから病室内でヒーローになってしまったので、恥ずかしがってアパートへ逃げ帰った。

「ご主人、お医者さん？」

「カッコいいねー！　テレビドラマみたい」

確かにカッコいい。同室患者の褒め言葉に美南は嬉しくなってニコニコしながら、しかしいっぽうで心のどこかでは凹んでいた。美南も医師なのに、あの女性が話しているのが聞こえても何もおかしいと思わなかった。

とにかく景見は目端が利く。今もそうだがいつでも三六〇度にアンテナを張っている感じで、少しでもおかしい人がいるとすぐに気づく。美南の学生時代からそうだ。美南は自分も医師になって慣れればそうなるだろうと思っていたが、例えば話し方がおかしい人がいたところで、よほどのことがないとそういう話し方をする人なんだろうと思ってしまうだろう。

「私はいつまでも気がつかないなあ、そういうとこ。資質の問題かなあ」

翌日、美南が不満そうにいうと景見は笑った。

「そんなん資質で決まるもんかい」

「そうかなあ」

「診てきた症例の絶対数が違うだろ？　美南、まだ医師になって一年半よ？　俺何年やってると思う？」

「じゃ、先生も昔はそうだった？」

「な、いつまで『先生』なの俺？」

美南は口ごもった。確かに呼び慣れているとはいえ、そろそろおかしい。

「何て呼べばいい？　桂吾《けいご》さん？　桂ちゃんとか桂とか？」

するとなぜか二人とも恥ずかしくなってしまって、呼び方はどうでもいいという結論に達した。

景見はもう明日にはアメリカへ戻る。昨日と今日は半日ずつ用事があるといって出かけたが、あとは景見の両親が来たこともあってずっと病院にいてくれた。そして病院にいるときの半分以上は、新生児室に行っていた。

「だって俺、今しか抱けないんだよ？　かーわいいよなあ。もう、何してても可愛い。何でも買ってあげちゃいそう」

デレデレである。

美南が景見と二人きりになれる時間は結局なくて、日本にいてくれるんだという実感がもてないままなのが美南には何とも心残りだった。帰宅してもこれからは子どもがいるので、二人きりになることはない。仕事上早く子どもが欲しかったとはいえ、蜜月《みつげつ》が過ごせなかったのは今考えると結構悲しい。今後二人きりになるのは、子どもが成長して家を出た後になるのだ。

それに、今回はもうひとつ気になることがあった。

「ねえ、ＣＤ行かないの？」

「今回はね。わざわざ面倒臭いから。帰ってきてるの誰も知らないし、いいよ」

「だって、他に用事とかいって出かける時間はあったのに」

「どうしても挨拶に行かなきゃいけないところがあったの。しょうがないだろ」

美南は景見がＣＤに行かなくていいのか、不安になった。ちゃんと籍は残してあるのだし、景見が帰国してすぐ復職したいなら、顔を繋いでおくべきだ。まさか、帰国の意志がないのだろうか？

週が明ける前に、景見はアメリカに戻っていった。クリスマスから正月にかけて、改めてゆっくり帰国するという。

それから美南はさらに一週間ほど入院したが、退院には美穂が付き添ってくれたし、アパートにいるときもずっといてくれたので困ることはなかった。ただ手術痕《しゅじゅつこん》が思ったより痛くて、必要なとき以外はできるだけ動かないようにしていた。


出産後二週間も経とうかというある日、そろそろ出生届を出さないといけないということで、美穂が代わりに町役場に行ってくれた。ところがそこで、大問題が発覚した。

「ねえ！　あんたたち、まだ入籍済ませてなかったの？」

美穂が激怒してアパートに戻ってきた。

「あ……うん、まだ」

「バカじゃないの？　結、お父さんいないことになっちゃったじゃないの！」

美穂は戸籍課の担当者に指摘されて出生届の「嫡出でない子」というところに印をつけなければいけなかったとき、惨めさと孫への哀れさで涙が出たという。結の出生届に父の名は載ってはいるが、美南はこれで、事実上シングルマザーになったのだ。

「じゃあ、届出すの待っててくれればよかったのに」

「このバカ！　二週間以内に出さなきゃいけないんだよ！　もう二週間になっちゃうでしょ！」

美穂は小学生でも叱るかのように、仁王《におう》立ちで呆れ顔をした。

「結婚した記録もないまま結が産まれて、これで景見先生に何かあったら、あんた一体どうする気？」

「やめて、縁起でもない」

うっかりしていた。去年の暮れのドタバタ以来、婚姻届を出さなきゃという話には何回かなった。ただ美南も景見も面倒臭くて、つい先延ばしにしていた。それが、子どもに影響するとは思わなかった。だが考えてみると、当たり前の話だ。

アメリカの景見に電話してその話をすると、景見はしばらく絶句した。そしてそれから、そーっと窺うような小声で尋ねてきた。

「それはその、どのくらいの大事なの？」

「ねえ……」

美南も口を尖らせて首を傾げた。美南には事の重大さがいま一つ分かっていなかったし、景見はこの歳まで結婚というものにほとんど興味をもたないできてしまった人間である。要するに、お互いが常識外れなのだ。ただ結に迷惑がかかってしまったということは、景見にとってはとてもショックだったらしい。

「可哀想なことしたなー……迂闊《うかつ》だった、お気楽に考えてたわ。な、悪いけど町役場行って婚姻届もらって、こっちに郵送してくれない？　そしたら俺署名して送り返すから、それに美南も名前書いて提出してもらえないかな」

「えー？　私一人で出すの？」

「……ごめん。早く出した方が結のためにいいだろ？　体調が整ってからでいいから」

「うん……」

美南はもともと書類仕事が面倒で好きではない。それに結婚式の予定もないのだし、別に今ではなくてもいいから、一緒に婚姻届を出しに行きたいと思っていたのだ。

「今度先生が帰国したとき、一緒に出そうよ。別に今がクリスマスごろに延びたって、何も変わらないよ」

景見は美南がそうしたいならそれでもいいけど、と心配そうにいった。

7

結は目が覚めると、ひとしきり一人で手足をバタバタさせている。特に視界のどこかに太陽の光が漏れ入っているときなどは、面白いくらい興奮する。まるで光と戯《たわむ》れているようだ。そういうときは動画に撮って景見に送る。

それからやっと腹が減ったかなと思うと、大きな声で一声泣く。美南は看護師に教わった通り、まず泣かせておいておむつを替える。それから授乳して、げっぷを出させる。そのまま少し抱いていると、またすぐ寝てしまう。このサイクルがずっと続く。

一連の動作を見ていると、なるほど赤んぼうが泣くという動作は「お腹が空《す》いた」「おむつを替えて」などの言葉の代替表現として機能しているのだと感心する。だからよく聞いていると突然泣き出すというよりは、最初の発声は人を呼ぶように「あー」ていどの大きさと張りだ。それがあっという間に我慢がきかなくなって、号泣のような声になる。

「呼んでいるのに分からないのか」という感じだ。

美南はこんな風に、時には医師らしく新生児を観察しながら、ゆったりとした一か月を過ごした。床上《とこあ》げまでは傷口からの感染症を避けるために風呂に入っても湯船には浸からず、ほとんど出歩くこともなく、ごろごろと気ままに過ごした。どうも身体の芯に力が入らない気がして本調子ではないのは感じていたが、他には傷口が少し攣《つ》れるていどで大きな問題はなく過ごすことができた。

ただ、あまりにものんびり過ぎて取り残されているのではないか、仕事に復帰した後ついていけないのではないかという焦燥《しょうそう》感に駆られることはあった。まるまる二か月間、現場から離れてしまうのだ。このあいだに、せっかく学んだことが全部飛んでしまっているのではないか。絵面は何人の患者の相手をするのだろう。いくつの手術で執刀するのだろう。CDの友人たちは、どのくらい現場に慣れただろう。

――焦ったってしょうがない。どうやったって今は仕事ができないんだから。

美南はひとつ、大きくため息をついた。

この一年半のあいだ、自分は目を閉じて走りまくっていた。ただただ毎日のタスクに翻弄され、流れに呑まれて溺《おぼ》れそうになりながら流れのままに進んで、結果何者にもなれていないのではないか。

――私は、ちゃんと患者を見ていただろうか？

結がムズムズし始めた。そのうちに泣きだしそうだ。

一か月検診で、出産した赤十字病院を一か月ぶりに訪れた。結にとってはこれが初めての外出になる。

日本では、大きな病院でもほとんどの場合産科と婦人科が一緒になっている。入院する病室は普通産科と婦人科を分けるが、産科は駆け込み出産もいるため突然患者数が増えることがある。

昔CDで産科のBSL（ベッドサイド・ラーニング、臨床実習）のとき、産科のベッドが急にいっぱいになって、ふたりほど婦人科の病室に一日だけいてもらったことがある。そのうちのひとりが、向かいの患者が怖いから部屋を替えて欲しいといってきた。

「私にいろんなお見舞いが来るのが、うるさいってキレるんです」

確かに出産後は見舞客が増えるから、他の患者には迷惑なこともある。その向かいの患者は四〇を過ぎていたが未婚で、子どもが欲しいと思っているうちに子宮筋腫になってしまい、入院している人だった。だから自分よりも若くて、子どもを産んで幸せそうにしている人を見るのが辛かったのだろう。

産科は入院日数も短いので部屋を替えたがった女性はすぐに退院し、婦人科の患者はいつもの平穏な入院生活を取り戻した。しかし、それもまた辛かったに違いない。自分は病気でまだ病院に留まり、向かいのうるさいのは元気になって、自分が欲しかった子どもを手に、先に幸せそうに出ていくのだ。こういうセンシティブな問題があることを考えると、産科と婦人科こそお互い縁のない場所に置かれるべきなのかもしれない。

　考えてみれば、美南の出産がこれほどスムースに来ているのもありがたいことなのだ。初産なのにつわりもほとんどなく、その後胎児にも母体にも特に問題なく、出産時は帝王切開だったがその後の体調もよく結も元気だ。人はそれを当たり前のようにいうが、まったくそうではない。昨今は不妊問題が取りあげられているが、ある保険会社の調査によると、不妊を心配したことのある夫婦は実に二九・三％にも上る。それに受精卵が着床してからでも妊婦の一五％は流産、五％は早産する。さらにこれらすべてのリスクを背負った上で子どもを産むことができるのは、世界人口の四九・六％にあたる女性のさらに適齢期だけなのだ。

　その上出産の後子宮収縮がうまくいかず、子宮から大量出血することがある。これを弛《し》緩《かん》出血というが、母体はときに出血性ショックなどを起こし、他の臓器に影響を及ぼしたりもする。止血が追いつかないと子宮を摘出することもあるが、それでも間に合わないと母体が亡くなることさえある。日本は出産による死亡率は世界トップクラスの低さで、年間に妊産婦一〇万人中三人しかいないが、アフリカ諸国ではまだ五〇〇人を超える。出産はそれほど簡単なことでもないのだ。

「一か月検診、終わったよー。元気だった」

　その夜美南は、景見にテレビ電話をした。カメラの前で結の手を取って振ると、景見は

「おー！」と大きな声を出した。背景からすると、研究室にいるらしい。

「もう大学にいるの？　最近早いね」

「だって早く論文書いちゃいたいから」

「予定ではあと一年？」

「でももっと早く出せそう。次のを冬に出してＯＫが出たら、もう春には終わる」

「ホント？」

　すると、景見は少し拗《す》ねるようにいった。

「だって、俺だって子どもが大きくなるの側で見たいもん」

「でしょー？　残念でしたー。可愛いよー」

　美南はわざとそうからかった。だが本当は、飛び上がらんばかりに嬉しかった。あと半年もしたら、景見が帰国するかもしれないのだ。もともと前から予定より早く終わるだろうとはいっていたが、思ったより早い。それに何より、研究にケリがついたら帰国するつもりなのだ、ということがこれで分かった。

　そのころ、孝美からも嬉しい連絡があった。司法試験に合格したというのである。

「ホントー？　おめでとう！　頑張ったねー！」

　突然美南が大声を出したので、寝ていた結が両手両足を大きく広げて驚いた。思わず涙がこみあげてきて、美南は泣き始めてしまった。人一倍苦労してきた不器用な妹が、目標としていた到達点に辿りついたのである。

第五章　三年目への決意

1

一月になり、美南《みなみ》は産休を終えて復職することになった。結《ゆい》はまだ二か月、誰かに預けたこともなく、母乳で育てているのに、それが一日中保育園に預けっぱなしになるのだ。

もちろん結を預けることになったひまわり保育園はちゃんとしていて十分な人数の保育士がいるし、キタソーから近いので母乳を搾乳《さくにゅう》して車で渡しに行くことができる。それにワンオペ育児だから宿直が免除されるので、夜は今まで通りに過ごせる。

だが、そういうことではない。この二か月毎日ピッタリと一緒にいて、日一日と育っていく結を見続けた。それが朝から夜までいきなり別々になってしまうというのが、美南としてはたまらなく切なかった。

それでも、二か月の赤んぼうは母と別れるときに泣いたりしない。それどころか美南が不安げに結を保育士の仲佐《なかざ》に渡したとき、結はまったく目を覚まさなかった。

——起きたら見慣れないところで、知らない人ばっかりで、びっくりしないかな。

美南は後ろ髪をぐいぐい引かれながら、久しぶりにキタソーに入っていった。

産休で休んでいた分、美南は絵面《えづら》より二か月遅れて麻酔科の研修に入る。麻酔科の研修は二か月なので、入れ替わりに絵面が選択科の内科に出ていった。つまり、初めてひとつの科で研修医が美南ひとりだけというのを体験するわけだ。

看護師たちや梅林《ばいりん》大派遣の医師たちからの否定的な視線が心配だった美南は、まず最初に朋美《ともみ》の温かい歓迎にホッとした。

「お帰りー、お母さん！　赤ちゃんはどうしてるの？　そこのひまわり保育園？」

「はい。またよろしくお願いします」

「大丈夫よ、何も変わったこと起きてないから。ただ五十嵐《いがらし》先生が毎日笑わせてくれるだけ」

「五十嵐先生がですか？」

「大人気よ、患者さんたちにも。明るくていい子だから。不注意が過ぎることがよくあるけど」

美南はあのイケメンは少しばかりのんびりしているとは思っていたが、こうまで親しまれるキャラだとは思わなかった。もっとも五十嵐とはそれほど話をしていないうちに美南が産休に入ってしまったので、どういう人間なのかよく知らなかったこともある。

「おー、お前復帰したのか！」

廊下で朝比奈《あさひな》が元気よく声をかけてくれた。

「はい、またよろしくお願いします」

「思ったより太らなかったな。産後食っちゃー寝してでぶでぶになったのかと思ってた」

「ベルトで締めてます」

美南が腰を指すと、朝比奈は楽しそうに声をあげて笑った。

「で、お前ひとりで子育て？」

「今は、はい」

「へー。奥さんと子ども置いてひとりでアメリカで好きなことやるなんて、俺にはちょっと考えられないけどなあ」

美南が真顔になると、朝比奈はニパッと笑った。

「ま、やっかみだ。気にすんな」

麻酔科医は麻酔をするだけの簡単な作業をする医師と思われがちだが、実はとても重要な役割を果たしている。術中に患者の心拍や血圧などの生命維持を行って体調を管理し、麻酔薬や輸液などに気を配るだけでなく、術前・術後も患者の様子をみなければならない。それに手術以外でも集中治療や救急治療、緩和ケアなど、麻酔を使用する場面も多い。

CDには「この人あり」といわれる女性麻酔科医がいた。その医師は難しい手術を一手に担当し、一目置かれるどころか神扱いされていた。だから女医もあそこまで行けば尊敬されるというのは、CDの学生はみんな知っている。

逆にいえば、そこまで行かない女医はいろいろなことをいわれやすい。現状、ひたすら腕をあげるしか自分の居場所を確保する方法がないのだ。しかし同時に美南のように妊娠・出産も女性が請け負《お》うわけだから、女性のタスクはやはり多い。それを認識してパートナーが子育てに協力的であればいいのだが、大半の場合はそうでもない。その結果女医が子育てと仕事を両立させるために、眼科や皮膚科のように体力的に辛くない科を選ばざるを得なくなっている。

産後の美南は宿直こそできないが腹も凹み、身体を労《いた》わって仕事を選ぶようなことをしなくてもよくなった。麻酔科の若桝《わかます》は「この科のようにいろいろなものに同時進行で気を配る仕事は、女性の方がうまい」といってくれる人だったので、居心地はいい。

ある日患者の気管に挿管しようとしてチューブを入れていると、患者がげっぷをした。

「食道挿管だね。やり直そうか」

「すみません」

麻酔科は、美南にとってなかなかの鬼門だ。何しろ挿管が多い。美南は何でも器用にこなせる方なのに、あの日のせいで苦手意識をもってしまったのか、挿管だけは調子が出ない。

しかも麻酔科は手術が多い。夕方からの手術や長時間になりそうなものは若桝が気を遣って入らなくてもいいといってくれたが、美南はできるだけギリギリまで居残って研修を受けるようにした。

「はい、ベクロニウム二㎎追加して。これ終わったら帰っていいよ」

ある日若桝が手術中にそういってくれたので、美南は若桝の見ている前でいわれたことをやってから、「じゃあお先に失礼します」と一礼して手術室を出た。

正規の就業時間は過ぎているとは言え、一人だけ当直をせず先に帰るというのは何とも気が引ける。美南が申し訳なさそうな顔をしながら廊下を歩いていると、側を通りかかった五十嵐が低い大きな声で美南に手を振った。

「あ！　安月《あづき》先生、さよーなら！　赤ちゃんの世話大変っスね。頑張ってくださーい！」

美南は噴きだした。なるほど、これが五十嵐の天然か。大変なのは自分の宿直の方だと普通はアピールするのに、実に大らかな人だ。

美南の子育ては、自分で思ったより遥かに順調だった。その理由のまずひとつめは、もともと生活サイクルがなきに等しいほどぐちゃぐちゃであることに普段から慣れていた点だ。起こされるのが呼び出しか赤んぼうかの違いだけだし、赤んぼうの世話は救急の治療よりも早く済む。

ふたつめは、保育園に預けることができたという点だ。働いているのだから当たり前といえば当たり前だが、これが核家族の専業主婦だとすると、二四時間ずっと赤んぼうと一緒にいることになる。しかもそのほとんどの時間は二人きりだ。散歩に行ったところで誰にでも話しかけるわけではないのだから、精神的空間にはずっと二人きりなのだ。

自分が属する世界に赤んぼうひとりしかいないというこの極限まで閉ざされた状況が、

知らないあいだに孤独感や不安感を煽る。会話はできず、かといって一人で何かをすることもできないほど束縛《そくばく》され、すべての責任が自分だけにかかっている。一度それを意識してしまうと、そこは重く孤独な世界だ。特に日本の女性は普段は守られる側にいると認識していることが多いから、そういう人にとってはこの責任はとても不慣れな重いものに感じられる。通り過ぎる学生が友達同士でわいわい騒いでいるだけでも、自分の孤独感は増す。

専業主婦の子育ては、一日家にいるから楽ということはない。逆に、一日二人だけの世界に閉じ込められているから辛いこともあるのだ。

ひまわり保育園は病院から近く、ゼロ歳児クラス主任の仲佐は若いが落ち着いていて頼りになるし、美南も話しやすかったので、安心して結を預けて外の世界とつながることができた。勤務が終わって子どもを引き取りに行くときには、例えば最初は頭が仕事のことでいっぱいで「ああ、もう、何で今引き取りに行かなきゃいけないの」と苛立ちつつも、だいたい保育園への道すがら感情が見事に反転する。そして半日ぶりでわが子に会うと、手放しで可愛い。結が自分の顔を認識して嬉しそうに満面の笑みを浮かべるころになると、愛おしくてしょうがなくなる。ずっと一緒に過ごしていたら、この劇的再会は経験しないのだ。

ただひとつだけ、もう少しどうにかならないものかと思うことがある。日曜日の休園だ。保育士も休みたいし、掃除や何やらで園が閉まるのはしょうがないのかもしれない。だが日曜日に出勤する人もたくさんいるのだから、開いていたらいいのにとしょっちゅう思った。

美南は近くに週末開いている保育園がなかったので、週末の日直はまったくしなかった。そのため月曜日に出勤すると、まず日曜日に起きた出来事を把握することから始めなければならない。それに外来患者も月曜日は多いので、とにかく仕事量が膨れあがる。

麻酔科は学ぶことがとても多い。というのも、実は麻酔科医というのは手術室の責任者なので、手術関係で知らなければならないことが膨大なのだ。急患を手術室に受け入れたり、術後患者が病室に帰室していいか決めたり、執刀の許可を出すのも実は麻酔科医だ。だから麻酔科医が、緊急性の高い患者を相手にする救急科医を兼ねることが多いのである。麻酔科は専門性が高いため、厚生労働省の許可を受けた医師でなければ標榜《ひょうぼう》できない唯一の科でもある。

ほとんどの研修で、麻酔科は必修だ。しかしながら決して人気のある科ではない。人数が少ないのに手術には必ずいなければならないので、勤務時間が異常に長く、大変に過酷な科だともいえる。もっともそのため麻酔科医の給与は整形外科と放射線科に次いで高く、内科の二倍が相場だ。

「守屋《もりや》さん、麻酔科の安月といいます。ご気分どうですか」

月曜日の朝、美南は申し送りの後担当の患者たちを回る。週末はまったく勤務していないので、知らない間に緊急入院した患者もいる。

守屋という若い男性が、土曜日の真夜中に腹痛で来院した。虫垂炎から腹膜炎を起こしかけていたため、すぐにオペをした。

虫垂炎を放置しておくと、虫垂が破れて腹腔に膿《うみ》などが散り、炎症を起こすことがある。これが腹膜炎だ。ひどい痛みに襲われ、血圧の急激な低下などのショック症状で意識を失ったり、最悪の場合敗血症で死に至る。だから「たかが盲腸」などと軽く考えてはいけないのだ。

「お医者さんですか？　看護婦さん？」

「医師です。血圧も安定してるし、心拍数も問題ないですね。気持ち悪くなったり、クラクラしたりしませんか？」

「平気。ここって、若い先生ばっかりなの？」

「そうでもないですけど、夜は若い先生が多いですね」

「めっちゃチャラそうなのに手術されたけど、大丈夫かな？」

多分五十嵐だ。そうか、この時期の研修は外科だし、もう執刀することもあるだろう。

「大丈夫ですよ。助手の先生も見てますし、見た目チャラいけどあれで結構しっかりした先生ですから」

美南はそういって笑顔を作った。とはいえ五十嵐は雑な性格をしていて、それはホッチキス縫合の跡にも表れていた。もっともひどい跡が残るとか、そういうレベルではないが。

廊下に出てから、美南はしみじみと思った。

——そうか、五十嵐くんはもう執刀したのか。

ついこの間自分がしていたことを、気がつくともう一年後に来た研修医がやっている。

一年の差なんて、すぐになくなってしまうだろう。だが自分と朝比奈は二年離れているが、追いついているのだろうか？……全然そんな気がしない。

自分は、この一年半でちゃんと何かを身に付けたのだろうか？

2

一一月も半ばになって、だいぶ寒くなってきた。去年の今ごろ、自分は景見《かげみ》に会いにアメリカに行っていた。それが今年は、すでに二人のあいだに娘がいる。一年というのは早いようでいろいろなことがある時間なのだと、美南は改めて驚いた。

授乳中は、カルシウムをはじめとしてできるだけ栄養を摂っておこうと、暇があればチーズを齧っている。実はチーズはそれほど食べ慣れてはいないのだが、何といってもお手軽だ。

たまに美穂《みほ》が来て結の面倒をみてくれるが、授乳している限り一日預けて宿直をするというわけにはいかないし、あまり大きくもないアパートで結が泣けば違う部屋で寝ていても目が覚めてしまう。不思議なもので、今まではかなり熟睡型だった美南も、子どもの泣き声では起きてしまうのだ。

そんなある日曜日、孝美《たかみ》と瀧田《たきた》が遊びに来た。二人とも数か月ぶりに結を見ると大喜びで、美南が孝美と話しているあいだも瀧田がずっと抱いていたおかげで結は静かだった。

孝美は司法修習生になって前向きな毎日を送っているらしく、肌の張りもよくて綺麗になっていた。その孝美がいった。

「そろそろ入籍しようと思ってね」

それを聞いて、美南は大喜びだった。

「ホント？　おめでとう！」

すると孝美は恥ずかしそうに微笑してから、小さなため息をついた。

「そういってくれるのはお姉ちゃんだけだよ」

「え？　お父さんやお母さんは何て？」

「喜びはしなかったね」

「何で？」

「亮《りょう》の仕事が気に入らないんでしょ。収入も不安定だし」

孝美は不満気な表情をした。だが、両親の気持ちも分かるのだろう。それ以上の愚痴はいわなかった。

そのあと二人が半日くらいなら結の面倒をみておくといってくれたので、美南は喜んで病院に行った。何人か気になる患者さんがいて、様子をみたかったのである。

これはタイミングがよかったらしい。病院に行くと、五十嵐が「あー、安月先生ー！」と大きな声をあげて縋りつきそうな顔をしてきた。見ると目が真っ赤で、クマもできている。

「昨日の夜朝比奈先生がインフルでダウンして、ついさっき絵面先生も具合悪くて帰っちゃったんですよー！」

「えー？　ってことは、五十嵐くんまさかのひとり？」

「あ、いいえ、それが」

そう、救急処置室には戸脇《とわき》がいた。

「おう！　安月先生、久しぶり！」

戸脇が明るく手をあげた。何だか楽しそうな顔をしている。

美南は戸脇に挨拶をしながら、五十嵐に聞いた。

「どの先生も捕まらないの？」

「若桝先生が出先の福島から急いで戻ってくるっていってくれたんスけど、渋滞にハマってて。弓座《ゆざ》先生は学会で名古屋《なごや》で……いや、長野だったたっけ？」

「えー、そんなことって」

「大丈夫だよ。緊急手術が必要なのは赤十字にお願いするから」

戸脇はそういいながら、救急処置室のベッドに横になっている老人に聴診器をあてていた。

「ちょ、ちょっと待ってて」

美南は廊下に出て、孝美に電話した。

「いいよ、病院にいて。結見とくよ。でもうちら明日の朝までには戻らないといけないから、それまでには帰ってきてね」

「大丈夫、そんなに遅くはならない」

救急処置室に戻った美南が若桝先生が来るまでいるというと、五十嵐は「よかったー！」といって腰砕けになった。

――いや、そんなに頼られるほど役には立たないと思うけど。

五十嵐のそのリアクションに、美南はかえって罪悪感を覚えたほどである。

この時期なので日曜日とはいえそれほど忙しくないと思ったら、今日は違った。まず朝比奈や絵面と同じで、インフルエンザの罹患者《りかんしゃ》が次々とやってくる。それから、寒い中運動をして筋肉を傷めた人。でもその辺りはまだいい。怖いのは、寒さで心臓や脳に問題が出る場合だ。冬は特にヒート・ショックが急増する。

この時期ヒート・ショックで運ばれてくる急患は蘇生措置《そち》を取ることが多いので、当直医は必死だ。しかも今ここには現場を離れて何年も経った戸脇と研修一年目の五十嵐、そして二年目の美南。これ以上ないくらい危なっかしい担当医しかいないのに、この病院は二次救急指定なのだ。

心肺停止した患者は、救急車の中で蘇生が行われる。病院到着前に蘇生できないケースは、病院でも八割方助からないといわれる。もし心臓が動きだしていたら、病院で人工呼吸器などの生命維持装置を使って呼吸や体温、脈や血糖値を調節したり、体温を三六度以下に下げて脳へのダメージを抑えたりする。数分間脳へ酸素が行かないと深刻な後遺症が残ることがあるし、血流がなければ意識が回復しなくなる場合もあるので、何をするにも一分一秒が致命的になってくるのだ。

美南が午後に病院に来てから夜まで、すでに心肺停止で運ばれてきた患者が三件あり、そのうち二件は蘇生しなかった。いずれも高齢の男性で、夜が更《ふ》けて寒くなる前に風呂に入ろうとちゃんと気を遣っていたのにヒート・ショックになっていた。そしてその二人のうちひとりは、他県からの観光客だった。北関東の初冬の暮れは寒く、古い木造家屋のタイル貼り風呂は思っているより冷たいのである。

夜になって美南が救急処置室にいる患者のバイタルを確認していると、若桝がやっと来た。

「あれー？　安月先生、来てくれてたの？　よかったー。廊下の長椅子で五十嵐先生が寝てたんで、今叩き起こしたとこなんだけど」

五十嵐はもう勤続五〇時間を超え、どうにも体力の限界だったので、今日は外来もないからといってその辺で寝入っていたのである。

「いいよ、もう帰って。赤ちゃん大丈夫？」

「はい、ありがとうございます」

そういった瞬間、ピッチが鳴った。近くの国道で事故があって、傷病者が三人いるそうだ。

「あー待って、安月先生！　手術が要ると思うから、もう少し残れない？」

美南がちらりと廊下を見ると、長椅子の全面を覆《おお》うように寝転がった五十嵐が、イケメン台無しの涎《よだれ》を垂らして爆睡している。

——あれが起きて助手をするとしても、もうひとりは必要だな。

美南が孝美に電話すると、孝美はさすがに困った風にいった。

「えー、ちょっと、大丈夫なの？」

「何とかして間に合うようには帰るから。ミルクの作り方教えたよね？」

「えー、うん、さっきも一度あげたけど……一八〇ミリでいいんだよね？」

「助かる！　ぐずったらおむつ替えて、またそれだけあげて。頼む！」

美南は孝美の返事を待たずに電話を切った。ダメだといわれても、しょうがないのだ。

それから次々に患者が運ばれてきた。幸いひとりは軽傷だったがひとりはかなりの重傷で脚からの出血が多く、もうひとりは意識がなかった。だが間もなく目覚めてくれたので、そちらを検査しているあいだに脚から出血している方の緊急手術をすることになった。幸い他に危険なほどの打撲《だぼく》等は受けていないようだった。

非常勤の麻酔科医が何とか捕まってすぐに来てくれたので、若桝が執刀医となってすぐ手術に入った。久しぶりの手術に美南はむしろ冴《さ》えていた。やはり手術が好きなのだ。

「ノッてるねー。出血箇所見つけるのが早いよ」

若桝が感心した。

ひとりめの手術が終わって外に出てくると、警官が来て軽傷の患者に話を聞いていた。

その側に戸脇が立って、聴取に答える患者の状態が大丈夫かどうか診ている。

「安月先生、またすぐ入るよー」

「あ、はい！」

若桝が声をかけてきた。もうひとりも検査の結果頭部打撲は深刻ではなかったようだが、腹部を打って小腸に穴が開いていたため、すぐに塞《ふさ》ぐ手術をすることになった。このときは五十嵐が起きて、一緒に助手に入った。

だが手術中、五十嵐は何度も鉤引きをしながら首をガクッと下げていた。ただ術野を開くために皮や肉を引っ張っているだけなので、つい立ちながら寝てしまうのだ。

「うおーい！」

若桝が大きな声をあげ、五十嵐は何回も慌てて背を伸ばしていた。

すべての手術が終わったのが明け方の四時。美南が手術室から慌てて飛びだし、鞄を取りに戻ると、医局で何と戸脇が赤んぼうを抱いてあやしているのが遠目に見えた。

――あれ、まさか？

「戸脇先生、あの」

「あー、ママでちゅよー。おかえりなちゃーい」

戸脇が赤んぼうを美南に見せた。結だ！　美南の目の前が真っ暗になった。

「すみません、先生！」

美南が慌てて白衣を脱《ぬ》ごうとすると、戸脇がとめた。

「あー、いいのいいの、慌てないで」

「まさか……妹が来ておいていったんですか?」

「うん、ご主人が明日七時出勤だから、今から車で帰ってもギリギリになるからって」

美南は絶望のため息をついた。

「妹、怒ってましたか」

「うん」

戸脇は平然と答えた。

結が美南を見ると、満面の笑みを見せた。乳児は三か月くらいになると、社会的微笑といって身近な人が笑うと同じ表情を作ろうとする。最近結も笑うようになったので、目が合うと可愛くてしょうがない。

「結ー! ごめんねー! 遅くなっちゃったー!」

戸脇から結を受け取ると、美南は何回も戸脇に頭を下げた。すると戸脇がいった。

「ダメだよ。宿直をやらないって決めたら、担当患者の呼び出し以外は夜ここに来ちゃダメ。でないと絶対救急にも手を出しちゃうから。医者ってそういうもんだから」

「でも患者さんが」

「いざとなりゃ赤十字とか近所の医院に声がけして、患者さんそっちに回したり、人を集めることもできるんだから。君は今当直免除で、赤ちゃんには君しかいないの。赤ちゃんほっぽり出してここに来ちゃダメ」

「はい……」

戸脇は今、美南に医師であってはならぬといっているのだ。病院で死にそうな患者がいても、家で母親でいなければいけないといっているのだ。これはひどく矛盾《むじゅん》している気がするが、しかし実際美南が病院で死にそうな患者を救うために医師になろうとすると、結の命とりになってしまう。今回のように、孝美や瀧田がいつでもいてくれるわけではない。

これが、「育児のための当直免除」なのだ。

美南は結の顔を見た。目新しいところだからか、キョロキョロしている。確かに最近やっと首が据わった程度で、他に何もできない。お腹が空いても、自分で食べることもできない。しかもこれだけ小さいのだから、体調に何か問題があったら悪化するのも早い。

「これ、妹さんから」

戸脇はおむつや粉ミルクの入ったトートバッグを差しだした。

「申し訳ありません」

美南は疲れ果てながら、もう一度頭を下げた。戸脇が一言も責めないのが心から救われた。こんなに物分かりのいい上司も珍しいのではないだろうか。本当にありがたいことだ。

帰宅してから孝美に電話すると、孝美は確かに怒っていた。

「面倒みさせられたの怒ってるんじゃないよ。自分の子どもほっぽって、仕事から帰ってこないことを怒ってんの。分かる？」

「分かってるよ。でも仕事っていったって……」

「誰かの命がかかってるんだから、帰ってこられないってんでしょ？　お姉ちゃん、お姉ちゃんはまず一番に何？　医者？　結の母親？」

「そりゃ、母親……」

すると、孝美は被せるようにいった。

「医者なんでしょ？　だから帰ってこなかったんでしょ？　そっちが第一なんでしょ？」

美南は口籠った。

手術中だから抜けられなかった……本当に？　夜中じゅう手術室に籠っていたわけではない。でも目の前で倒れそうになってまで働いている後輩と、救急で運ばれてきた患者を見ながら、自分の赤んぼうのためにといって帰れるか？

「結も可哀想に」

孝美は吐き捨てるようにそういって電話を切った。

――宿直をやらないって決めたら、担当患者の呼び出し以外は夜ここに来ちゃダメ。

戸脇の一言は、実に的を射ていた。医師である限り、当直免除中でも患者がいれば絶対手を出してしまう。そのとき、自分の子どもは脇に放り投げているのだ。美南は必死で働いて、結局最後に罪悪感に襲われただけだった。

「ごめんね、結」

美南が泣き顔で謝った結は、何事もなかったかのようにぐっすりと寝ていた。

3

「バカなの、お前？」

朝比奈が呆れ顔で美南を見遣った。

「せっかくダンナがアメリカから帰ってきたんなら、普通早く帰りたいもんじゃないの？宿直って何？」

「だって、そうしたら朝比奈先生たまには家に早く帰れるし……」

「俺は家に帰ってもどうせひとりなの。生活必需品は仮眠室に揃えてあるし、別に帰らなくていいの」

美南が困った風に周りを見回すと、絵面がカルテを書き直していた。

「じゃ、絵面先生」

「いいから帰れ！」

朝比奈が被せるように美南に怒鳴った。

「また正月過ぎたらダンナいなくなるんだろ？　会うの今しかないじゃないか！　いいから休んどけ！」

「えー、でもせっかく時間があるから……」

「安月先生って、ワーカホリックだよね」

絵面が笑った。

昨日、景見がクリスマス休暇で日本に一時帰国した。そして今日は一日のんびり結の面倒をみているから、好きな時間に帰ってきていいといってくれた。だから、美南はたまには宿直をしようと思い立ったのである。

最近は朝比奈、絵面、五十嵐ですっかり宿直班ができあがり、この三人はほとんど仮眠室に住みこんでいた。その中にわざわざ入ろうという気もないのだが、久しぶりにあの雰囲気を味わうのもいいかなと思ったのだ。学生のオールみたいなもので、独特な雰囲気のある宿直は時に懐かしく、癖になる。

多くの医師たちが同じようなことを思うのか、特に気になる患者さんがいなくても弓座や山田《やまだ》はフラッと宿直を交代してくれるときがある。若桝はさすがにいつも忙しいのでそれはないが、何だかんだいって宿直要員がいなくなることはこのあいだのインフル流行のような特例以外はまずない。

「もうちょっとどうにかなればいいのに」

「どうにかって？」

「だから子どもがいても宿直できるようにしてくれれば、私はいくら宿直したっていいんですよ。例えばここに乳児室があれば、急患がない限り子どもと遊んでいられるし」

「俺だったら、むしろ子ども使って宿直しないけどねえ」

朝比奈が苦笑した。

「それにしても、お前のダンナは苦労するな。お前突っ走るからなあ」

「そうかなあ」

美南はよく似たようなことをいわれるが、自分ではそれほど猪突猛進だとは思っていない。むしろ思い切りが悪いことがよくあると思っている。思い切るまでがウダウダ悩むタイプなのだ。

急患が落ち着いてから、朝比奈が聞いた。

「そういえば、年明けから選択科だろ？　何にした？」

「外科にしようかと考えています」

「えー？　まーたお前来るのー？」

朝比奈は憎まれ口をききながら、露骨にニヤニヤ嬉しそうにした。ちなみに絵面は美南の産休分の二か月ほど早く選択科に入っており、内科を選んでいる。

翌日の夜は、朝比奈のいうとおり定時に帰った。アパートの前の駐車場に車を停めて、何気なく二階の自分の部屋を見あげた。部屋の灯りがついている。景見と結がいる。誰かがいる。不思議なことに、部屋の電気は白色灯なのにオレンジ色のように思えた。美南にとって大きな安心感を与えてくれるその世界は、いつでも包みこむようなオレンジ色なのだ。

「お！　おかえりー」

部屋のドアを開けると、テレビの音と人の気配、穏やかな空気が身体を囲む。

景見は結を縦抱きに抱えて、おもちゃを振って遊んでいた。結は首が据わってから身体もしっかりと硬くなってきて、だいぶ抱っこしやすくなった。

「メシ作っといたぞー」

「ウソー！　嬉しい！」

見ると、部屋が綺麗になっている。

「掃除もしてくれたの？」

「した」

「汚かったでしょ？」

「汚かったー」

美南は恥ずかしくなった。間違いなく自分より景見の方が綺麗好きなのは、昔の景見の部屋からしても想像できたことではあった。それでも景見の帰国前に一応簡単に物は退けたのだが、それは掃除のレベルではなかった。

「ごめんなさい」

「何が？」

「掃除してなかった。ちゃんとやるように努力する」

「忙しいんだから別にいいよ、暇なときにチョチョッとすれば。結、アレルギーとかないだろ？」

景見は結をあやしながらケロッといった。景見は、いつも掃除も洗濯も料理も美南に強要しない。自分がすべてひとりでできるせいもあるが、美南の仕事を把握している分、できなくてもしょうがないと思っているのかもしれない。ただし景見本人は几帳面でマメなので、いつも家事をキチンとこなしている。そういうところが、景見は自分より遥かに自立した大人だなあと思う。

寝るときに灯りを消すと、この辺りは田舎なので真っ暗になる。目が慣れてしばらくすると、やっと遠くから微かに漏れてくる光で人の動きが見えるようになるていどだ。

「おー、すげえ暗順応。見えてきた」

面白がっている景見に、美南はふとさっき思ったことをいった。安心させてくれるところはどこでも、暗闇の中に浮かぶオレンジ色の病院に見えるという話だ。

すると、景見が聞いてきた。

「闇は、美南にとってそんなに緊張するもの?」

「え?」

そういうことになるのだろうか。家も病院も安心できる同じオレンジ色の場所なのだとすると、闇はその逆で警戒すべき冷たい場所ということになるか。

「そうか……あんまりそんなつもりはないんだけどなあ。でも闇ってそういうイメージなのかな」

「俺は好きだけどね。闇って、むしろ自分を包んで隠してくれる暖かいものって感じで」

これを聞いて、美南はプッと噴きだした。これが、普段は明るくて人好きのする景見の「影」だ。自分を包んで隠してしまう闇を、暖かいという。自分が壁を作って閉じこもってしまうその場所を、無意識に好んでいる。この人は人と接するのが好きだが、心の底では一人でいて初めて落ち着く人なのかもしれない。

景見は大晦日からお正月の三が日にかけて、結を連れて大阪へ帰った。このころには美南の母乳はあまり出なくなっていたから粉ミルクで事は足りたし、美南は外科に戻ったばかりで術後の担当患者が何人もいて、休みを取りたくなかった。景見は途中で美南の親元にも寄って、結を見せていくといっていた。

「安月先生のご主人、何だかできすぎてない？」

救急処置室の片づけをしながら、救急科の看護師の山種《やまぐさ》がいった。山種は間もなく四〇歳で、小学生と中学生の子どもがいる。夫は薬学部を出て、この近くにある製薬会社の研究所で研究員として働いているそうだ。

「久々に日本に帰ってきて、ゆっくりしたいはずでしょ？　そうしたら、普通は子どもと一緒に俺の面倒もちゃんとみろって雰囲気になるもんよ。それを子ども連れて実家帰ってくれて、先生に自分だけの自由時間までくれるなんてでき過ぎじゃない？」

「でも、普段はいないわけだから」

「だからこそよ！　余計甘えてくるもんじゃないの？　そんなに何もかもやってくれるなんて、信じられない。それとも歳が離れてると、そこまでやってあげようって気にもなるもんなのかしら」

それから、山種はふと意地悪そうな表情を浮かべた。

「ね、先生、ご主人って、実在してんの？　そんなこといって、赤ちゃん、実は親御さんに預けてるんじゃないの？」

これを聞いた美南は、そういう風に勘繰る人もいるのかとビックリした。だがこれは美南が入籍も結婚式もせず、景見をきちんと勤務先にお披露目《ひろめ》していないせいでもあるのだ。

――早く婚姻届出さなきゃ。

美南には、入籍がだんだんストレスになってきた。

4

その日は一月四日だった。景見は今日の夕方にはアパートを出て、羽田《はねだ》発の夜行便でアメリカへ戻る予定だったため、今回こそは婚姻届を出そうということで、美南が遅めの正月休みを取った。道路脇に積もった雪に陽の光が反射して、気温が上がっていた。

「起きたばっかりなのに、何かもう眠いなー」

「お日さまがぽかぽかして、気持ちいい」

天気がいい昼間だったので、二人はベビーカーを押しながらノンビリと歩いていた。三が日が明けたばかりの道路は大渋滞で、下手に車を出すより歩いた方が速いのである。

「あっちは寒い？」

「うん、ここより全然寒い感じだなー。雪はそれほど多くないけど」

「でも最近は、研究室にずっといるんでしょ？　楽しい？」

「うーん」

景見は首を傾げて答えを濁《にご》した。やはり、あまりいい雰囲気ではないらしい。

「時々病院には行ってるの？」

「回数はぐっと減ったけどね。でも一応俺が宿直のとき入ってきた患者さんはどうなったか気になるから、顔は出してる。アメリカってさ、開腹手術でも当日入院が結構当たり前で」

——病院のことになると、いきなり饒舌《じょうぜつ》。

美南は、景見が楽しそうに話しだしたのを聞きながら思った。自分では多分意識していないのだろうが、そんなに病院が楽しいですか、そんなに研究はダメですか、とツッコみたくなるほどである。

それに美南は景見が今回もチラッと東京に行ってきただけで、復職活動をあまりしていないように見えたのが気になっていた。CDにも顔を出したといってはいたが、こんなでないどで大丈夫なのだろうか。それとも最近はネットが普及しているから、会わなくてもいろいろな情報交換や話し合いなどができているのだろうか。

ただこの件を景見に聞くと、「大丈夫、やってる」「まだどうなるか分からない」と曖昧な答えしか返ってこない。まあ、当然といえば当然だ。雇用《こよう》する側も景見があちらで何かの形を残さなければはっきりしたことはいえないだろうし、その論文の内容や共同研究者、名前の掲載順などによってもまたいろいろ変わってくる。

そこで論文の件は飛ばして、そのあとはどうするつもりで、どこまで話が進んでいるのか聞こうとした。

「先生、帰国したらCDに戻るの？」

「またその話？」

「考えてないわけないのに、何で教えてくれないの？」

美南が怒った風にいうと、景見は一息置いて「多分、戻らない」といった。

——やっぱり。そういうことだと思った。

「前に教授とも話したんだけど、須崎《すざき》先生が頑張ってるから、俺が入って引っ掻き回したくないんだよね」

確かに、一度出た人間が戻ることには抵抗はあるだろう。だが籍がちゃんとあるのに、そこで遠慮する必要はない。だからこれはいい訳で、要は戻りたくないということなのだろう。

「じゃ、帰国したらどうするの？」

「イクメンしようかなと」

「はー？」

美南が大きな声を出したので、うとうとしていた結が飛び起きた。

「ああ、ごめんごめん。ゆーちゃんごめん」

景見が急いでむずかる結を抱っこした。

「何？　イクメンって？」

「フリーになろうかなと」

「え？」

　要するに専門医専用のエージェンシーに登録して、心臓血管外科系の手術や診療を請け負ったり、非常勤で診療を受けもつというのである。大きな病院では手術は班が行うのでなかなかフリーランスが入り込む余地はないが、キタソーのように地方のそこそこのサイズの病院では、施設も需要《じゅよう》もあるのに専門医がいないということがままある。そういうところに出張するのだ。

　ちょっと聞くとそういった勤務形態はテレビドラマ以外ではあり得ないと思うが、意外とそうでもない。特に麻酔科のように絶対的人数が少ない科は需要が大きく、フリーランスや非常勤も珍しくない。

「でも、大学病院に所属してる方がいろいろ有利じゃない？　イクメンしたいなら、育児休暇取ればいいし」

「そうでもないよ。フリーの方が楽なこともある。研究テーマとか自分で決められるし、何より時間が自由になる」

　フリーランスのいいところは残業がないこと、休暇が多いこと、そして人間関係の煩《わずら》わしさがないことだ。いっぽう短所は、自分で仕事を見つけなければならない、何かがあったとき病院という守ってくれるものがない、自分でスキルを磨かなければならないといった点だ。

景見は働くのは好きだし、人間関係も上手だ。もちろんフリーランスになっても人当りがいいから仕事を見つけるのはうまいだろうし、自分でスキルを磨きたければアメリカという選択肢もある分強い。だがやはり、医局という大きな庇護《ひご》がない状態で働くのは不安だし、せっかくのこれだけのキャリアを使い切れないのは勿体《もったい》ない。

「大学病院に戻ればいいじゃない、籍はあるんだし」

「籍はあるけど、枠はないんだよ」

「じゃ、首都圏の分院は？」

「何でそんなに戻したがるの？」

「だって先生、ここを基盤にフリーになるっていうんでしょ？　私は勤務先がここだからいいけど、先生がこんな田舎で私たちに付き合ってたら時間の無駄だよ」

「家族と一緒にいることの何が無駄？」

「家族とキャリアは別じゃない？」

景見はしばらく黙って美南を見た。それから、怒ったような低い声でいった。

「そんなにキャリアが大事か」

「だって留学して苦労して論文書いて手に入れて、それ使わないの？」

美南も負けずに景見を見据えた。視線と態度で、意志を伝えようと思った。だが、景見はそれに反発した。

「ここに俺は要らないってか」

「そうじゃないでしょ？　何子どもみたいなこと……」

そのとき、少し先の陸橋下を走る高速道路から金属が爆発したのかと思われるような衝撃音がしたと思うと、バン、バン、バンという大きな音や擦るような急ブレーキ、そしてガシャンというガラスが打ちつけられるような音が立て続けに響いた。二、三の車からは、クラクションが鳴り続ける。

「何？」

「高速じゃない？　事故？」

美南たちも、周囲の買い物客たちも小走りに陸橋に向かった。

すると、先に向かった何人かが陸橋の下を見て叫んだ。

「うわ、ひどいぞこれ！」

「救急車！　誰か携帯もってんだろ？　電話して！」

美南と景見が陸橋から高速道路を覗くと、少し先で何台もの車が積み重なって、そこから白い煙が噴きだしていた。その手前でもおそらく前方の事故を避けようとしたのであろう車が二、三台ぶつかり合って、ハザードランプがついたりワイパーが動いたりしたまま潰れている。路肩に積もった雪に突っ込んでいる車もある。多分渋滞した道路を車が車間距離を空けずに、しかしそこそこのスピードで走っていたのだろう。その後ろでは次々に車が停まってすでに長い列ができ、後続車から降りてきて動画を撮っている非常識な野次馬もいた。

足を引きずりながら、あるいは頭から血を出しながら、車の中から出てきている人たちが見えた。

「病院に行った方がいいかな？　手が要りそうだね」

ここからはキタソーが一番近いから、おそらくすぐに呼び出されるだろう。美南が景見に尋ねながら横を向くと同時くらいに、景見がいきなり結を美南に押しつけ、橋の脇から土手を下って高速道路に走っていった。

「先生？」

美南はびっくりして、結を抱きながら橋の上から覗いた。

景見は足を引きずっている人に何か話しかけると雪のない路肩に寝かせ、脈をとったり腹を診たりした。それから側の頭から血を出している人のところへ駆け寄り、頭を高くして仰向けに寝かせ、身体を調べ始めた。

「あの人、お医者さん？」

「それっぽいな」

美南の周りに、下を覗く人だかりができ始めていた。美南もすぐにでも下りて手伝いたいが、結がいる。そこで、取り急ぎ朝比奈に電話した。

「間もなく呼び出しがあると思うんですけど、コンビニの手前の高速で大事故になってます！　負傷者、かなりいると思います」

朝比奈が「コンビニ？　すぐそこじゃん！」といっているとき、後ろで大きな救急用電話が鳴る音が響いた。朝比奈は「一旦切るぞ！」といって美南の電話を切った。美南も居ても立っても居られない気分だったが、ただならぬ雰囲気を感じて怯えている結が、美南の胸元の服を強く握っている。

何か方法はないだろうか。美南は、人ごみの中に知り合いを探して歩き回った。

そのとき、よく知る顔が見えた。

「あら、安月先生！」

そこには、ひまわり保育園の仲佐がいた。

「仲佐先生！」

「何があったの？　事故？」

「仲佐先生、お仕事お休みですか？」

「ううん、今音がしたから見に来ただけ」

見ると、仲佐は仕事着のエプロンをしている。

「仲佐先生、結みててもらえます？　私、下りて手伝ってきますんで！」

仲佐は美南が指した橋の下を覗いて、「うわ！」と小さな悲鳴をあげた。指の先には多数の事故車と、そこから次々に出てくる負傷者がいた。

「分かった、結ちゃん保育園で預かっててあげる！」

「お願いします！　ごめんね結、ママちょっと行ってくるね！」

美南は結を仲佐に渡し、結の頬を撫でてそういうと土手を走りおりた。結は素っ頓狂な顔をしていた。

「先生、手伝います！」

美南が走り寄ると、心臓マッサージ中の景見が振り向いた。Tシャツにすでに血がついている。

「結は？」

「保育園の仲佐先生がいたんで、預けてきた。保育園でみててくれるって」

「そう。じゃこの人の蘇生替わって」

「はい！」

美南はすぐに人工呼吸をし、心臓マッサージを始めた。景見はその先で倒れている人を診にいく。

しばらくすると、遥か遠くで救急車と消防車のサイレンが聞こえた。しかし道路が渋滞しているのと、事故車が雪の積もる路肩まではみ出しているせいで、どちらも現場に近づくことができない。となると医師がここまで来るしかないが、ドクターカーをもつ赤十字病院からここまでは混んでなくても三〇分はかかるから、当分は無理だろう。

救急隊員や消防隊員がかなり離れたところから車を降りて走ってきて、景見に話しかけたり事故状況を確認したりしている。天気のいい午前中で、視界がきくのが不幸中の幸いだった。

「こっちの上に救急車もってこれねえか？　この先にキタソーがあるぞ！」

橋の上のひとりの男性が大声を出すと、みんなが病院の方向や回り道を指してワイワイい始めた。

「赤、赤、黄色」

景見が横になっている人ひとりひとりを指すと、救急隊員のひとりが鞄からタグを出して指示された色のところを破り、それぞれの人に結んだ。

――トリアージタグだ！

美南は目を丸くしてタグを見た。

トリアージタグというのは医療従事者が傷病者の重症度と緊急度によって優先順位をつける名札のようなもので、待機は緑、準緊急治療は黄色、緊急治療は赤、死亡は黒の四種類に色分けされている。赤い名札のついている人をまず搬送せよ、緑の人は後回しでいいという意味だ。

観光シーズンだから、一人で車に乗っている人は少ない。車一台に二人から四人として、一五台くらいが実際に大小の事故にあっている。単純計算でも三〇人くらい、多ければ六〇人以上の負傷者がいるはずだ。

「先生、この方意識レベル下がってます！」

「こちらの方、頸部《けいぶ》から頭部にかけての打撲が強いようです！」

救急隊員は車から引きだせるけが人を路肩まで動かして並べ、次々と景見を呼ぶ。その他にも、あちらこちらからいろいろな声も音も聞こえる。

「あ、呼吸戻った！　バッグお願いします！」

美南が大声を出すと、若い隊員が「はい！」といって大きな鞄ごと走ってきた。アンビューバッグをしばらく押していると、呼吸が安定した。

「分かりますかー！　どこか痛いところありますかー？」

「え……ああ……」

その人がゆっくり起きあがったので、美南と隊員は思わず顔を見合わせてため息をついた。一見すると外傷はないようだが、検査をしないことには分からない。

「この人は……ええと、黄色お願いします」

「黄色で大丈夫ですか？」

黄色、つまり準緊急治療。そういわれると自信がない。赤の方が正解なのだろうか。

「ええと……」

隊員は待ちきれないという風に、「黄色にしときますね！」といった。

美南はそのとき、自分自身に地団駄《じだんだ》を踏んだ。研修医は実際の医療現場で、何かを決定する立場に置かれることがない。それどころか、むしろ「何もするな」という位置にある。だからそれに自分も甘んじていた。何もしなくても、いつも「私ならこうする」と考えていれば、もっとイメージトレーニングをしていれば、もう少し自分から動けたはずだ。

これだけの時間をかけて、美南がどうにかできたのは一人。そのあいだに、景見はもう何人を診ただろうか。

だが今ここで、そんなことを後悔しながら景見の指示を待っているわけにはいかない。

文字通りの緊急事態なのだ。

すぐそばにも、若い男性がひとり倒れている。外傷はまったくないように見えるが、意識はなく、痛み刺激に反応しない。どこをぶつけたのだろうか。急いで身体を調べてみたが、どこにも打撲等の痕跡《こんせき》がない。

普段来院する患者は大概どこの調子が悪いか問診しているし、救急搬送されてもまず検査をする。こんな風に、手探りのような状態で治療を試みるなどということはない。だから美南はどうしていいか分からない。目の前の人はもしかしてただ気を失っているだけかもしれないし、脳挫傷《のうざしょう》で死にかかっているのかもしれない。

でも今！　今、自分がこの人の色を決めなければ。

「この方、赤で！」

そのとき、橋の上から声がした。

「おい！　お前どんだけ働くの好きなんだよ！」

見上げると朝比奈と五十嵐と外科の若い看護師三人ほどが、鞄をもって肩で息をしながら立っていた。

「朝比奈先生！　来てくれたんですか！」

みんなが一斉に土手を滑り降りてくるのを見て、美南はほっとした。しかもありがたいことに、朝比奈と五十嵐が大きな救急用鞄を抱えている。

「もうすぐ上の道から救急車が来ます！　若桝先生と絵面先生が病院で待機してます。弓座先生も呼び出しました」

「ありがとうー！　先生、病院から先生たち来てくれた！」

五十嵐の叫ぶような説明を聞いて美南が少し離れたところにいる景見にそういうと、景見が人の指を二本もってきた。五十嵐はそれを見て「うわあ！」と絶叫した。

「これあの人の。名前はササキタケルさん。再接着できるから保存しといて」

「はい！　ササキタケルさんですね！」

看護師のひとりが驚きもせずに指を受け取り、鞄の中から保冷バッグを取りだして指を入れると、そこに名前を書き留めた。

切れてしまった指は〇度から四度で保存できていれば二四時間以内、四肢《しし》は八時間以内ならマイクロサージャリーという手法によって再接着ができる。これは顕微鏡《けんびきょう》を使って動脈、静脈、神経、リンパ管を丁寧に接着する方法である。

「この人は大腿骨《だいたいこつ》骨折の疑いがあるから、動かすとき内出血気をつけて。それからこの人は腹部を強く打ってるからちょっと動かさないで。すぐに診るから」

景見が赤タグの患者ひとりひとりを指しながら説明すると、看護師たちはそれに頷きながら確認していた。

――やはり先生はすごい。目の前の患者一人のためにこちらが何をすべきかを即座に判断し、その場にいる使える人をまんべんなく使うように指示が出せている。

美南は、目を見開いて景見を凝視した。自分と景見との能力と経験の隔《へだ》たりが、一生かかっても届かないもののような気がした。

すると、五十嵐がスッと美南の側に来た。

「俺は一人じゃ無理っス。何でもいってください、手伝いますから」

「あんたねー……」

だが、美南がこれを責められるはずがない。何もできない美南より、五十嵐はさらに一年、経験も自信も足りないのだ。いっそのことこのくらいシッポを丸めてしまった方が、潔《いさぎよ》いかもしれない。

朝比奈は事故が一番大きそうなところに行こうとしたが、消防隊員に止められた。

「ここから先はダメです。火災になる可能性があるので」

「じゃ、患者さんここまで運んできてください！　ほら、あそこ、シートとエアバッグの間にいる人！　頭は動かさないで、ここまで早く」

朝比奈は鞄を開けて準備したが、消防隊員たちはその人の周りを取り囲んでいるだけだ。下手に動かせない、難しいところに挟まっているらしい。

「早く！　死んじゃうよ！」

朝比奈の苛立った大きな声が響いた。

美南は基本的にはひたすら五十嵐と蘇生措置を行いながら、時間とともに大きくなっていく唸《うな》り声や泣き声に恐怖を感じた。

側で横になっていた何人かの赤タグを救急隊員が確認しながら、そのうちの一人を黒にした。二人はそれを無言で見ると、また心臓マッサージに集中した。

「こちら、もうひとりお願いします！」

他の救急隊員がストレッチャーで男性を運んできた。朝比奈はその男性の身体を診ながら「えー」と不安そうな小声を出し、「チアノーゼか？」と困惑して呟いた。チアノーゼとは、血液中の酸素が欠乏《けつぼう》して皮膚が青黒くなることである。

すると、近くにいた景見がスッと朝比奈の脇に来て患者を診た。驚いた朝比奈が、上から下まで景見を凝視した。

「胸腔ドレーン」

「はい？」

朝比奈がキョトンとしているあいだ、美南が急いで救急鞄をもってきて中を漁り、ドレーンチューブを取りだした。景見はそれを受け取ると患者のTシャツを捲り、場所を確認して迷いもなくチューブを患者の胸に穿刺《せんし》した。その瞬間、朝比奈も美南も息を大きく飲んだ。

「え、速……！」

朝比奈は思わずそう声を漏らし、目を大きく見開いたまま景見をしばらく凝視した。患者の顔色はすぐによくなった。景見は患者の呼吸を確認し、美南に「少し様子見て、このままなら緑」といい残すとすぐに次の患者の方へ行った。美南は「はい」と返事をしていわれるまま残ったが、朝比奈は少し迷ってから景見の方を追った。

次に景見は、冷や汗で全身を濡らし、横になったまま荒い息を吐いている真っ青な顔の女性のところへ行くと、朝比奈の方を向いて尋ねた。

「ええと、ごめんなさい、お名前は？」

「朝比奈です」

「朝比奈先生、この人の気道確保してください。非出血性ショック起こしてるんで」

「え？　あ、はい」

朝比奈は返事をしながら、景見の顔を覗き込むように凝視した。診断が早いので、驚いたのだろう。

やがて橋の上に救急車が来た。野次馬たちが「こっちは車動かせるぞ！」とか「病院すぐそこにあるからね！」と声をかけている。

動かせる患者は土手の上まで救急隊員が担架に乗せて担ぎ上げ、上の道路で待機している救急車がキタソーへ運ぶというピストン運動が繰り返された。これによって、かなりのけが人が捌《は》けていった。

一方で高速道路上はなかなか車の撤去《てっきょ》が進まず、そのせいで救急車両が近づけない。災害救助要請にしたがって派遣されたドクターカーは遥か遠くの渋滞に引っかかり、赤十字の医師たちがかなりの距離を全速力で走ってきて現場に到着したときは、事故発生から四

○分が経っていた。それでも同じ色のケーシー（丈が短いセパレート型診療衣で、タートルネックのもの）を着た医師たちが三、四人ほど走ってくると、現場に安堵感が漂った。
「こちらはどうですか？」

ひとりの医師が駆け寄ってきて尋ねた。すると景見は「この患者さん、そっちに動かすの手伝ってくれますか」といいながら振り向きもせず、後ろに立つ美南にガーゼの袋を差しだした。美南はそれを何気なく受け取り、救急鞄に戻した。美南には、そういうことしかできない。だからひとつでも余分に動けるように、景見を注意深く観察し続けるしかなかった。朝比奈はその息の合った連係プレイを見て、納得した風に美南と景見を見比べた。

「先生、あちらの方が呼吸障害を起こしています！　すぐ診てください」

また救急隊員が声をかけた。男性の治療を終えた景見が呼ばれた方に速足で行き、中学生くらいの男の子の身体を調べると、すぐに挿管した。

さきほど話した赤十字の医師が走り寄ってきて、景見に患者の病状を身振り手振りで説明している。景見は頷いてその患者を引き継ぎ、医師はまだ車が積み重なっている方に走っていった。

美南は景見のそういった動作を凝視した。気がつくと、みんなが景見を頼っている。白衣を着ているわけではないし、「医師です」と主張しているわけでもないし、誰かを引き連れて医者然としているわけでもない。ただ周りの方が、感覚的に「この人だ」と思って寄ってくるのだ。

これが貫禄《かんろく》というものだ。自分にはそれがまだまるでない。だから誰も来ないし、自分もまだ診断に自信がないので、誰も来ないでくれと願っている。

経験が違うといえばそれまでだし、美南が若い女だから医師だと思われないのかもしれない。でも景見には、それだけではない何かがある。夫を誇らしげに思う気持ちと劣等感《れっとう》の狭間《はざま》で、美南は複雑な心境になった。

電話が鳴った。弓座だった。

「安月先生、申し訳ないんだけど、病院に来られない？　高速で大きな事故が起きて、とんでもない数の負傷者が搬送されてきてんだよ」

「今事故現場にいます。朝比奈先生と五十嵐先生と一緒に」

「え？　何で？」

「たまたま通りかかったんで」

すると、弓座は電話口で大きな声をだした。

「ホント？　助かるー！　赤十字、来た？」

「はい、来ました」

「じゃ現場は任せて、五十嵐先生と戻ってきてこっち手貸して！　朝比奈先生は現場に必要なら置いてきて！」

「はい！」

キタソーは最寄りの救急病院だ。救急処置室が大変なことになっているであろうことは、容易に想像できた。

「朝比奈先生、私と五十嵐先生は病院に戻ります！」

「分かった！」

美南は景見に病院に戻ることを伝えると土手を駆けあがって、上の一般道に出た。溢れんばかりの野次馬だった。

少し先の高速道路上で後の方で衝突事故を起こした車の塊から、黒い煙が激しく出始めた。

「ここから先は危険です、立ち入らないで！」

「放水開始します！」

消防隊員は、遥か遠くの消防車からホースを何本か繋げ、現場まで伸ばしてきた。そして人がいないのを確認して放水を始めると、水が車に当たってものすごい爆音が響いた。

美南と五十嵐は全速力で走ったが、背の高い五十嵐のスピードに美南が追いつくはずもない。ひとりで遅れて病院近くに行くと、赤いパトライトがうるさいくらいにチカチカしていた。救急入口の前に二台ほど救急車が並び、ストレッチャーも二、三台ある。その周辺に救急隊員や一般の人たちが集まり、警備員が汗だくで指示を出していた。

「そこ、救急車もう少し避けて！　後ろの車が入れないから！　ああちょっと、その車患者さん乗ってるの？　こっちに寄せて！」

美南と五十嵐は患者が何人も座り込む廊下を抜けて、処置室に飛び込んだ。部屋の中では五、六人のけが人が座って看護師に手当てされ、四人がベッドに寝ていた。普段救急処置室にベッドは三つしかないので、一つはどこかからもってきたのだろう。弓座と若桝と絵面はオペ中で、院長の戸脇と整形外科の山田も処置室を走り回っていた。二人も呼び出され、駆けつけたらしい。

「五十嵐先生、そっち縫合準備！　検査室空いてる？　腹部レントゲン！」

「赤十字まだ行ける？　これうちじゃ無理、移送して！」

すっかり嗄《か》れ声になった山田が、大声で叫んでいる。ここでも、美南や五十嵐は処置の準備や検査室のオファー、そしてアンビューバッグを押すことくらいしかできない。だから、指が痺れて腕がつりそうになるくらいバッグを押し続けた。

空にはテレビ局のヘリコプターが飛び始め、事故現場がニュースで放映されていた。救急処置室や廊下に並ぶ患者たちは、みんなそれを映すテレビ画面にくぎ付けだった。

美南が何気なくテレビの前にいた面々を見遣ると、擦り傷や打撲を負って自分でここに来た人たちが多い。このていどの症状であれば、美南でも対処できる。

「山田先生、廊下にいる患者さんたちの止血や消毒をして、問診しておきましょうか？」

「おう！　それだ！　それやっといてくれ！」

汗だくで患者の処置をしながら、山田が叫ぶように答えた。

「はい！」

それから美南と五十嵐はどういう状況でどんな風にケガをしたのか、ひとりひとり丁寧に聞きながら患者たちの外傷の処置をした。山田が暇を見て問診票と患者を見比べて診察し、帰宅できる人は帰宅させた。

そのころ、美南のスマホに仲佐から電話が入った。

「親御さんが消防士さんや看護師さんの子もいるんで、今日は落ち着くまで保育園開けておきますから、ゆっくりお迎えに来てください」

「結、どうしてますか？　大丈夫ですか？」

「うん、いつも通り。全然平気」

「ありがとうございます！　助かります、よかったー！」

美南は誰にともなく深々と頭を下げた。

——よかったあ！　こういう緊急事態になると、みんな手を貸してくれる。ありがたいなあ。


ひと通り片づいて医師たちが何とか上の路上に引き上げて腰を降ろせたのは、夕方近くなってからだった。景見と数人の赤十字の医師、そして渋滞の中にいて途中から協力してくれた二人の医師たちは汗と泥と血で汚れてヨレヨレになりながら立ち話をしていたが、朝比奈は看護師たちとあちらこちらに散らばったガーゼやらチューブやらを回収していた。

さっきまで車が山積みになっていた路上からは少しずつ事故車が退かされてはいるものの、まだまだ通行は再開されなさそうだ。警察車両と警察官の数がどんどん増え、一部ではやっと現場検証が始まった。

「大火事にならなかったのがよかったなあ。お疲れさま、飲んでください」

そういって、コンビニの店主がジュースやお茶のペットボトルをたくさんもってきてくれたので、その場のみんなが一斉に「おー！」という声を上げた。赤十字の医師たちはペットボトルを受け取って礼をいうと、すぐに引きあげていった。

キタソーへ向かう道すがら、朝比奈の後ろを歩いていた景見がスマホの電話に出た。

「あ、美南？　今病院？」

その声に朝比奈は驚いて振り向き、景見を凝視した。

「こっちは終わったよ。分かった、今行く」

スマホをポケットにしまって額の汗を拭った景見に、朝比奈が近づいていった。

「あの、僕、北関東相互病院の外科のレジデントで朝比奈といいます……もしかして、安月先生のご主人ですか？」

「そうです。景見です。美南がいつもお世話になっています」

朝比奈が覗くように尋ねると、景見はニッコリ笑った。

朝比奈は力なく笑い、景見を観察した。

「あの、先生は救急が専門なんですか？」

「いや、全然。心臓血管外科です」

「心臓血管外科！　へぇ……」

朝比奈が景見の隣を歩きながら、感心して続けた。

「そうかあ……違うのに、あれだけ動けるんですね。何ていうか、無駄がないっていうか、こうあるべきっていうか……」

海外の医師が足りない地域での医療に興味をもっている朝比奈としては、景見の動きに学ぶところが多かったらしい。景見はこれに微笑で答えた。

「そう見えたなら、努力の賜物《たまもの》だね」

それから二人は少し無言のまま並んで歩いたが、朝比奈は数回落ち着きなく景見を見遣り、それから前を向き直って呟くようにいった。

「安月先生、いつもひとりでいろんなことに奮闘してて、ホント、頑張ってるなーって思って見てるんですよ」

そのときは、たまたまヘリコプターや車の音がなく、いつもの静けさが二人を包んでいた。だから朝比奈の小声も、景見にはよく聞こえた。

「でも、凹んだり辛そうだなーと思うと、すぐご主人に電話してるんですよね。側にいる俺らには、何もいわないんです。やっぱ、離れてても、ご主人が心の支えになってるんだなーって」

朝比奈は、無表情を装って唾を飲み込んだ。ところが何のリアクションもないので景見の方を見ると、景見がいたずらっ子のような表情を向けてこういった。

「あげないよ?」

「はっ？」

朝比奈は仰天して大きな声を出し、それから真っ赤になって口をモゴモゴさせたが、景見は笑いながら去ってしまった。朝比奈はムッとした顔になり、その背中を見送った。

5

この事故は最終的に死者五人、重軽傷者四十一人と大きなもので、そのうちの何人かはキタソーにそのまま入院した。主原因は渋滞でスピードを緩めた車に、前方不注意のトラックが後ろから突っ込んだことだったそうだ。

「あんな事故、僕がここに引っ越した何十年来で初めてだからねえ。安月先生は事故現場に一番先に駆けつけるなんて、貴重な体験だったね」

戸脇がそういって苦笑した。

美南は、あの事故でいろいろ考えさせられた。まず、自分がまだ全然動けないことを痛感した。これは美南に限ったことではないが、医師は大抵の場合検査結果がないと、ほとんどのことが判断できないと思っていた。だがそんな場合にも経験と知識があれば、景見のようにできることが山ほどあるのだ。

そして一人一人の経過をじっくりと見ることができず、とにかく一瞬の判断が求められる救急は、やはりあまり自分には向かないと感じた。すべての患者に同情したり感情移入するわけではないが、速く速くと思うあまり患者の扱いがいろいろ雑になってしまう自分の性格が露呈したと思った。

だが、山田には褒められた。

「よくその場を見てて、必要なことをやってくれるから助かったよ。自分からやらなきゃいけないことを見つけるのって、意外に難しいからね」

これがとても嬉しかったのでつい景見にいうと、景見も素直に「うん、俺も思ったよ」と同意してくれた。

「二年目にしちゃ、よく動けてた」

美南は、これ以上ないくらい満面の笑みを浮かべた。

「ありがとう！」

ところが、最大の問題が残された。結局、二人は景見の再渡米までに町役場に行くことができなかったのである。美南は頭を抱えた。

「あー！　いってもしょうがないことだけど、信じられない！」

「僕、安月先生は結婚するつもりないんだとばっかり思ってた」

美南の隣で、カルテを見ながら絵面がいった。

「そう思われても仕方ない。返す言葉もないわ」

「看護師さんたちなんて、ご主人の存在すら怪しんでたからね」

「あらー……」

「それが事故のときカッコよく登場しちゃったもんだから、かなり話題になったらしいよ」

絵面は淡々といった。美南は口をへの字にした。

一月末、美南は初期研修医最後の五か月間の選択科として、外科に戻った。そしてこれを機に、今一度初心に戻って学び落としているかもしれないことを拾っていこうと思った。

そんなある日、医局で研修医だけが集まって勉強会をしているときにふと絵面がいった。

「僕、三月末でここを出させていただきます。後期研修は、小山《おやま》の方にある私立医科大病院で受けることになりました」

みんなはこれに「おー！」といって拍手した。美南もその私立医大なら、CD時代に何回かバレーボール部の試合で行った。白くて大きな大学病院がある。絵面は父親の病院を継ぐ身ではあるが専門としては消化器内科希望なので、やはりキタソーのように大雑把《おおざっぱ》にしか分かれていないところだけではなく、それ専門の知識と技能も身に付けるべきだと思ったそうだ。

すると、突然朝比奈が続けた。

「俺も実は出ることになりそうでさ」

「えっ！」

これには美南と五十嵐が仰天した。なぜか、朝比奈はずっとここにいると思っていた。

「登録してるNGOから空きの連絡が来て」

そういえば、朝比奈は前から海外派遣を希望していた。

「どのくらいですか？」

「よく分からないんだよね。合わない人はもう半年くらいで帰ってきちゃうし、気に入った人は長くいることもあるらしいし」

「どこですか」

「今話をもらってるのは、ガボン」

三人は黙った。この反応を予測していた朝比奈が、説明してくれた。

「アフリカの西海岸」

すると、五十嵐が普通に尋ねた。

「西海岸って、ロサンゼルスとかですか？」

「アフリカだバカ。アメリカじゃねえ」

「産油国ですよね？」

「おー、金太郎《きんたろう》さすがよく知ってる！」

「わー！　そうか、僕のことそう呼んでくれる人がいなくなっちゃうんだ」

「え？『金太郎』気に入ってたのか？」

絵面と朝比奈が、声をあげて笑った。

何でもこの国は自然が多く残されている割に石油やウラニウム、鉄などの輸出資源に恵まれているので、経済水準は中進国レベルだそうだ。だからそれほど住みにくくはないらしい。

「何語なんですか？　ドボン語？」

「ガボン。フランス語通じるみたいだよ」

「朝比奈先生、フランス語できるんですか？」

「ボンジュール」

美南と絵面は噴きだしたが、五十嵐は大真面目《おおまじめ》に「うわ、すげー！　マジしゃべれるんだ！」と感動した。

「来年度は、研修医が二人来るらしいよ」

「ホントですか？　二人？」

美南が大喜びすると、朝比奈は「しかも、ひとりは女」と教えてくれた。

「えー？　本当に？　こんなところに来るもの好きな女子学生が、他にもいるんですか？」

これに朝比奈がドヤ顔で答えた。

「ここの奨学金取ってたのが二人いるんだって。医事課に聞いたから間違いない」

つまり、美南と同じパターンだ。これは嬉しい。美南は楽しみでワクワクした。

「なーに、俺が出てくのがそんなに嬉しい？」

医局に二人だけ残ったとき、朝比奈が聞いてきた。

「分かってる？　俺と金太郎がいなくなったら、レジデントのお前が研修医の中で一番上になるんだからな」

「あ、ホントだ。そういうことですね。そりゃ朝比奈先生がいなくなると不安ですけど、でも女の子が入ってくるのは嬉しいですよ」

その後美南がファイルを片づけているのを、朝比奈はずっと隣で意味ありげに見ていた。

それからふといった。

「俺、お前の旦那さん嫌い」

「え？　何でですか？　何かありました？」

「勘が良すぎるから嫌い」

そういうと、朝比奈は美南を凝視した。美南がドギマギして視線を逸らしながら「あ、患者さん診てこなきゃ」と立ち上がると、朝比奈の方が先にサッと席を立った。

「俺行ってくる」

そして、朝比奈は出ていった。

美南はドアをしばらく無言で見ていたが、それから小さなため息をついた。

それから数日して、廊下を歩いていたら戸脇に呼び止められた。

「安月先生、ちょっといいかな？」

「はい？」

改まって院長室に連れていかれたので、一体何事かと思った。相変わらず戸脇には訪ねてくる患者が多いらしく、頂き物のお菓子が入った紙袋や、とれたばかりの野菜が入ったビニール袋が院長室のローテーブルにいくつか並んでいた。

「好きなのもっていきなさい、お野菜とか。子どもがいるんだから、離乳食の食材も必要でしょ」

戸脇が茶を淹れながらそういうので、美南はビニール袋の中を覗いた。

「はい！　ありがとうございます」

それから戸脇は茶をテーブルに置いて美南の向かいに腰をかけ、口を開いた。

「保育施設を作ろうと思ってね」

「えっ！」

美南の顔がパアーッと明るくなった。

「院内にですか？」

「うん。厚労省から助成金が出るんでね。うちで働いてる人たちの子どもで未就学児の数を調べたら、ざっと見ただけでも三〇人近くいるからさ」

「二四時間保育ですか？」

「そうなるね、預けるのは看護師さんが多いだろうから、夜間が開いてないと。まあそのうちにちゃんと聞き取り調査するけど。どう？　そうなったら、君も預ける？」

「もちろんです！　そうしたら宿直とかもできますよね！」

するとと戸脇は噴きだした。

「不思議な人だね、君は。宿直が好きなんていうのは、僕ぐらいかと思ったよ」

「先生も宿直お好きなんですか？」

「うん、ていうか、病院にいつでも灯りを灯しておきたいんだ」

美南はドキッとした。

――ホント？

「真っ暗な田舎道を上ったところにね、いつでも灯りがついていて、どんなに困っていても手を差し伸べてくれる、そんな温かい場所を作りたくてね。だから無理して二次救急もやってるんだけども」

戸脇は照れ臭そうにそういって顔をあげると、美南がボロボロ泣いているのを見て仰天した。

「安月先生、どうしたの！」

「戸脇先生ー……」

美南は泣きだしてしまった。

「同じことを考えてる先生がいるなんて、夢にも思わなかったです……私もそうなんです……オレンジ色の病院が……オレンジ色の病院になりたくて」

「いや、何も泣かなくても。オレンジ色？」

戸脇は困惑していた。

「でも子どもがいるから当直も残業もできなくて、中途半端で……決して子どもが邪魔だっていってるわけじゃないんです。でも仕事に重きを置くと子どもを構ってあげられないし、子どもに重きを置くと仕事がちゃんとできなくて」

美南が洟をすすりながらそう続けると、戸脇は初めは口を開けて美南を見ていたが、それから微笑して軽く頷いた。

「そうだなあ。でもねえ、僕は、子どもをもつお母さんが一番命の尊さとか儚さとかを分かってると思うんだ」

それから戸脇は何回も深く頷きながら、しみじみと続けた。

「どんなことをどのくらいやると痛がるとか、このときはこうしてあげた方がいいとかね。そういうの、一番目の当たりにして、一生懸命考えてるでしょ？　お母さんて。男はねー、イクメンならともかく、いくら週末に子どもと遊んでますなんていっても、しょせん赤ちゃんが泣いたらお母さんに丸投げ、転んだら『ママー』って助けを呼ぶ。いいとこだけ、楽なとこだけ取って、やった気になってる。ほら、オトコメシってのと同じだよ。材料全部買ってきてなら作れるけど、冷蔵庫の余りもので一食作るのはできない。ダメなんだよねー、それじゃ。ま、最近はちゃんと家事をする男も増えてるらしいけどね」

美南は涙で濡れて真っ赤になった目を、恥ずかしげもなく大きく見開いて戸脇を見続けた。

――この先生、すごい！

「先生はイクメンだったんですか？」

「え、いやいや。逆。まったく逆」

戸脇は苦笑した。

戸脇は昔はここに立ちあげたばかりの眼科医院を大きくすることに一生懸命で、子育てはずっと専業主婦の奥さんに丸投げだったそうだ。だが子どもたちが大きくなって家を出て二人きりになったある日、家に帰ったら、真っ暗な居間で奥さんがひとりソファに座っていた。朝からずっと、立ち上がれないのだという。

「深刻な鬱でね。更年期でいろいろ体調も悪かったらしいんだが、まあ、私はまったく知らなかったんだ」

戸脇はすぐに「いや、知らなかったんじゃないな……考えなかったっていうのが正解かな」といい直した。

「ずーっと、何もかも任せてたからね。なーんにも言わないから、問題なんかなーんにもないんだと思ってた。違うんだよね、私、見捨てられてたんだ」

「見捨てられてた？」

「うん。妻は私にいってもしょうがないから、言わなかったんだ。私は、見捨てられてたんだよ」

そういう戸脇の横顔が、とても悲しげで切なげだった。

「そのうちにさ、息子が死んじゃった」

戸脇は自虐の苦笑をした。

「それでもうね、妻が回復する理由がなくなったんだな」

戸脇の妻は現在も調子のいいときと悪いときがあって、精神科に通院しているのだという。

「男側からの調子いいお願いかもしれないけどね、君はご主人や私たちを見捨ててないんなら、言わなきゃダメだよ。言わなきゃ、分からないことって多いんだから。女だから、子どもがいるからってことで何かで嫌な思いをしたときも、それはちゃんと伝えなきゃ」

言わなきゃ伝わらない。これは、患者相手に特に感じることが多い。赤の他人どうし、考えてみれば当たり前のことだ。夫婦だってもとをただせば赤の他人だし、そもそも血が繋がっているから、愛し合っているからなどと理由をつけて「何もいわなくても分かってくれるはずだ」などといっても、それには何の科学的根拠もないのだ。だからこそ人間には、言葉というものがある。

院長室を出るとき、美南は泣きはらしたまま深々と一礼した。

「戸脇先生。先生が私のような者も深くご理解くださってると分かって、本当にホッとしました。これでもっと頑張れるような気がします」

「頼みましたよ。うちはいつだってギリギリだからね」

戸脇は笑った。

――戸脇先生は、私と同じ理想をもっている。何て素晴らしいんだろう！　それに院内保育施設。この手があったか！　これで宿直もできるし、お昼とか時間があるときには結に会いにも行ける！　何だか、結のぷくぷくの頬に触りたい気分だ。

美南は思わず、スキップして医局に戻っていった。

6

三月になって、絵面と朝比奈の送別会が行われた。絵面は周りが引くくらい泣いて、「あの、僕、ときどき、戻ってきて、いいですか」と何回もいった。絵面もここが好きだったらしい。美南と何人かの看護師がつられて涙して、朋美にいい加減にしなさいと窘められた。

朝比奈は美南に対して何となくモジモジしていたが、腹を決めたかのようにひとりで頷くとこういってきた。

「前にもいったけど、俺がいなくなったらお前が研修医の中で一番上だからな」

「はい！　分かってます！　……でも、寂しいです」

美南がシュンとすると、朝比奈はため息をついて美南の頭をクシャッとした。

「それがダメなんだって。明るく笑って『遊びに行きますね』でいいんだよ」

そのとき、突然無神経な五十嵐が二人のあいだに入ってきた。

「え？　ザブンに遊びに行くんですか？　俺も誘ってくださいよ」

「ガボン！」

朝比奈がサッと切り返して五十嵐を突っ込んだので、危うい雰囲気がほどけた。美南はホッとした。

「あー、街灯がひとつ壊れてるー」

それから数日後、まだまだ早く日が暮れて夜のように暗い夕方、職員用出口から出てきた美南が呟いた。いつもならキタソー本館が綺麗なオレンジ色に浮かび上がっているのに、ナトリウム灯がひとつ壊れていて、薄暗くて荒《すさ》んだ感じに見えてしまっている。

——街灯って、町が管理してるのかな。いつ直してくれるんだろう。

定時に病院を出て、結を引き取ってから車でスーパーに出かける。ラッシュ終わりの時間帯で、車通りがまだ結構ある。大きな幹線道路を隔てたスーパーの前にはファミリーレストランやカラオケ店があって、美南くらいの年齢の男女が数人でワイワイ騒ぎながらカラオケ店に入っていく。

美南は何となくその若者たちを眺めた。ときどき、ああいう人たちが羨ましい。遊びまくりたいなどと思ったことはないし、やりたいことをやっているのだから毎日楽しんでいるといえばそうだ。それでも何だかまだ青春を謳歌《おうか》できる年齢なのに何もしないまま通り過ぎている気がして、勿体なさを感じることがある。

——勿体なさか。

大きな音を立てて通り過ぎたバイクを見ながら、結が興奮して「ぶー、ぶー」と指をさした。

「バイクだね。速いねえ」

美南が反応すると、結がバイクが去った方を指しながら美南とバイクを見比べた。赤んぼうの手首の辺りというのは、どうしてこんなにぷっくりと可愛らしいのだろう。まるで輪ゴムでも腕に巻いているかのようだ。

――私にはこの子がいるから、孤独感はない。むしろ、結構このままでも大丈夫だと思う。

家に帰ってきてから、にんじんを茹でてすりつぶした。まだ七か月の結の離乳食は流動食みたいなもので、それに味をつけたら大人も食べられるという代物《しろもの》ではない。しかも美南は結が産まれるまでろくに料理などしてこなかったので、今でも何かを作るときはｉＰａｄとにらめっこをして、科学実験のようにいわれた通りの分量をいわれた通りに調理する。最近は瓶で売っている離乳食が便利なのでよく与えているが、少し温かいのがいいのか、結はそんな美南の離乳食でも手作りの方が遥かによく食べる。しかし朋美は料理上手なのに、朋美の子どもは瓶詰が好きだったというから、赤んぼうでも味に好みがあるらしい。

「んま！」

「はいはい、今できるから待ってて」

結はきちんとお座りをして、喃語《なんご》以外の意味不明の言葉を発するようになった。わがまま放題しているようだが、このごろはちゃんとこちらの顔色を見て泣いたり笑ったりしている。こういうときは、結の成長を見ることができない景見は可哀想だなあ、と思う。

「安月先生、この患者さんやる？」

朝のカンファのとき、弓座が尋ねた。患者は虫垂炎だが、炎症が大きめなので開腹手術をする予定だ。弓座はその執刀医を美南にやるか、と聞いてくれているのである。

「はい！」

美南は即座に答えた。虫垂炎とヘルニアは研修医になって何回か執刀したが、毎回病状が違うのでいろいろやってみたい。

「そうだね。研修も夏には後期に入るんだから、これからはどんどんやってもらうからね」

「はい！」

――そうだ、私、七月からレジデントになるんだ！

二年前、初めてここに来たとき、レジデントの朝比奈が何でもできる大先輩に見えた。だが間もなく、自分がその立場になる。新しく入ってくる子たちにとって、自分はどう見えるのだろうか？　自分は二年分、ちゃんと経験を獲得しただろうか。

カンファといっても、朝比奈がいなくなった今、この病院の外科常勤医師は弓座と美南の二人だけだ。間もなく派遣医師がひとり来ることになっているが、それでも三人。夜間の外科呼び出しはそれほど多くないものの、夏冬の観光シーズンは夜間救急が激増するため、非常勤の当直を雇《やと》うつもりだと戸脇がいっていた。

景見のプロジェクトは予定より早めに論文の雑誌掲載が決まり、この前いっていた通り春に帰国できるようになった。

「それで、やっぱりフリーになるの？」

「まあ、いろいろ動いてる」

最後にテレビ電話で話したときには、それしかいってくれなかった。

だがどうしても引っかかるのは、帰国してフリーランスになるという話をしているときの景見が、いつもの景見に見えなかったことだった。美南が好きな、あの少年のようなバイタリティが放つ輝きが感じられないのだ。定年退職を前にした初老のように、まるで人生の大仕事を終えてこれからはゆっくり休もうと思っているような表情をするのだ。

——先生は、本当は帰国してフリーになりたいのではない。

景見は自分や結のために帰国し、家族で一緒に暮らそうとして、輝かしい経歴と資格を捨ててフリーになろうとしている。もちろんすべてのキャリアが無になるわけではないが、現実としていまだに麻酔科医以外のフリーランスにはなかなかいい仕事は来ない。

例えば外科医が手術を請け負うならば、術前、術後を含めて患者との十分なコミュニケーションをとらなければならない。また、手術の準備段階から班単位で検討を重ね、大勢のスタッフと十分に意思疎通がなされていなければならない。ところが一か所の病院に所属しているわけではないフリーの医師はそういうことができないから、病院側も患者を任せることができないのだ。

今後は医師の能力次第で手術ひとつにつきいくら、というような雇用も増えるかもしれないが、現時点でフリーの医師がする仕事は、麻酔科を除いては当直のバイトや欠勤の穴埋めが多い。心臓血管外科系の患者を最初から最後まで受け持ち、景見の技術をフル活用して手術することはおそらくほとんどないだろう。

——それとも、ちゃんとしたエージェントとかコネがあるのだろうか。

そんなことをモヤモヤと考えていたタイミングで、医事課から連絡があった。アメリカの病院から、美南の連絡先アドレスの問い合わせがあったというのである。

美南はこれに仰天して、医事課に走った。景見に何かあって、搬送先の病院が美南に連絡しようとしているのかもしれないと思ってゾッとしたのだ。

医事課のPCを見てみると、「安月美南医師に連絡を取りたいので、本人の時間があるときにメールか電話が欲しい」とあった。これで美南はホッとした。「時間があるときに」ということは、景見の身に急ぎの何かが起きたわけではないだろう。

メールを丁寧に読みなおしてみると、それが北ボルチモア総合病院の医事課からであることが分かった。景見が当直をしている、あのエマの病院だ。しかし何で医事課が、と不思議に思いながら取り急ぎ美南のアドレスを教えると、一時間もしたらそちらの方にメールが来た。

それは、あのエマからだった。「ケイのことであなたに聞きたいことがある。今日日本時間の二三時ごろ電話をしてもいいか」というような内容だった。

美南はこれを読んだとき、胃が捻られるような思いだった。なぜって、景見はまだエマのすぐ近くにいるはずだからだ。なのになぜわざわざ、景見本人をまじえずに美南と話をしたいと思うのか。景見に聞けば済むであろう美南個人のアドレスまで、わざわざ病院を通して聞き出して、一体何の話を？

「Ｙｅｓ」と返事をした後、その日はずっと落ち着かなかった。エマは、何をいう気だろう。美南と景見のあいだに結がいることを知っているはずだから、まさかまだ横恋慕《よこれんぼ》しているとでも宣言する気なのだろうか。それともあちらの人は、子どもがいることなど気にしないのだろうか。

――ああ、早く婚姻届を出しておけばよかった。いや、先生がそんなに簡単に私たちを裏切るはずがない。

考え疲れた美南がＰＣの前で準備をして待っていると、時間通りにエマから電話がかかってきた。画面に映るエマの顔はとても綺麗で、映画の中の女優のようだった。美南はいろいろな感情をすっかり忘れて、その顔に魅入《みい》ってしまった。

エマは美南は英語が得意ではないことを十分承知した上で、ゆっくり、はっきりと話してくれた。

「忙しいところごめんなさい。元気？」

「はい」

「ケイのことなんだけど」

――でしょうね。

美南は、何をいっていいのか分からなかったのでただ「はい」を繰り返した。二人のあいだに、気まずい空気が流れた。そこでエマは、すぐに本題に入った。

「ケイは間もなく日本に帰る。そして、フリーランスになる。これは正しい？」

「はい」

「それは、あなたが望んだこと？」

美南は言葉に詰まった。というよりは、主語で「あなた」と名指しされて、そのとき初めてはっきり認識した。

──何だかんだいって、先生に帰国して欲しいのは私なんだ。

美南の狼狽を見たエマは、ため息をついてからゆっくりと話し始めた。

「実は、北ボルチモア総合病院は以前からケイに仕事のオファーをしているの。優秀な外科医が欲しいのよ」

美南は、これを聞いて目を丸くした。仕事のオファー。

考えてみれば、あり得ない話ではなかった。もともと景見はあそこで当直をしていたし、エマとのこともある。美南の脳裏に、白く小綺麗で窓が多い、北ボルチモア総合病院が浮かんだ。

「日本でフリーランスをするより、キャリアのためにはいいと思うの。収入も安定するわ」

美南は俯いたまま、いろいろな考えを巡らせていた。すると、エマがふと優しげな表情で聞いてきた。

「あなたは、アメリカに住む気はないの？」

「はっ？」

美南が驚いて声をあげると、エマが初めて微笑した。

「あなたと娘さんがここにいれば、ケイはオファーを受けてくれると思うのよ」

横恋慕だ何だという、下世話な話ではなかった。エマは大病院の次期院長として、きちんと景見に仕事のオファーをしているらしかった。美南は一瞬唖然とした。

自分たちがアメリカに行くなんて、夢にも思っていなかった。だが、エマのいうことは間違いない。景見が帰国する理由は、美南と結が日本にいるからだ。いいかえれば、自分たちは景見の足枷《あしかせ》になっているのだ。景見は、自分の足枷になどなっていないのに。

――勿体ない。先生だけが将来を諦めるのは、不公平で勿体ない。

いきなり美南の頭が冴え渡った。行くべき道がクリアに見えた気がした。

「ひとつ質問していいですか」

美南がいうと、エマが「どうぞ」と答えた。

「あなたは、彼のことが好きですか」

美南がまっすぐにエマを見るので、エマは一瞬の苦笑を消して真剣な顔になった。そして、数回軽く頷いた。

「私が失恋したのは認めるわ」

美南は、何もいわずにエマを見ていた。潔い人に思えた。

「でも、誤解しないで。私は次期病院経営者として、彼に仕事のオファーをしてるの。一万人を超える雇用者の生活と、年間六〇万人を超える患者の人命がかかっているのよ」

病院には、何万という雇用と人命がかかっている。その通りだ。それが医師ひとりの肩にかかっているのではなくとも、病院という場所を機能させるためには、レベルの高い医師が一人でも多く欲しいのは当然だ。

美南はエマを見つめたままいった。

「私はアメリカには行きません。ここの病院で働きます」

エマが眉をひそめた。美南は片言の英語で続けた。

「でも、彼はあなたの病院で働くべきだと伝えます」

これを聞いたエマは、大きな目をさらに大きく見開き、腰を浮かせて「本当？」と尋ねてきた。

「はい。彼はあなたの病院で働くべきだと思います」

「あなたはそれでいいの？　その……ケイがアメリカで、あなたは日本で」

「いいえ、良くないです。でも、それがベストです」

美南はエマを見据えて答えた。

「覚えておいてください。私にとって、良くはないんです」

するとエマは美しい顔をキュッと引き締めて、一度だけ深く頷いた。

「あなたが理性的でよかったわ。ありがとう」

電話を切ると、急に部屋の中が静かになった。エマは、美南を説得するために電話してきたのだ。そうすれば、景見を説得できるから。将を射んと欲すればまず馬を射よ——やっぱり大人だ。

美南は北ボルチモア総合病院を調べてみた。聞き違いかもしれないが、エマは何だかとてつもない雇用者数と患者数をいっていた気がする。

病院のホームページを読んで、美南は腰が抜けたかと思った。職員数一万二〇〇〇人、医師は一〇〇〇人以上、ベッド数は四五〇床、年間収入は三五億ドル以上。手元のメモで計算してみると、今日のレートで三八五〇億円にもなる。もうどこかの国の国家予算規模ではないか。しかも州内の数か所に分院、つまり支店のようなものもあるのだ。

行ったときにもなかなか大きい建物だなとは思ったが、こんな規模だとは思わなかった。夜だから見えなかったのか、あの周りにも他に建物があったはずだ。エマはこの病院組織のトップに立つのだ。おそらく理事長または会長などといった形で病院経営の専門家がグループの一番上に立つのだろうが、それにしてもエマは普通のお嬢様女医ではない。スケールが違う。美南はひとりで変顔をした。

「これは決まりだよ、結」

美南は、隣で寝ている結につい声をかけてしまった。

「二人で楽しく暮らそうね」

結は身動きもせず、無反応でただ寝息を立てていた。

その夜の二時少し前、今度は景見からスマホに普通の電話がかかってきた。多少の心配はあるものの自分なりの結論を出してスッキリしたつもりの美南は、もともと夜はかなりしっかり寝るタイプの結とともに暢気《のんき》に爆睡していた。

「……もしもし……」

「どういうこと？」

寝ぼけ半分で電話に出た美南は、景見の少し怒った風な声を聞いて飛び起きた。

「あ、先生？」

「エマから聞いたんだけど」

さすが、早い。三、四時間しか経っていないのに、すでにエマは景見に連絡をしていたのだ。

「どういうことって……エマさんが先生に仕事のオファーしたいっていうから、その方がいいって話をしただけだよ」

「話をしただけ？」

景見はそれだけ言うと黙った。怒っているらしい。

「だって、日本のこんな田舎町でフリーランスやってますなんていってる先生、想像できないんだもの」

美南は立ち上がって、ダイニングルームに移動した。結はピクリとも動かない。

「そっちの病院で当直やってる先生、すごく楽しそうだったよ。生き生きしてた」

「何いいだしてんの？　俺が帰国するって決めたのに、何で」

「例えば私と結がアメリカに行くなら、先生エマさんのオファー喜んで受けるでしょ？」

景見が黙った。美南は畳みかけるようにいった。

「ほら、そういうことだよ！　先生は、そっちにいたいんだよ。だったら絶対、そっちにいた方がいい。日本でフリーになんて、いつでもなれるんだから」

景見は、まだ黙っていた。悩んでいたのだろう。ということは、この話に決着はついたのだ。

「……美南はどうしたい？」

やっと景見が口を開いた。

「私はキタソーにいる」

「キタソー？」

「ああ、ここのこと。北関東相互病院だからキタソー」

「……そこ、気に入ったんだ」

「院長の戸脇先生の理想がね。私のオレンジ色の病院とほとんど一緒なの」

「へえ！」

景見の声が少し躍った。それにつられて、美南はもっと話す気になった。

「だから、もっとしっかりした医師になって協力したいの。それに患者をちゃんと診るってどうやるのか、戸脇先生の側でもっと習いたいし、弓座先生もこれからどんどん手術させてくれそうだし。でも私なんかがいても宿直要員にしかならないんで、まず専門医になってから戻った方がちゃんと役に立つかなとも思うから、どっちがいいのか戸脇先生に相談しようかなと」

隣の寝室で結が声を出したので、そーっと覗いてみたが、ただ寝ぼけただけなようだった。

「それに二四時間の院内保育を始めてくれるらしいから、安心して仕事できそう。だから結のことは心配いらないよ。ここはのんびりしてるし、彩《あや》ちゃんとか壮太《そうた》くんとか同い年の仲良しが何人もいるから、楽しくなりそうだよ」

「壮太くんて誰っ！」

景見の完璧なリアクションに、美南は爆笑した。目にジワリと浮かんだ涙の理由は結論が出た安堵からだったのか、景見がいない生活が続く寂しさからだったのか、それとも他の何かだったのか。

するとと、景見が一呼吸置いていった。

「美南、しっかりしてきたな」

「そうかな」

「そのうち、俺が尻に敷かれるかもな」

「えー？」

美南は声をあげて笑った。笑い終わって美南が一息つくのを待ち、景見がいった。

「少し考えさせて。二、三日でいいから」

「うん。ゆっくり考えて、何がいちばんワクワクするか」

「ワクワク?」

景見が噴きだした。

「そうだよ。これから何をやると思うのが一番ワクワクするか。私がそうだから、先生にも楽しそうにしてて欲しい」

「なるほど」

少しおどけてそういった景見は数日後、美南が思った通りの結論を出した。美南はそれで満足だった。

終章　キタソー

景見《かげみ》が北ボルチモア総合病院への就職を決めてすぐ、美南《みなみ》は戸脇《とわき》に自らの今後について相談した。

するとと、戸脇がこういってくれた。

「キタソーの先生として、これからはどんどん学会や研究会に行きなさい。ここから空港まで、一時間かからないんだから。そう、ご主人に会うついでにアメリカの学会だって行っていいんだよ。それに今の時代、田舎にいたって情報は手に入るんだから、院内にじっとしてちゃダメ。新しいことをどんどん採り入れてください」

美南はニッコリと笑って、深く頭を下げた。

「はい。よろしくお願いします」

部屋から出るとき、戸脇が確認するかのように付け加えた。

「あ、でもね、先生が一番優先するのは結《ゆい》ちゃんだよ。いいね？」

美南は、先日戸脇が妻や亡くなった息子について語ったことを思いだした。この言葉には、戸脇の自戒が含まれている気がした。

「はい！」

扉を閉め、廊下を歩きながら頷いた。

――私は、〝キタソーの先生〟になったんだな。そういえば、私も気づかない内に〝キタソー〟って呼んでいる。

あってるんだ。私の選択は、多分あってる。美南が歩く一歩一歩の足音が、キタソーの廊下に響いた。


五月になった。梅林大派遣の医師が三人ほど入れ替わり、研修医としてヒョロッとした運動神経の悪そうな男の子と、頭の良さそうな女の子が新しく入ってきた。男の子は梅林大、女の子は都心の新宿《しんじゆく》医科大出身だそうだ。

「研修医とレジデントが女性ですか。当直、大丈夫か？」

新しい医師のひとりがボソッとそういうと、その女の子の顔がキュッと強張った。

「当直の心配もしてくださるんですか？　ありがとうございます！　実は人手が足りなくて、猫の手も借りたいところなんです。派遣の先生方にも、当直をしていただけると助かります。よろしくお願いします！」

美南がわざと大きな声でいってやると、内科部長の高橋《たかはし》が「そうねえ」と平然と相槌を打った。嫌味をいった医師は動揺して口を尖らしていたが、女の子の研修医は美南に向かって口元を緩めた。

「猫の手って、あ、あれか！　背中かくやつ！」

「それは孫の手。五十嵐《いがらし》くんちょっと黙ってて」

新人の看護師たちの注目を一瞬にして集めたチャライケメンの五十嵐は、例によって抜けたことをいって周囲を失笑させた。

「キタソー外科のレジデントの安月《あづき》です」

美南が自己紹介をすると、高橋がつけ加えた。

「この安月先生、お若いけどまだ小さいお子さんがいらっしゃるんで、当直はなさいますが、みなさんでうまくフォローしてあげてください」

「お手数おかけしますが、よろしくお願いします」

美南が深々と頭を下げると、看護主任の朋美《ともみ》がふざけて口を挟んだ。

「ご主人はアメリカで働いてらっしゃるんでほとんどお会いしませんが、実在します。私たちはこのあいだちゃんとお会いしました」

これに、そこにいたスタッフが爆笑した。

だが赤くなって照れ笑いをする美南の胸元には、「レジデント　安月美南」という名札がついていた。そう、二人はまだ入籍していないのだ。

美南は最近、当分はこのままでいいと思うようになった。入籍を先延ばしにしてしまっていたのは、心の奥でそれでもいいと思っていたからなのだ。周囲の理解さえ得られればシングルマザーでもそれほど困ることはないし、入籍で美南が景見の重荷になったり、美南が景見を必要以上に頼ってしまうようなことにはなりたくない。何ならこのままずっと別姓でもいいし、結が例えば小学校にあがるときの書類などに不都合が生じるようなら、そのときに入籍してもいい。とにかく苗字が同じか違うかで、景見との関係に変化があるわけではないのだ。

もちろん景見の側にはあの美人のエマがいて、失恋したといいながらも機会を窺っているかもしれない。エマでなくとも、他にもそういった女性が現れるかもしれない。そんなとき、景見が別居中の夫なのではなく、まごうことなき独身なのはもちろん不安だ。

しかしそれでいうなら条件はこちらも同じだから、景見も同じ気持ちだろう。それに夫の愛情を試すわけではないが、同じ姓の妻がいても浮気する人はするし、婚姻関係にない「連れあい」に真心を尽くす人ももちろんいる。美南は景見が後者だと信じており、またそうでなければ二人の子を産んだりしなかった。

放っておくのではない。お互いが、一番したいことをするのだ。それがたまたま、同じ場所ではないだけだ。その代償として美南はワンオペ育児をするし、景見は結が育っていく貴重な時間を共有できないのだ。それに「別居」と呼ばれるこの生活も、一生続くわけではないだろう。

そのうえ結が産まれてからのこの八か月のあいだに、景見は三回も一時帰国している。

逆に美南も、四日間の休みでボルチモアに行った。それにテレビ電話ならしょっちゅうしている。忙中閑あり、連絡を密にしようとお互いが思っていれば、どうにかなるものだ。

それでも結が寂しがるようなら、そのとき考えよう。

大事なのは、誰かが誰かのために、誰の輝きも奪わないこと。何かを諦めるのではなく、自分はそれでいいと割り切って納得できることを、人のためにしてあげればよい。

ふと窓の外を見遣ると、高所作業車がナトリウム灯の修理をしていた。

「あ！　良かった、あの街灯、やっと直してくれるんだ」

「街灯っすか？」

後ろにいた五十嵐が尋ねた。

「うん。あれが揃うと、キタソーが綺麗なオレンジ色の病院になるんだよね」

「へー、そうっすか」

五十嵐はそう気のない返事をしながら、何をいっているんだという風に首を傾げた。美南はそれにニヤッとすると視線を窓の外に戻し、遠くに広がる新緑の茶臼岳《ちゃうすだけ》に目を細めて、ひとつ大きく伸びをした。

Haruki Bunko
ハルキ文庫

と8-2

イダジョ! 研修医編《けんしゅういへん》

著者 史夏《とげ》ゆみ

2019年12月18日第一刷発行

発行者 角川春樹

発行所 株式会社角川春樹事務所
〒102-0074 東京都千代田区九段南2-1-30 イタリア文化会館

電話 03(3263)5247(編集)
03(3263)5881(営業)

印刷・製本 中央精版印刷株式会社

フォーマット・デザイン 芦澤泰偉
表紙イラストレーション 門坂 流

ISBN978-4-7584-4309-8 C0193 ©2019 Yumi Toge Printed in Japan
http://www.kadokawaharuki.co.jp/ [営業]
fanmail@kadokawaharuki.co.jp [編集] ご意見・ご感想をお寄せください。